观海文丛——华东师范大学外语学院学者文库

文化身份与叙事策略
——文学艺术研究文集

费春放 主编

南开大学出版社

天 津

图书在版编目(CIP)数据

文化身份与叙事策略：文学艺术研究文集 / 费春放主编. —天津：南开大学出版社，2019.7
（观海文丛. 华东师范大学外语学院学者文库）
ISBN 978-7-310-05809-9

Ⅰ.①文… Ⅱ.①费… Ⅲ.①世界文学－文学研究－文集 Ⅳ.①I106－53

中国版本图书馆 CIP 数据核字（2019）第 130903 号

版权所有　侵权必究

南开大学出版社出版发行
出版人：刘运峰
地址：天津市南开区卫津路 94 号　邮政编码：300071
营销部电话：(022)23508339　23500755
营销部传真：(022)23508542　邮购部电话：(022)23502200

*

北京建宏印刷有限公司印刷
全国各地新华书店经销

*

2019 年 7 月第 1 版　2019 年 7 月第 1 次印刷
230×155 毫米　16 开本　15.875 印张　2 插页　229 千字
定价：52.00 元

如遇图书印装质量问题，请与本社营销部联系调换，电话：(022)23507125

编　语

外国文学艺术研究和教学历来是华东师范大学外语学院的名片。这本文集虽然只收集了外语学院同仁近几年在国内外学术刊物上发表的十六篇文章，但比较有代表性地反映了本院学术研究的丰硕成果。

所选文章的作者均为来自外语学院各个系的教师，包括英语系、日语系、法语系、德语系、俄语系。论文中有的是从独特视角对特定作家作品所做的分析评介，例如《历史创伤和文学再现——肯尼迪遇刺与〈天秤星座〉中的反官方叙事》《晨光暮影　似水流年——析2011年德国图书奖获奖作品〈光芒消逝的年代〉》《"倭语"之戏：曹寅〈日本灯词〉研究》《艾丽丝·门罗：南安大略的哥特城堡》；有的聚焦于外国文学艺术中特别有意义的母题和体裁，例如《论帕特里克·怀特小说中人物的性身份流动性》《森春涛对王士祯诗的受容研究》《创伤与阴影："9·11"与美国诗歌》《超越主流话语——论"高文诗人""模棱两可"表象下的"人文主义"创作倾向》《日本古代诗歌文学中的"采诗制"——以《古今和歌集》序的"献和歌"为中心》；也有的是对中外文化交流中重要现象的考察读解和拨乱反正，例如《夏威夷舞台上以英语演出的中国剧：1905—1976》《寻找被"后"的剧作家——纽约剧坛"一日游"初探》《从高校美国文学教材看20世纪80年代中国的美国文学教学与研究》《夏目漱石、芥川龙之介"中国叙事"再考》《中国现代文学中的俄罗斯侨民文学》《卢梭、自我与中国的启蒙》。

这些文章所涵盖的题目之广凸显了同仁们宽阔的学术视野，他们的研究方法和理论水平则体现了同仁们的学术造诣和思考深度。

非常荣幸在收编本文集的过程中能先睹为快,分享同仁们的学识和睿智。

编　者
2015 年 12 月于上海

目 录

编 语 …………………………………………………………… 1

论帕特里克·怀特小说中人物的性身份流动性 …………… 陈　弘 1

历史创伤和文学再现
　——肯尼迪遇刺与《天秤星座》中的反官方叙事 ……陈俊松 16

夏威夷舞台上以英语演出的中国剧：1905—1976 …………陈茂庆 31

森春涛对王士祯诗的受容研究 ……………………………… 陈文佳 44

寻找被"后"的剧作家
　——纽约剧坛"一日游"初探 ………………… 费春放　孙惠柱 62

创伤与阴影："9·11"与美国诗歌 …………………………金衡山 77

从高校美国文学教材看 20 世纪 80 年代中国的美国文学教学
　与研究 ………………………………………… 廖炜春　金衡山 89

夏目漱石、芥川龙之介"中国叙事"再考 ………………… 潘世圣 105

超越主流"话语"
　　——论"高文诗人""模棱两可"表象下的"人文主义"
　　创作倾向……………………………………………戚咏梅 122

晨光暮影　似水流年
　　——析2011年德国图书奖获奖作品《光芒消逝的年代》
　　…………………………………………………………宋健飞 140

"倭语"之戏：曹寅《日本灯词》研究………………唐　权 147

中国现代文学中的俄罗斯侨民文学…………………王亚民 187

日本古代诗歌文学中的"采诗制"
　　——以《古今和歌集》序的"献和歌"为中心………尤海燕 203

卢梭、自我与中国的启蒙……………………………袁筱一 225

艾丽丝·门罗：南安大略的哥特城堡…………………朱晓映 239

论帕特里克·怀特小说中人物的性身份流动性[①]

The Fluidity of Sexuality in Patrick White's Novels

陈弘[②]

摘　要：帕特里克·怀特是澳大利亚最重要的现代主义文学家，1973年诺贝尔文学奖得主。怀特是一位同性恋作家，在当时主流文化的压制下，他在作品中对于性与性身份问题的表现较为隐晦，作品中人物的性身份和性角色常常处于不稳定、不确定的流动状态。通过对于怀特作品中人物性身份的发掘，我们将得以了解其对人性方方面面的深刻认识。

关键词：澳大利亚文学；小说；性身份；同性恋；帕特里克·怀特

Abstract: As Australia's only Nobel Literary Prize laureate in 1973, Patrick White has remained the most renowned Australian modernist writer. Himself a homosexual writer, White had been undergoing the

---

[①] 本文发表于《华东师范大学学报（哲学社会科学版）》2011年第6期。
[②] 陈弘，博士，副教授，华东师范大学澳大利亚研究中心主任，研究方向为澳大利亚研究，主要成果包括《走向人性的自由与理想：论帕特里克·怀特小说中的性》《澳大利亚文学批评》等专著与核心期刊论文10余篇。

suppression and repression of the then mainstream culture in Australia, and was only able to express his sexual identities and values in his literary works in an indirect and concealed way. The sexual identities in his writings are very often in an unstable and uncertain state of fluidity. The exploration of the gender and sexual identities in White's works is conducive to a better understanding of his insights into the aspects of humanity.

Key words: Australian literature; fiction; sexuality; homosexuality; Patrick White

帕特里克·怀特（1912—1990）是20世纪澳大利亚最重要的现代主义小说家，曾于1973年获得诺贝尔文学奖，将"澳大利亚文学带到了世界的版图上"[1]。他被称为一位"富有远见和理性的人"（Joyce 1991:1），一个"深刻的文化批评者"（During 1996: 9），甚至于被浪漫地形容为"沙漠中走出的先知"（McLaren 1995: i）。

第二次世界大战之后的澳大利亚文坛尚为保守、传统的文学思想把持，文学被不少作家、批评家作为对生活的如实摹写和生动反映。帕特里克·怀特把他对人类存在的普遍意义与困境的思考作为作品的主题，以其深刻、独特的文学思想和创新的文学风格，在澳大利亚文学史上创立了怀特时代，奠定了"怀特派"小说创作流派。

在其12部长篇小说、4部短篇小说集、4部剧本以及众多的诗歌、散文作品中，性以及围绕性爱所产生的种种冲突与矛盾是一个重要的主题。怀特说过："文艺作品中的创造活动与性活动的关系非常紧密。在那个源头，我获取了很多领悟。"（Marr 1994: 339）怀特本身是一位同性恋者，他在另一封书信中论及了自己的创作与同性恋的关系："如果说我能够被称作一个作家的话，那么这是因为我是一个同性恋者。通过同性恋，通过凡俗的情感，我获得更多的领悟。"（Marr: 537）

---

[1] *The Times* (London), September 29, 1990

一、性、性身份及其流动性

当代文化研究和心理学的研究，使得人们对性、性别、性身份和性角色等问题有了新的认识。弗洛伊德、拉康、荣格对于性和文学之间的关系的理论揭示了人物性意识和性身份的重要作用。当代同性恋理论（Queer theory）的代表人物朱迪思·巴特勒（Judith Butler）、伊丽莎白·格罗兹（Elizabeth Grosz）和伊芙·塞奇威克（Eve Sedgewick）关于性身份流动性的理论也为我们对怀特的性思想，以及对他的作品中人物性身份的分析提供了理论上的框架。

现当代文化语境下的性早已不是单纯的生物学和人类学的概念，而具有广泛的文化、政治、历史、社会意义。英国社会学家盖尔·霍克斯（Gail Hawkes）指出，性事实上"通过各种可能的能指（signifier）——包括服饰、举止、生活习惯、性对象的选择等加以定义"（Hawkes 1996: 8）。换言之，性具备有多元的文化内容，表现出社会、文化的态度、身份与认同、权利关系、欲望和想象等。作为"被赋予或被选择的身份"，性所体现的是一种自我与社会关系的相对与相互的关联，展现出多形态的欲求、互动、意识与价值。

因此，从文化意义上来看，由于性的多元性，即使是对同一个个体来说，性也就不是一种被规定并被固定的、单一的、常数式的特征，对于性、性别、性身份的认识具有了可变性和多样性。

既然性在社会与文化架构下具有多元的形式和内涵，它体现的更是一种多向度的行为方式，朱迪思·巴特勒指出，通过性所体现的身份是"经由性的表现方式和行为所构成的"（Butler 1990: 25）。同性恋与异性恋的性向与身份也就不是与生俱来的一种禀性，巴特勒认为，性身份是在个体的社会化过程中获得的，性身份并不仅仅是"文化在先天获得的性别上留下的印记……人的性意识籍其性身份而确立"（Butler, 7）。她进而指出，"行为性不能在反复规范和控制的标准之外理解，事实上这种反复的行为并不是由某个主体实施，这种行为实际上造就了主体本身"（Butler 1993: 95）。

因此,同性恋的身份并不是人的某种隐藏特质的展现,也不是个体刻意去获取某种文化特性的手段。个体的性向是一系列社会和文化行为的表现,个体要么附和社会与文化的体制规范,要么对之违逆、偏离、变化。

另一位性别理论学者伊丽莎白·格罗兹进一步认为性身份必须理解为性的一个前提,她认为巴特勒没有认识到"性本身是不稳定的,身体具有多种可能性,具有任何一种特定文化所能容忍的范围之外的可能性"(Grosz 1994: 140)。格罗兹认为性是不确定的、流动性的,永远处在各种不同力量和影响之下,"人的主体并非简单地拥有一个身体。相反,身体是一个客体,受制于不同的态度和判断"(Grosz 1994: 81)按照格罗兹的分析,身体并不完全只是生理意义上的,也不仅仅只是文化意义上的,除此之外,它还处于公共与私人、心理和社会等多种范畴的交互影响之中,而性向则不能以二分法简单划分为异性恋和同性恋。

伊芙·塞奇威克更为激进地认为并没有什么内在的特质来规定个体的性与性身份。就像人的民族身份是不固定和非常态的,始终处于流动之中,性向和性身份也不具有什么明确的界限,性是"由一系列行为、期待、叙述、快感、身份构筑与知识交织在一起的"(Sedgwick 1990: 29)。

二、《沃斯》和《人树》的异性恋隐喻

在怀特的早期代表作《沃斯》(*Voss*)和《人树》(*The Tree of Man*)中可以发现这种流动性的一些端倪。《沃斯》的开篇便是主人公沃斯和劳拉·特维里安的相识,之后,在沃斯开始跨越澳大利亚大陆的探险之前,两人相互了解,达到某种柏拉图式的恋情。在这里,两人的关系虽然是明显的异性恋,但是两人关系的真正开展,却是在沃斯横跨澳大利亚大陆的探险开始之后才发生和发展起来的。事实上,沃斯早就发现"在这里,许多的事情都是无谓的。那样一些漂亮的女性是

他所不需要的……他自身便是自足的"（*Voss* 7）。而劳拉也没有感受到沃斯的任何吸引，怀特不吝篇幅地描写她对他的反感，她鄙视他邋遢的衣着、浓重的口音、粗鲁的举止，甚至觉得他是个疯子（*Voss* 4、15、16、17、19、56），声称"我对那个人根本不屑一顾"（*Voss* 16）。

两人关系的发展颇具魔幻色彩。在率领他的探险队启程之后，沃斯在一次梦境中与劳拉开始了恋情。这是一种超自然的心灵沟通，通过幻觉、想象、梦境来实现。劳拉甚至化身在大自然中，"从他站的地方，他可以看见她颈下的私密之处，全然如奶油一般，还有她那坚硬、黑色的帽顶边缘青白相间的边沿"（*Voss* 157）。沃斯进而在火苗中看见劳拉慢慢成形（*Voss*），进入到探险队中（*Voss* 163）。甚至在沃斯死后，劳拉自诩为他的未亡人，声称他存在于大自然，并能与之沟通关联。沃斯与探险队其他成员间的关系则随着探险的进行发生变化，沃斯被描写成一个具有尼采笔下"超人"（Übermensch）的形象，对于其探险队中的同伴具有强烈的感召力。沃斯与劳拉的异性恋恋情虽然显而易见，但却通过超自然的心灵感应而变得实为虚幻。而他与同伴们的关系则时时显出某种心心相印的密切与暧昧。沃斯的性身份由此显得首鼠两端、模糊游移。

《人树》中的性关系和性取向也同样显得不确定。斯坦与艾米是一对普通的澳大利亚乡村夫妇，两人在蛮荒的丛林成家立业，生儿育女。但是事实上，艾米对于斯坦而言显得几乎只是一个妻子形象的道具，"娶费本斯家的这个姑娘，斯坦·帕克并没有做出什么决定，如果决定就是意味着考虑优劣得失的话，他就知道应该去和她结婚，婚礼没有理由拖延，因此马上就举办了"（*Tree of Man* 24）。正如澳大利亚文学评论家戴维·塔西（David Tacey）所言，两人的关系"毫无浪漫成分……[艾米]几乎不能触及或激发他深层的情感上的自我，而只是陌生地处于他真正的性生活之外"（Tacey 1988: 51）。斯坦对艾米所具有的冷漠和距离感截断了两者的情感联系，"男人望着屋外的大雨。他在逃离他的妻子，她可否知道？"（*Tree of Man* 71）

不少评论家试图对两人的关系进行解读，威廉·沃尔什（William Walsh）认为两人的隔阂在于彼此对大自然的不同态度

(Walsh 1977: 33),巴里·阿加尔(Barry Argyle)认为艾米象征了一种魔性,因而受到斯坦的厌恶,而彼得·伍尔夫(Peter Wolfe)则更进一步地认为这种魔性会吞噬"她的丈夫、儿子和孙子"(Wolfe 1983: 94)。但是相异的自然观,以及艾米好胜的性格都不能充分解释斯坦对艾米在性爱上的冷淡和回避。

事实上,艾米对一位邻居麦德琳所怀有的知慕倾心则体现了在这对看似普通的夫妇关系下所暗含的同性恋性向。这位神秘的具有美貌和气质的女性使艾米产生了几近色情的想象和梦境(*Tree of Man* 137),她甚至用给邻居送食物的借口前去窥视麦德琳(*Tree of Man* 159)。在邻家失火时,艾米则逼迫斯坦冲进火场去救出麦德琳(*Tree of Man* 176)。

斯坦与麦德琳的火场遭遇颇值得玩味,冲入火场的斯坦竭尽全力将她抢救到屋外。这段英雄救美的经历被某些评论家认为是两人性行为的隐喻,但是无论对这一过程做怎样的解读,被救出火场的麦德琳并未被描写成一位娇弱美女,在斯坦的眼里,她几乎成了一个"面目可憎的巫婆"(Tacey 1988: 61):"她面无人色,几乎丑陋不堪,他离她很近,看得一清二楚……麦德琳的美貌顿然消失不见,如果斯坦·帕克对她有任何欲念的话,此时也都萎缩殆尽了。他渺小、孤独的躯体拖着那个脸色灰黄的女人。"(*Tree of Man* 180)

令艾米如此倾心的麦德琳在斯坦眼里便变得如此丑陋可憎,这里所体现出来的性向昭然若揭。在《人树》中,同性的吸引和异性的相斥始终如一股暗流潜伏在斯坦和艾米的家庭生活之中。

《沃斯》和《人树》的创作背景,是澳大利亚尚处于文化保守主义一统天下的时代,同性恋在当时不能也不可能为社会所接受。事实上,早年的怀特对自身的性身份也并不明确,其性思想也处于流动之中。在其自传中,怀特说过自己曾经游移在"此种或那种性生活方式之间"(*Flaws in the Glass* 35)。澳大利亚传记作家戴维·玛尔(David Marr)认为怀特当时对自己的性取向和新身份的害怕,使得他将自己及其创作隐藏在某种"外壳"之下。这一外壳在包括《沃斯》和《人树》等作品中,便是异性恋的外表,而掩藏于其中的则是其不为社会所认可和接受的性向。怀特正是通过对其作品中人物性取向采取这种较为模糊的隐晦策略，对社会与文化环境进行妥协性的因应。

三、《姨妈的故事》与《特怀旁的爱情》的性别流动性

身份的构成具有多元性和多样性，受到政治、社会、文化等各种力量的影响。性身份亦如此，不断受到社会、文化的塑造和再造。在文学中，变化不定的性身份使情节和人物具有了灵活性和多样性。人物不确定的性别、性别的混合、性别的不完整和性别的多样性构成作品及其人物本身的丰富多样。

怀特作品中另一类型的人物具有多重性取向和性身份，这使怀特得以不必屈从于异性恋主导的社会与文化，而以一种更为独立的方式和态度处理自己的人物。文学评论家爱德华·特吉利安（Edward Tejirian）认为，双性特征表明"在一个个体身上同时具有两种不断的、有力度的情感流向——一股流向男性，另一股流向女性——这两个持续的性动机系统同时起作用，进行性向的表达"（Tejirian 1990: 232）。

《姨妈的故事》（*The Aunt's Story*）是怀特自己非常喜爱的一部作品，其主人公西奥多拉·古德曼是一个孤身一人、外貌平平的老处女。甫一出场，西奥多拉便显得毫无女性魅力。"她显得干瘪，皮肤粗糙，面色发黄。她年约50岁，眼睛很亮，一头黑发……她自己也不喜欢自己的脸，她的眼睛总在规避着镜子"（*The Aunt's Story* 12）。

但是西奥多拉外表上最为突出的一点是"那一片令她蒙羞的胡须"（*The Aunt's Story* 18），这使她在生理上具有男女同体的明显特征。与此相应，她还喜欢穿靴子、长裤，而即使她穿着女性的服装，她也"走得飞快，迈着大步，人们见了就会说西奥·古德曼就是个穿裙子的汉子"（*The Aunt's Story* 67）。西奥多拉对所谓男女性别角色的差异也嗤之以鼻，认为她的生活不应该"受制于性别"（*The Aunt's Story* 32）。

西奥多拉从小就体现出男孩的气质,"那些较为客气的人希望说得尽量婉转,于是会说,西奥真应该是个男孩啊"(*The Aunt's Story* 32)。她喜欢玩枪、打猎,她钟爱"她那支小步枪光滑、清爽、带着枪油的气味""只有带着枪,她才感到自由、才跟得上父亲的步伐"。步枪在这里显然具有拉康所说的"菲勒斯"(phallus)的作用,成为象征男性父权的特权能指(the privileged signifier)。西奥多拉娴熟地使用步枪,不仅仅只是对其男性潜质的展现,而同时也让她成为父亲的儿子,与父亲达成同性间的联盟。

西奥多拉与男性之间的关系也显出这一双性特点。她不能与男性同伴达成异性恋的关系,她对猎枪的喜爱更使她在朋友中成为一个另类。她的朋友弗兰克·佩洛特觉得"她令他不安……她身上有某种东西是他不理解的,因此他一直觉得不自在,几乎还有一点害怕"(*The Aunt's Story* 71)。随着她男性气质的不断加强,她开始长出胡子来,弗兰克惊呼,"天哪,西奥多拉真丑……她长得真的有点可怕啊!"(*The Aunt's Story* 113)

如果说,《姨妈的故事》中的多重性别还仅仅停留在西奥多拉的外貌和举止上,而在怀特的大多数其他小说中,性取向问题往往只被非常隐晦地提及,但在《特怀旁的爱情》(*The Twyborn Affair*)中,性身份的多元性和流动性则展现到了极致,几乎可以看作是小说着力表现的主题之一。

小说出版于1979年,事实上这是怀特出版的最后一部长篇小说。全书共分3部分,描写的同一个主人公具有三个名字,出现在三个不同地方,具有不同性别。主人公的生活具有如此的复杂性和可变性,这本身就是怀特对于身份,尤其是性身份流动性的一种阐述。评论家南希·夏皮罗(Nancy Schapiro)认为这部小说是"对性身份、民族身份和人类身份的一次探索"(转引自 Wolfe 1983: 215)。

小说主人公 E 出生于澳大利亚,在第一部分,E 是一位希腊商人年轻漂亮的情妇。第二部分中,E 又成了一位澳大利亚中尉,在第一次世界大战结束后退役回到悉尼,然后到牧场上当帮工。到了小说的最后部分,E 又是伦敦一家妓院的老鸨,最终在第二次世界大战中德国对伦敦的空袭轰炸中死去。

尽管主人公跨越时空,具有不同性别和身份,但小说并不真正具有魔幻现实主义的特点。和《沃斯》中的心灵感应一样,在这里,超现实身份的变化只是一种手段。在第一部分,E 的名字是尤多西娅(Eudoxia),被描写成极具女性魅力,一个"优雅的可人儿"(*The Twyborn Affair* 14),"这姑娘棕色胳膊纤长,下颚的轮廓完美,还有她回眸微笑时身体的曼妙"(*The Twyborn Affair*)。但是即使这样一位女性形象,其性身份,甚至性别也并不确定。尤多西娅承认 E 还有"另一个躯体"(*The Twyborn Affair* 23),在其日记里也坦承自己是身披女性外衣的男性,"我坐在窗边,披着石榴花图案的披肩,扇着缀有小饰物的扇子,微风拂在我裸露的肌肤上,其味若饴,我往镜子里端详我自己,觉得伪装得不错,可以混过去"(*The Twyborn Affair* 23)。澳大利亚评论家马克·威廉姆斯认为,"《特怀旁的爱情》中的异装行为体现的是人类的不真实性,我们需要通过装束建立我们的人格,而在我们乔装起来的装扮之后,我们却缺乏任何实质"(Williams 1993: 142)。

他进而指出:"服装和性身份密切相关。通过改变我们的服饰来改变了我们传达给别人关于自己性身份的信息。异装者们认为不能因为我们的出生无端地确定我们的性别——我们有能力改变或者创造自己的性别身份。更重要的是,异装者不能回避这样一种谁都不能逃避的认识:在我们乔装的面具之后,我们自我的真实性是不断变化和游移的。正是这一点使得异装者和艺术家颇为相似。"(illiams 1993: 143)

在这里,性身份通过异装处于流动中,而尤多西娅探索和建立自己的身份,避免与社会、文化所宽容、认可的形式发生抵抗,而籍异装的行为进行协商。

E 在小说的第二部分已经是退役中尉艾迪·特怀旁(Eddie Twyborn),"一位颇有吸引力的小伙子"(*The Twyborn Affair* 133),

但是即使在回悉尼的旅途中,"尽管身着男装,艾迪身份感仍然未定、模糊"(Colmer 1984: 80)。在船上的化装舞会上,艾迪同时受到一个女孩和一位军官的调情勾引。

艾迪在农场的帮工生涯是"寻找和了解其自我,同时也是将其男性外表固化为身份的一个方式"(Weigel 1983: 119),"他开始接受自己的身体,与其外表共存,他的手不再起水泡,而他的双臂,虽然还不够强壮,已经至少变得灵巧、有力"(*The Twyborn Affair* 201)。然而,农场上的两段恋情又使得 E 重归那种不稳定、不确定的性身份。

艾迪与农场主的妻子玛西亚偷情,之后又被迫使与农场经理唐·普劳斯发生同性恋关系。在表面上,这似乎是一种双性恋的行为,但在戴维·塔西看来,玛西亚在艾迪身上看到的是女性的气质,她"希望获得并建立的是和艾迪的姐妹关系和女性同盟关系"(Tacey 1988: 194)。事实上,就连农场上的一位老女仆也认识到艾迪男性外表下的女性特质,"我喜欢你在这里……你和我有共同点,我喜欢女孩子,而不是男孩……我不是说你不是男孩,但你不一样,女人能够有直觉看出来的"(*The Twyborn Affair* 185)。即使在和玛西亚偷情后,艾迪仍会潜入她的卧室,翻弄和偷换上她的衣服,在玛西亚的床上产生女性的感觉和期待。在这里,男性和女性身份同时交织在一起,令其自我身份处于混乱之中。当艾迪被屋外的脚步声惊动时,"尤多西娅·瓦塔茨急忙褪下她借取的衣物,艾迪·特怀旁中断了他重温的情景"(*The Twyborn Affair* 282)。唐·普劳斯与艾迪的同性恋行为则进一步动摇其外表上的男性形象,即使他的声音也"显得不那么男性"(*The Twyborn Affair* 297)。《特怀旁的爱情》的第三部分中的 E 是伊迪丝·特利斯特夫人(Mrs. Eadith Trist),在伦敦经营一家妓院。在这部分,E 竭力确认其性身份,而性身份与其自我的身份也息息相关。在这部分的开始,E 以女性的面目出现,但由于自身的性身份得不到确定,也就只能处于矛盾和游移之中,而不能稳定地生活。作为尤多西娅,她最终只能逃离与瓦塔茨的类似与婚姻的关系。作为艾迪,他则挣扎在异性恋和同性恋之间，而作为伊迪丝，她受到格拉夫诺爵士的追求，但在其女性的外表之下，她仍然在追索自身的真实身份。"到底谁能够决定，我的什么身份是自然的，什么是不自然的"（*The Twyborn Affair* 317）。

与两个人的重聚促使伊迪丝走出困境，走向 E 的真正身份的达成。在小说的第一部分，来自澳大利亚的琼妮·高尔森曾与尤多西娅相识，而到了第三部分，琼妮在伦敦与伊迪丝邂逅，这令伊迪丝回忆起尤多西娅时代以及艾迪时代的自我。对过去的重温显然具有超越现实的感觉，伊迪丝可以感受到艾迪的男身的出现，"她抵御着，但最终不敌，那另一个身体终于脱身而出，占据了她，替代了她"（*The Twyborn Affair* 375）。

E 的母亲伊迪·特怀旁与伊迪丝在伦敦的相遇是 E 完成其身份构建，达成完整人格的一步。与伊迪的重逢使伊迪丝意识到，这是"她血肉乃至灵魂的母亲"（*The Twyborn Affair* 394），在老迈的伊迪也认出了她的时候，她用纸笔问："你是我的儿子艾迪吗？"而伊迪丝则回答："不是，我是你的女儿伊迪丝。"而伊迪则回答："太好了，我一直希望有一个女儿。"（*The Twyborn Affair* 422）

小说以 E 的死去结束，E 穿着男性的衣服，脸上却还残留着女性化妆的妆容。当她还是尤多西娅的时候，E 具备的是性身份的双重性，但是和瓦塔茨的情人关系锁闭了 E 流动的可能性，因此尤多西娅的离开变成了一种必然。身为艾迪·特怀旁的 E 则虽然具有固定的性别，但其模棱两可的身份和角色使之达成对现实的超越。伊迪丝在灯红酒绿中的烟花生涯使她得以对现世的淡忘和对真相的假饰，然而和母亲的重逢令其身份再次变得不确定。最后，在纳粹轰炸后的残垣中，E 的生命中断在性身份流动的中间，正如威廉姆斯所指出的，E 的身份自始至终都是"变化的、多重的、具有无限的可能性"（Williams 1993: 152）。

四、怀特的困境与应对

巴特勒认为,"没有什么'正当的'性身份,对于一种或另一种性别来说,并没有什么合适恰当的身份,性身份并不是性别的财产"(Butler 1990:21)。她认为,性身份的一致性和连贯性就如同一根易断的链条,随时可能中断,但有可能再次连接起来。"异性恋不得不重复自己,以建立起一种统一性和身份的幻觉,但是这样的身份则不断处于威胁之下的"(Williams 29)。

怀特所处的澳大利亚处于第二次世界大战结束后的文化变动和震荡之中,各种新思潮和新力量对传统不断地加以挑战和颠覆,人们的生活也具有更广泛、更多样性的方式的可能性。性革命和性解放,以及女权主义运动和女性主义思想也挑战着传统的性思想和体制。对于性身份和角色的观念发生了变化,单一的父权意识的体制中开始有了更为丰富、细腻的多元因素。

澳大利亚文化中,长期以来以父权体制为主导的主流文化建制对任何非传统、常规的社会、文化行为采取的是不容置疑的排斥甚至压制。虽然在现代潮流的冲击下,传统的禁锢不断受到挑战,但直到20世纪七八十年代之前,非主流的文化仍然受到严厉打压。文学评论家西蒙·杜林在分析《特怀旁的爱情》中的艾迪时这样认为:"传统的社会价值迫使个体必须采取固定的性身份,限制人们去过那种'体面而乏味的'生活,而人们深感这种生活的虚伪,令他们反感"(During 1996: 49-50)。作为对策,怀特采取的是一种"将多重自我组合在一起,构成一种复杂的性身份,在不同的场合发挥作用"(During 1996: 63-64)。

在20世纪70年代末,当澳大利亚社会对同性恋开始逐渐采取宽容、开放的态度,同性恋者开始"出柜",在公共场合表明自己的性身份,同性恋解放运动和同性恋权利运动也开始兴起,澳大利亚文化、宗教和政府渐渐开始以新的态度对待同性恋者。但是,尽管如此,怀特并不支持这种大肆公开自己性身份的行为,他仍然认为同性恋身份处境是一种游离于主流之外的"局外人"的困境（Marr 1991: 248），他认为社会"将其同性恋视为一种'病态'、一种女性化的气质"（During 1996: 71）。

在其创作中，怀特采取这种隐匿的、流动性的手法来处理人物的性身份，其实是利用这种写作手法提供给自己一个"橱柜"藏身，只有通过这样的"橱柜"隐藏自己，他才得以充分自由地进行写作（During 1996: 72）。

怀特作品中体现出三种性倾向，即异性恋、双性倾向和同性恋取向与行为。怀特在作品中这样的表现方式和他所处的社会与文化环境是息息相关的。无论是披着异性恋外衣的同性恋，还是真正的同性恋关系，均不能圆满达成。在他的作品中，同性和异性的亲密关系均在不同程度上被扭曲变形，爱欲的释放受到种种阻碍。正因为同性恋身份的边缘地位，使得怀特作品中的人物大多乖戾，既不为社会所了解，也不期求世俗社会的接受。显然，怀特将其自身受到社会排斥、压制的同性恋性取向，进一步投射到他对社会、人生的观察中，从而与边缘、弱势人物产生认同。

综上所述，怀特通过其作品体现的他对性的认识，正体现了他对人性的思考。在其自传《镜中疵》里，怀特认为自己的同性恋倾向使得自己能够同时从男性和女性的角度进行思考，进而有助于其小说的人物刻画。应该说，性对于怀特的文学创作和思想的影响远大于此。他的性意识的形成和发展，使他能够以"他者"的身份和角度，对各种文化、哲学和社会问题加以独到的思索。

参考文献

[1] Butler, Judith. *Gender Trouble: Feminism and the Subversion of Identity*[M]. London: Routledge, 1990.

[2] —. *Bodies that Matter: On the Discursive Limits of "Sex"*. New

York: Routledge, 1993.

[3] Colmer, John. *Patrick White*. London: Metuen, 1984.

[4] During, Simon. *Patrick White*. Melbourne: Oxford University Press Australia, 1996.

[5] Grosz, Elizabeth. *Jacques Lacan: A Feminist Introduction*. Sydney:Allen & Unwin, 1990.

[6] Hawkes, Gail. *A Sociology of Sex and Sexuality*. Buckingham: Open University Press, 1996.

[7] Joyce, Clayton (ed.). *Patrick White: A Tribute*. Sydney: Angus & Robertson, 1991.

[8] Marr, David. *Patrick White: A Life*. Sydney: Random House Australia, 1991.

[9] Marr, David (ed.). *Patrick White Letters*. Sydney: Random House Australia, 1994.

[10] McLaren, John. *Prophet from the Desert: Critical Essays on Patrick White*. Melbourne: Red Hill Press, 1995.

[11] Sedgewick, Eve K. (ed.) , *An Epistemology of the Closet*. Berkely and Los Angeles: University of California Press, 1990.

[12] Tacey, David. *Patrick White: Fictions and the Unconscious*. Melbourne: Oxford University Press, 1988.

[13] Tejirian, Edward J. *Sexuality and the Devil: Symbols of Love, Power and Fear in Male Psychology*[M]. London: Routledge, 1990.

[14] Walsh, William. *Patrick White's Fiction*. Sydney: George Allen & Unwin, 1997.

[15] Weigel, John A. *Patrick White*. Boston :Twayne Publishers, 1983.

[16] Williams, Mark. *Patrick White*. Houndmills: Macmillan, 1993.

[17] Wolfe, Peter. *Laden Choirs: The FictionPatrickWhite*.Lexington, Kentucky: The University Press of Kentucky, 1983.

文中引用帕特里克·怀特作品版本:

[1] *The Aunt's Story* (1948), London: Vintage,1994.
[2] *The Tree of Man* (1956), London: Penguin,1961.
[3] *Voss* (1957), London: Longman,1965.
[4]*The Twyborn Affair* (1979), 1979, London: Jonathan Cape,1965.
[5] *Flaws in the Glass* (1981), London: Jonathan Cape,1981.

历史创伤和文学再现

——肯尼迪遇刺与《天秤星座》中的反官方叙事①

Historical Trauma and Literary Representation: The Assassination of JFK and the Refutation of "Official Truth" in *Libra*

陈俊松

摘　要：《天秤星座》是美国当代作家唐·德里罗以肯尼迪总统遇刺为题材创作的一部典型的编史性元小说。一方面，小说以历史上真实可考的人物和事件融入故事、构筑情节，对一个铭刻在美国民众集体记忆当中的历史创伤进行重写和再现；另一方面，作品又以其明显的"自我指涉"性揭示出小说和历史书写的虚构本质，模糊了历史与小说之间的界限。本文借鉴琳达·哈钦关于"编史性元小说"这一后现代文类的理论框架，深入解读这部小说的文本特征和叙事策略，旨在探讨小说对历史的重构和对官方叙事的驳斥，以及由此在文本外所进行的政治介入。

关键词：编史性元小说；德里罗；《天秤星座》；反官方叙事；政治介入

---

① 本文原发表于《国外文学》（CSSCI）2012 年第 2 期，第 138-145 页。

Abstract: As a fictional work concerned with the JFK assassination, Don DeLillo's *Libra* is an exemplary text of histriographic metafiction. While incorporating historical personages and events in the reconstruction of history, the novel reveals its fictional nature by explicit self-reflexivity. *Libra* revisits and rewrites the historical trauma in the American memory, but paradoxically blurs the distinction between history and fiction. Based on Linda Hutcheon's theory of historiographic metafiction, this paper examines the reconstruction of history and refutation of "official truth" in *Libra*, so as to reveal its engagement with outside political life.

Key words: historiographic metafiction; Don DeLillo; *Libra*; refutation of "official truth"; political engagement

一、历史创伤："摧垮美国世纪的七秒钟"

20世纪60年代是美国历史上的多事之秋。一方面国际上美苏为争夺势力范围公开对抗，冷战气氛日趋紧张，另一方面美国国内的政治动乱也层出不穷，抗议之声一浪高过一浪。1963年11月肯尼迪总统（John F. Kennedy）在德拉斯遇刺、1968年4月黑人领袖马丁·路德·金（Martin Luther King, Jr.）在孟菲斯被杀、同年6月参议员罗伯特·肯尼迪（Robert F. Kennedy）在洛杉矶惨遭谋害，这一系列谋杀加之风起云涌的各种政治运动（包括新左派学生运动、黑人民权运动、女权运动、反战游行等等）使得美国彻底告别了相对平静的发展时期。可以说，60年代是美国20世纪政治上最动荡、最激愤的时期。而在所有这些动乱当中，肯尼迪遇刺无疑是整个60年代最具历史意义、影响最为深远的标志性事件。

1963年11月22日，极富个人魅力的美国第35任总统约翰·菲兹杰拉德·肯尼迪在得克萨斯州达拉斯市遇刺身亡。这个事件似乎应验了肯尼迪家族的诅咒，但更为重要的是它导致了整整一代人信仰的破灭。对此，劳伦·斯宾塞（Lauren Spencer）在《肯尼迪遇刺》（*The Assassination of John F. Kennedy*，2002）一书中曾不无深刻地写道："对于很多美国人而言，这次枪杀造成了一场信仰危机，他们对肯尼迪所代表的那种神话般的美国信念受到了挑战。"（Lauren 7）当代美国著名后现代主义小说家唐·德里罗（Don DeLillo，1936—）在其小说《天秤星座》（*Libra*，1988）中更生动地将肯尼迪总统遇刺称为"摧垮美国世纪的七秒钟"（Delillo 115）。的确，美国民众在年轻的肯尼迪当选总统后曾对国家的未来充满信心，对其开拓的"新边疆"满怀希望。这个沉痛的打击几乎让所有的人都始料未及，他们的乐观精神顷刻间荡然无存。在悲痛和愤怒中逐渐平静下来的人们异常坚决，要求政府调查事件背后的真相。此后，围绕肯尼迪遇刺之谜而产生的各种叙事作品层出不穷、浩如烟海。政府部门、历史学家、独立调查者、新闻媒体、小说家等都对这个事件进行了探究，肯尼迪遇刺成为"美国历史上被书写得最多的事件"（Kennedy 377）。虽然时间已为我们拉开心理上的距离，但当人们再次回想起迪利广场上的枪声至今仍会感到一种"无法言说"的伤痛。如果说稍后的越战给美国参战士兵造成了挥之不去的心理创伤，那么肯尼迪遇刺则给更为广大的美国民众留下了至今尚未治愈的"历史创伤"（historical trauma）。

从理论上对"创伤"（trauma）做出的最早系统阐述可以追溯至法国的皮埃尔·让内（Pierre Janet）和奥地利的弗洛伊德（Sigmund Freud）。当然，以他们为代表的早期研究者对创伤的探究均是从心理分析学的角度展开。自20世纪80年代以来，创伤理论从对越战老兵"创伤后应激障碍"（"Post Traumatic Stress Disorder"，PTSD）的研究而引发了更加广泛的兴趣，并由此进入了一个跨学科研究的新阶段。很多来自不同学科领域的学者，如朱迪斯·赫尔曼（Judith Lewis Herman）、凯西·卡鲁斯（Cathy Caruth）、卡罗琳·加兰（Caroline Garland）、肖珊娜·费尔曼（Shoshana Felman）、多丽丝·劳伯（Doris Laub）、凯思琳·麦克阿瑟（Kathleen Laura MacArthur）、罗斯·莱斯（Ruth Leys）等等，从心理分析、精神病学、社会学、教育学、女性主义、电影、政治学、文学批评等等不同的角度对创伤已进行了深入研究。其中尤为值得一提的是凯西·卡鲁斯,她成功地将创伤理论用于文学批评,在批评界产生了较大的影响。卡鲁斯主编了一本广获学术界好评的论文集《创伤——关于记忆的探寻》(*Trauma: Explorations in Memory*, 1995),紧接着又出版了一部研究创伤书写的专著《被遗忘的经历——创伤、叙事和历史》(*Unclaimed Experience: Trauma, Narrative and History*, 1996)。在凯西·卡鲁斯看来,文学作品为创伤经历打开了一扇言说的窗户,因为文学可以教会读者怎样去倾听那些只能通过非直接的、非常规的方式讲述出来的经历。例如,库尔特·冯内古特曾亲身经历过二战期间联军在德莱斯顿的大轰炸,他在其代表作《五号屠场》(*Slaughterhouse Five*)中写道:

> 书不长,杂乱无章,胡言乱语,山姆,因为关于一场大屠杀没有什么顺乎理智的话可说。可以说每个人都已经死了,永远不再说任何话,不再需要任何东西。大屠杀之后一切趋于无声,永久沉默,只有鸟儿还在啼叫。
>
> 那么鸟儿在说些什么呢?关于大屠杀所有能说的也只有"叽—喁—叽"?
>
> (Vonnegut 15-16)

这里的"沉默"和"鸟叫"揭示了历史创伤对个体心理所带来的严重后果。面对肯尼迪总统遇刺这种无法言说又不得不说的重大政治事件,面对关于这个事件与日俱增的种种理论和假说,小说家们几近患上"失语症"。他们不得不另辟蹊径,艰难地将迪利广场上渐行渐远的枪声再次带回公众的意识。德里罗的《天秤星座》正是这样一部力作。然而,这不是一部传统的历史小说,而是一部典型的后现代文本,或者更准确地说,是一部"编史性元小说"。

二、编史性元小说：一种后现代文类

"编史性元小说"（historiographic metafiction）这个名称是由著名文论家、加拿大多伦多大学教授琳达·哈钦（Linda Hutcheon）在《后现代主义的诗学》（*A Poetics of Postmodernism: History, Theory, Fiction*, 1988）一书中提出的，现已在后现代主义文学批评中产生了广泛影响。用哈钦的话来说，"编史性元小说"是指"那些闻名遐迩且深受读者喜爱的小说，它们既具有强烈的自我指涉性又悖论般地植根于历史事件和人物之中"（Linda 5）。加西亚·马尔克斯（García Márquez）的《百年孤独》、艾柯（Umberto Eco）的《玫瑰之名》、约翰·福尔斯（John Fowles）的《法国中尉的女人》、多克特罗（E. L. Doctorow）的《但以理书》、库弗（Robert Coover）的《火刑示众》（又译《公众的怒火》）、萨尔曼·拉什迪（Salman Rushdie）的《午夜的孩子》《耻辱》等这些为我国读者熟悉的名著都被哈钦视为"编史性元小说"。不难发现，在这类后现代小说中存在着一个巨大的悖论：一方面，小说将历史上真实可考的事件和人物融入故事、构筑情节，营造出一种强烈的历史感；另一方面，作品又具有元小说的自我指涉特征，在叙述中揭示小说的写作过程及其虚构本质。

其实，这类特殊的小说也曾引起其他批评家的注意。例如，亚兰·怀尔德（Alan Wilde）在其《中间地带——当代美国小说研究》一书中就把这种使用后现代主义的技巧但试图指向或再现现实的小说称为"间小说"（"midfiction"）。怀尔德认为这种小说占据着"现实主义"和"元小说"这两种极端之间的"中间地带"。然而，"中间小说"这个称谓尽管非常形象也很方便，但表述尚欠准确、模糊不清。而哈钦的"historiographic metafiction"这一名称则清楚地将这类小说的特征交代得非常清楚，既植根历史、营造历史感又具有元小说的自我指涉性。显然，哈钦关于"historiographic metafiction"这一后现代文类的理论框架为我们理解后现代小说提供了一个新的视角，并有助于我们澄清对后现代主义文学的批判力量、美学追求以及政治介入等问题上尚存的误解。

作为一名严肃的作家和社会批评家，德里罗一向关注美国的历史、政治和文化危机。他在小说中一再对美国历史上的重大事件进行反思和重新审视。《天秤星座》（*Libra*）是德里罗发表的第九部小说，是一部典型的美国后现代派小说。《天秤星座》出版于1988年，正值肯尼迪1963年在达拉斯遇刺二十五周年。小说一经发表便获得了评论界的高度赞扬，荣获"爱尔兰时报国际小说奖"，并获得"全美图书奖"提名。让作家感到意外的是，这部小说也深受普通读者欢迎，曾数周位居畅销书榜首。此前，虽然德里罗在美国主流学术界享有崇高声誉，但他的读者基本是那"一小群固定的推崇者"。究其原因，可能是德里罗的小说比较晦涩，而且经常写有关恐怖、追杀等人们一般不愿面对的题材，因此普通读者很少问津。《天秤星座》是德里罗第一部登上畅销书榜的小说，并入选"每月一书俱乐部"，这一现象本身证明了这部小说具有某种独特的价值。

《天秤星座》是一部典型的编史性元小说文本。《剑桥文学指南：唐·德里罗》的主编约翰·杜瓦尔曾一语中地指出："德里罗之所以能跻身自70年代以来最重要的美国小说家之列，是因为他的小说不断地引发读者从历史的角度进行思考"（Duvall 2）。《天秤星座》触及了美国历史上一个标志性事件，深深地植根于20世纪60年代的历史语境。首先，这部小说清晰地再现了所有指向1963年11月22日肯尼迪遇刺这一时刻的历史氛围和历史人物，尤其是后来遭到警方指控的肇事凶手李·哈维·奥斯瓦尔德（Lee Harvey Oswald）。这部小说有大约一半的章节是写奥斯瓦尔德的人生经历，可以说就是一部关于他的生平传记。从他童年生活的纽约市布朗克斯区，到驻日美军基地，从他投奔苏联要求申请加入苏联籍，到最后抵达达拉斯市，在德州书库六楼的窗口瞄准到访的肯尼迪总统……如此详尽的描写给小说赋予了一种文献纪实的色彩。此外，围绕这一事件前前后后的历史事件，如1961年旨在推翻卡斯特罗古巴政权的猪湾入侵（Bay of Pigs Invasion），1962年的古巴导弹危机，1963年奥斯瓦尔德试图枪杀极右翼反共分子爱德文·沃克少将（Edwin A. Walker）等等也都得到了详尽的记述。《天秤星座》是德里罗的第一部直接以美国历史为题材的小说，与早期那些哲理性较强的作品相比，这部小说可以看作是他创作中的一个转折点。在问到这部作品与此前作品的关系时，德里罗特别说道："我认为《天秤星座》和那些作品之间出现了一个转折，因为我希望《天秤星座》具有一定的纪实性。"（Chen 8）

然而，《天秤星座》不是一部传统的历史小说，以现实主义的手法来模仿历史；它也不是一部现代主义历史小说，注重个人意识的表达和"历史的主观化"。《天秤星座》是一部后现代小说，一部典型的编史性元小说。与作品里精心营造的历史感相对的是其中体现出来的明显的"自我指涉性"（self-reflexivity）。

与德里罗此前发表的小说不同，《天秤星座》的叙述结构呈现出彼此交错的多个层次。在一般读者看来，《天秤星座》这部小说在叙述上有两个层次：一个是上文已讲到的奥斯瓦尔德的传记性叙述章节，以地点为标题，从布朗克斯（Bronx）一直到达拉斯；另一个是前中情局特工沃尔特·艾弗雷特（Walter Everett）及其团队为制造再次入侵古巴的借口而密谋刺杀肯尼迪的叙述章节，以时间为标题，从1963年4月17日（猪湾入侵两周年纪念日）一直到1963年11月22日（肯尼迪遇刺日）。但细读文本不难发现，在这两个层次之上小说还有第三个层次。这个层次就是我们可以将其称之为"元小说"或"自我指涉"的层次。在《天秤星座》这部小说中，其"自我指涉性"主要体现在尼古拉斯·布兰奇（Nicholas Branch）这个人物的塑造上。

布兰奇是一位中情局退休的分析家，"与当局签订了合同，正在撰写一部肯尼迪总统遇刺一案的秘史"（DeLillo 15）。在很大程度上，布兰奇这个人物影射了作为小说作者的德里罗。正如批评家约翰·杜瓦尔所指出："尼古拉斯·布兰奇与德里罗的角色正好重合了。"（Jokn 2）的确，布兰奇和德里罗二人身上有太多的共同点，尽管前者是一位职业的历史学家，而后者是一位小说家。他们都必须阅读长达二十六卷的《沃伦报告》，对这一案件中的主要人物（如奥斯瓦尔德）进行大量、深入的研究，分析其动机和决心。最重要的是，为了写出一部可靠的肯尼迪遇刺密史，他们都不得不面对与日俱增的文献资料。坐在"被书本塞满的屋子里，文献之屋、各种理论和梦幻之屋"（DeLillo 14），面对"无穷无尽的暗示可能"（DeLillo 15），布兰奇把自己扔进了一个绝望的深渊，成为德里罗小说中众多"幽闭小屋中人"

(men in small rooms)中的一员。在身心俱疲和绝望之中,布兰奇开始对本来要加以批驳的《沃伦报告》产生了崇拜之情。他诙谐地将《沃伦报告》称为"詹姆斯·乔伊斯写的百万级小说,如果他搬到爱荷华市来住并活到一百岁的话"(DeLillo 181)。

需要指出的是,布兰奇的这种梦魇般的遭遇也是德里罗在写作《天秤星座》过程中所经历的困境。为了写作这本小说,德里罗不仅重走了奥斯瓦尔德在美国的主要路线,去达拉斯、佛罗里达考察,研读二十六卷本的《沃伦报告》,而且还要对那些层出不穷的"新论"加以甄别,其难度可想而知。在小说出版之前,德里罗曾在《滚石》(*Rolling Stone*)杂志上发表过一篇关于肯尼迪遇刺的文章,题为《美国之血》(American Blood)。他写道:"达拉斯迷宫中的每一个细节和情形都不仅可供多种解释,而且似乎把人们引向更加精细的辞藻"(DeLillo:*AB*, 28)。不难看出,布兰奇的绝望之情亦是德里罗在写作过程中的真实遭遇。作为历史学家的布兰奇和作为小说家的德里罗所遭受的相似经历,我们可以窥视这部作品中"作为小说的历史,作为历史的小说"之间的悖论。①

法国哲学家利奥塔(Jean-François Lyotard)在《后现代状况——关于知识的报告》中,将后现代状况总结为"对元叙事的质疑"(Lyotard 24)。对于像肯尼迪遇刺这样一件至今被种种迷雾笼罩的历史事件,要想从那些杂乱的碎片中构建一个脉络清晰、完全可靠的叙事毫无疑问是困难的,甚至可以说是不可能的。时至今日,肯尼迪遇刺一案中的那些最基本的问题,如狙击手到底射了多少枪、肯尼迪身上受了多少颗子弹、伤口的大小和尺寸,以及凶手的确切数目,都仍然存有争议。所以,《天秤星座》没有按照传统和现代主义的历史小说那样去重返历史,而且采取后现代的态度,竭力展现其中既营造历史感又具有自我指涉性的叙事悖论,而这正是编史性元小说独特之处。

---

① 这是美国著名作家诺曼·梅勒著名非虚构小说《夜幕下的大军》(*The Armies of the Night*, 1968)的副标题。梅勒也曾以奥斯瓦尔德写过一本纪实性的作品:*Oswald's Tale: An American Mystery*. New York: Random House, 1995.

三、《天秤星座》中的反官方叙事

在肯尼迪遇刺后，警方指控的凶手李·哈维·奥斯瓦尔德迅速被捕，并于肯尼迪遇刺两天后被达拉斯一个夜总会老板杰克鲁比（Jack Ruby）混入记者群中开枪打死。肯尼迪的继任者林登·约翰逊（Lyndon Johnson）总统任命以最高法院首席法官厄尔·沃伦（Earl Warren）为首的委员会很快展开调查，历时 10 个月，最终出版的报告长达 888 页，并附有长达 26 卷的证词、图片和其他材料。①《沃伦报告》的主要结论可以简要归纳为：一、打死肯尼迪总统和打伤康纳利州长的子弹是由奥斯瓦尔德射出的（Gerald 19）；二、没有证据证明奥尔瓦尔德还是杰克·鲁比都属于任何一个国内或国外刺杀肯尼迪的阴谋（Gerald 21）；三、基于以上证据，调查委员会得出结论：奥斯瓦尔德是单独行动的个人行为（Gerald 22）。一言以蔽之，沃伦委员会相信"唯一凶手论"（the single assassin theory）。

在沃伦委员会之后，还有多个组织和机构对肯尼迪遇刺进行过调查，②从 1964 年开始关于肯尼迪遇刺一案的非虚构/虚构作品不断问世、层出不穷。③早在 1977 年，麦克斯·霍兰德（Max Holland）就

---

① 这份长达 888 页的《沃伦报告》于 1964 年 9 月 24 日提交给林登·约翰逊总统，三日后，也就是 1964 年 9 月 27 日正式面向公众出版。

② 例如，the Clark Panel in 1968, the Rockefeller Commission in 1975, the Pike Committee in 1975, the Edwards and Abzug House Subcommittees in 1975, the Church Committee in 1977, the House Select Committee on Assassinations in 1978, the Pamsey Panel in 1982, 以及 the Assassination Records Review Board in 1998 等。

③ 例如，Edward J. Esptein, *Inquest: The Warren Commission and the Establishment of Truth* (New York: Viking, 1966); William Manchester. *The Death of a President: November 20-November 25, 1969* (New York: Harper, 1967); Anthony Summers. *Conspiracy* (New York: McGraw-Hill, 1980); David S. Lifeton. *Best Evidence: Disguise and Deception in the Assassination of John F. Kennedy* (New York: Macmillan, 1980); David W. Belin. *Final Disclosure: The Full Truth about the Assassination of President Kennedy* (New York: Scribner, 1988); Jim Marrs. *Crossfire: The Plot That Killed Kennedy* (New York: Carroll & Graf Publishers, 1989); Paul R. Henggeler. *In His Steps: Lyndon Johnson and the Kennedy Mystique* (Chicago: Dee, 1991); Stewart Galanor. *Cover-Up* (New York: Kestrel Books, 1998); Gerald Posner. *Case Closed: Lee Harvey Oswald and the Assassination of JFK* (New York: Doubleday, 2003);

写道:"自 1964 年以来,有 450 多本关于肯尼迪遇刺的书出版,使得它成为美国历史上被书写得最多的事件之一。"(Holland 377)1991 年,奥利弗·斯通(Oliver Stone)执导的电影《刺杀肯尼迪》(JFK)获得 8 项奥斯卡奖提名,并最终获得最佳摄影和最佳剪辑奖。这部电影客观上将肯尼迪遇刺一案推向了更加广阔的公众视线。尽管如此,《沃伦报告》至今仍是受众最广、影响最大的报告,代表着官方宣告的"客观真相"。事实上,支持《沃伦报告》的声音从来就没有间断过。美国前总统杰拉德·福特(Gerald Ford)曾是最后一位在世的沃伦委员会成员,他在《肯尼迪总统:沃伦委员会关于刺杀的报告》(2004)一书写道:"我们仍是标尺[……]我们的报告里存在一些问题,但那主要是因为现在已知的证据在当时并没有由各个机构提供[……]然而,迄今所揭示的一切,无论此前被封存或没有,都不会改变我们的结论"(Gerald 15-16)。

然而,人们发现这份由总统任命、拥有至高权力的沃伦委员会所得出来的结论中却存在诸多难以自圆其说、耐人寻味的地方。虽然,当时大多数人接受了报告的结论——刺杀肯尼迪总统是奥斯瓦尔德一人的"独自"行动,背后不存在任何阴谋。但是,在风波和震荡平息过后,越来越多的人们从沃伦报告中发现重重疑团。很多独立调查者私下展开长期、执着的调查和研究。随后,各种理论层出不穷,各种猜想应有尽有。近半个世纪以来,从政治学和历史学角度来探究和分析肯尼迪遇刺案的著作不计其数、汗牛充栋。正如劳伦·斯宾塞所说,"肯尼迪遇刺案也许是美国历史上研究的最多的事件之一"(Spencer 5)。

值得注意的是,在《天秤星座》里,德里罗没有按照"官方事实"来写肯尼迪遇刺,而是否定了《沃伦报告》里的官方结论,揭示了另一个可能存在的事实:肯尼迪并非被奥斯瓦尔德一人所杀,

---

Vincent Bugliosi. *Four Days in November: The Assassination of President John F. Kennedy* (New York: Norton, 2007); David Kaiser. *The Road to Dallas: The Assassination of John F. Kennedy* (Cambridge, Mass.: Belknap Press of Harvard UP, 2008); Lamar Waldron. *Legacy of Secrecy: The Long Shadow of the JFK Assassination* (Berkeley, CA: Counterpoint, 2009), 等等。

而是被一个由中情局和古巴反叛分子组成的阴谋所害。不仅如此，美国政府，甚至约翰逊总统本人，在调查展开时对整个事件进行了极力掩盖。

《沃伦报告》宣称刺杀肯尼迪是奥斯瓦尔德的个人行为，背后不存在任何国内或国外的刺杀阴谋，而《天秤星座》却将肯尼迪之死归结为一个包括中情局和反卡斯特罗的流亡分子的阴谋团体所害，警方所控告的奥斯瓦尔德只不过是被人所利用。在肯尼迪的车队经过迪利广场上的埃尔姆大街（Elm Street）时，朝肯尼迪开枪的除了在得克萨斯教科书仓库大楼六楼窗口的奥斯瓦尔德外，还在汽车前方草地上反卡斯特罗分子雷蒙德·贝尼特斯（Raymond Benitez）。而且，更为重要的是，是后者打出的子弹从正前方给了肯尼迪致命一击。两个不同的狙击手同时开枪，尽管他们不一定知道彼此的存在，这一事实已经揭示了刺杀阴谋的存在。毋庸置疑，奥斯瓦尔德和杰克·鲁比都与这个阴谋有关。

对此，《天秤星座》里给出的解释是中情局特工沃尔特·艾弗雷特长期沉溺于"未竟的入侵古巴事业"，并为中情局给自己安排的"半退休"状态的工作——到得克萨斯女子大学任教感到耻辱，因此决心组织一个小团伙为重新入侵古巴制造一个借口。几经盘算，在得知肯尼迪要到达拉斯访问，他们一致认为如果不能把枪口对准卡斯特罗，那就不妨把枪口对准肯尼迪。当然，他们肯定不会真的枪杀肯尼迪，他们需要的是错过他。"我们不打到总统。我们错过他。我们需要一个无比壮观的失误"（DeLillo 51）。一向对共产主义报有热情并在苏联生活过两年的奥斯瓦尔德进入了他们的视线，即将被他们所利用。但出乎这次秘密活动组织者艾弗雷特意料之外的是，他的同谋并未将要"错过"肯尼迪告知充当真正的狙击手的反卡斯特罗分子。于是肯尼迪就这样死在了中情局特工旨在为再次入侵古巴制造借口的密谋之中。显然，德里罗没有按照"官方叙事"来迎合权威，而是选择了否定官方叙事，提供另一种可能存在的真相。

四、从肯尼迪遇刺到伊朗军售丑闻：文本外的政治介入

自20世纪70年代以来，美国后现代主义小说中显露出了一种新的趋势——我们不妨将其称为"回归历史"。有学者更加明确地指出："当代叙事文学中最显著的特征之一就是对各种历史叙事兴趣的再次觉醒"（Engler and Müller 2）。德里罗不断地用后现代的手法对历史事件进行重写并对官方叙述进行重新审视，[①]体现了一位作家和社会批评家的良知和责任感。

在美国历史上，1963年的肯尼迪遇刺是一个转折性的历史事件。它不仅摧毁了人们的政治信仰，而且还改变了此后几十年的政治格局。正如《密谋的遗产》（2008）一书的作者所说的："达拉斯的枪声杀死了肯尼迪，也永久地改变了美国，在随后多年的历史上空布下浓浓的阴云。刺杀肯尼迪这一事件不仅引发了追寻凶手的狂热，同时也引发了一系列密谋的行动以掩盖美国已濒临入侵古巴的边缘这一事实"（Waldron and Hartman 3）。曾有学者指出，后现代主义历史小说"探讨历史发展的其他可能性，具有认识论的合理性，其对于历史事实的故意歪曲蕴含着政治含义"（高继海 9）。《天秤星座》写于20世纪80年代中期，正值里根政府陷入"水门事件"以来最严重的政治危机——伊朗军售事件（the Iran-Contra Affair）。在中情局和反叛分子试图推翻尼加拉瓜（Nicaragua）共产党政权的密谋曝光后，总统和政府部门极力掩盖对伊军售和资助尼加拉瓜反叛武装分子。由于伊朗军售事件中暴露出来的政治问题与肯尼迪遇刺后的情形高度相似，德里罗在《天秤星座》中对沃伦报告官方结论的否定也是间接地对里根政府进行了批判。

唐·德里罗现已成为当代美国文坛上最负盛名的小说家之一。截

[①] 德里罗最新作品为2010年2月出版的《欧米茄点》（*Point Omega*）。这部小说体现了作家对伊拉克战争的反思。详见 Don DeLillo, *Point Omega* (New York: Scribner, 2010).

至目前，德里罗已发表了十五部长篇小说。2000 年英国牛津大学出版社出版了爱丁堡大学肯尼思·米勒德（Kenneth Millard）的专著《当代美国小说——1970 年以来的美国小说简介》。该书按题材分 7 个部分介绍了美国自 1970 年到 20 世纪末 30 年间的 29 名作家的 34 部代表作品。美国当代最著名的几位后现代小说家，如罗伯特·库弗（Robert Coover）、E.L.多克特罗（E. L. Doctorow）、唐·德里罗（Don DeLillo）、保罗·奥斯特（Paul Auster）等，都在本书的目录中占据了显著的位置。尤为引人注目的是，德里罗一人竟有 4 部小说入选，作家的重要地位可见一斑。2008 年，剑桥出版社推出了《剑桥文学指南：唐·德里罗》（*The Cambridge Companion to Don DeLillo*），这进一步奠定了德里罗在美国当代文坛上的重要地位。

英国著名作家乔治·奥威尔（George Orwell）曾说过：在一个举世充满谎言的时代，讲出真相是一种革命性的行为。英籍印度裔文豪萨尔曼·拉什迪（Salman Rushdie）在《想象中的家园》（*Imaginary Homeland*）更加生动地写道："作家和政客是天然的敌人。他们都试图依照自己的形象来重塑世界；他们为争抢同一领地而战斗。小说是打破官方、政客所宣称真相的一种手段"（Salman 14）。德里罗在《天秤星座》中否定官方叙事，提供另一种可能存在的真相，体现了美国后现代派小说，尤其是编史性元小说，并未像丹尼尔·贝尔所说的日趋"自闭"和"脱离现实"、詹姆逊所归纳为"平面无深度"和"政治介入的缺席"，亦或伊格尔顿所批判的"去历史化"和"缺乏政治内容"，而是积极地介入了现实的政治生活。

引用作品

[1] Chen, Junsong. "Keeping Fiction Alive: An Interview with Don DeLillo." *Foreign Literature Studies*，1(2010): 1-11.

[2] Don, DeLillo. "American Blood: A Journey through the Labyrinth of Dallas and JFK." *Rolling Stone,* 8 Dec. 1983: 21-28, 74.

[3] —. *Libra*. New York: Viking Penguin Inc., 1988.

[4] Duvall, John N. "Introduction." *The Cambridge Companion to Don DeLillo*. Ed. Duvall, John N. Cambridge: Cambridge University Press, 2008.

[5] Engler, Bernd and Kurt Müller. "Preface." *Historiographic Metafiction in Modern American and Canadian Literature*. Eds. Bernd Engler and Kurt Müller. Paderborn: Ferdinand Schöningh, 1994.

[6] Ford, Gerald. *President John F. Kennedy: Assassination Report of the Warren Commission*. Nashville, TN: The Flatsigned Press, 2004.

[7] Hutcheon, Linda. *A Poetics of Postmodernism: History, Theory, Fiction*. London and New York: Routledge, 1985.

[8] Kennedy, Max Holland. "John F.: Assassination of." *Reader's Guide to American History*. Ed. Peter J. Parish. Chicago: Pitzroy Dearborn Publishers,1997.

[9] Lyotard, Jean- François. *The Postmodern Condition: A Report on Knowledge*. Trans. Bennington, Geoff and Brian Massumi. Minneapolis: U of Minnesota P, 1984.

[10] Millard, Kenneth. *Contemporary American Fiction: An Introduction to American Fiction Since 1970*. Oxford: Oxford UP, 2000.

[11] President's Commission on the Assassination. *The Warren Commission Report: Report of the President's Commission on the Assassination of President John F. Kennedy*. New York: St. Martin's Griffin, 1992.

[12] Rushdie, Salman. *Imaginary Homeland: Essays and Criticism 1981-1991*. New York: Penguin, 1991.

[13] Spencer, Lauren. *The Assassination of John F. Kennedy*. New York: Rosen Publishing Group, 2002.

[14] Vonnegut, Kurt. *Slaughterhouse Five*. New York: A Dial Press Trade Paperback Book, 2005.

[15] Waldron, Lamar and Thom Hartman. *Legacy of Secrecy: The Long Shadow of the JFK Assassination.* Berkeley, CA: Counterpoint, 2008.

[16] Wilde, Alan. *Middle Grounds: Studies in Contemporary American Fiction.* Philadelphia: University of Pennsylvania Press, 1988.

[17] 高继海.《历史小说的三重表现形态：论传统、现代、后现代历史小说》,《英美文学研究论丛》, 2006 年第 5 辑。

夏威夷舞台上以英语演出的中国剧：
1905—1976[①]

Chinese Plays in English on the Hawaiian Stage: 1905-1976

陈茂庆

摘 要：以英语演出的中国剧在夏威夷华人身份的确认和构建过程中发挥了重要作用。1905年至1976年半个多世纪里，夏威夷的几代华人和非华裔艺术家们搬演了《汉宫秋》《漂亮公主》《黄马褂》《灰阑记》《柳树图案的传说》《王宝川》《鸿鸾禧》《乌龙院》和《白蛇传》等英语中国剧，为传播中华戏剧艺术、丰富当地的多元文化做出了积极贡献，也使许多西方人士对中国文化产生了浓厚兴趣，为英语京剧在夏威夷的繁荣奠定了基础。

关键词：夏威夷；英语；中国剧

Abstract: Chinese plays in the English language played a

---

① 本文为2014年度国家社会科学基金项目"中国戏曲在美国的传播与接受研究"（项目批准号：14BZW103）、2011年度上海市哲学社会科学规划课题一般项目"中国传统戏曲在夏威夷的传播与接受研究"（批准号 2011BWY006）以及2013—2014年度中美富布赖特研究学者项目"美国舞台上的中国传统戏曲：19世纪50年代以来的演出与接受"的阶段性研究成果，发表于《戏剧艺术》2015年第3期。本文的撰写得到夏威夷大学戏剧舞蹈系教授魏莉莎博士、夏威夷华人历史研究中心主任张帝伦博士以及夏威夷大学汉密尔顿图书馆夏威夷太平洋研究收藏室工作人员的大力协助，在此深表谢忱！

significant role in the identification of the Chinese immigrants and their descendents in Hawaii. During the period from 1905 to 1976, Chinese and non-Chinese artists, from generation to generation, performed Chinese plays in English, including Autumn in the Han Palace *Princess Sah Yit Ngo*, *The Yellow Jacket*, *The Circle of Chalk*, *The Romance of the Willow Pattern*, *Lady Precious Stream*, *Twice a Bride*, *Black Dragon Residence* and *The White Snake*, making a remarkable contribution to the dissemination of Chinese theatrical arts, and to the cultural enrichment of Hawaiian community, thus making many non-Chinese fascinated by Chinese culture, which foreshadows the prosperity of Peking Opera in the English language.

Key words: Hawaii; English; Chinese plays

民族音乐学认为，在特定的文化环境中，音乐不仅有助于身份构建，而且是身份构建过程的重要组成部分（D'Evelyne 1）。中国戏剧，作为中国文化的一部分，在海外华人的身份确认、身份构建过程中也发挥着重要的积极作用。在海外，原汁原味的中国戏曲表演大多局限于华人聚集的唐人街，而以英语演出的中国剧则拥有更多的西方观众，在更广泛的社区里承载着彰显华人文化身份、壮大族群力量的功能。夏威夷是太平洋的十字路口、东西方文化交汇的重镇。中国剧在这里的演出十分活跃，且具有鲜明的特点。本文通过介绍夏威夷历史上以英语演出的中国剧，让读者了解夏威夷华人为弘扬中国文化、确认和强化民族身份所做出的艰苦努力以及历代华人和非华裔人士为传播中国文化所做出的贡献，也为当下在海外传播中国戏剧文化提供一些借鉴。

本文中的"中国剧"，是指那些表现中国题材、运用中国戏剧形式、具有鲜明中国文化特征的戏剧作品。有些剧目是西方艺术家创作的，有些是华人或西方人根据中国经典剧目改编或翻译的。由于以英文演出，观众以西方人为主，这些中国剧在人物、情节、舞台等方面或多或少地融合了一些西方文化元素，但无论是西方人还是华裔美国人都认为它们是中国剧，是传播中国文化的艺术载体。夏威夷英语中国剧的演出实践可分为两个阶段：（1）1905—1976年。在这个时期，各种形式的英语中国剧出现在夏威夷舞台上,包括《漂亮公主》《黄马褂》《汉宫秋》《灰阑记》《王宝川》《柳树图案的传说》《琵琶吟》《四郎探母》《鸿鸾禧》《乌龙院》和《白蛇传》等。其中《黄马褂》演出的时间跨度长达六十年(1916—1976 年)。(2) 20 世纪 80 年代至今。以英语演出的中国剧主要是梅兰芳的再传弟子、夏威夷大学戏剧舞蹈系教授魏莉莎(Elizabeth Wichmann-Walczak)博士翻译和执导的八部京剧作品。限于篇幅,本文仅考察 1905—1976 年这段时期演出的除《黄马褂》以外的八部中国剧,如表 1 所列:

表 1 夏威夷舞台上的英语中国剧概览

制作年份	剧目	导演	制作单位
1905	《汉宫秋》	不详	求真书院
1913	《漂亮公主》	不详	夏威夷华裔学生联合会
1930	《灰阑记》	爱德娜·劳森	夏威夷华人戏剧团
1930	《柳树图案的传说》	谢有	檀香山柳树图案剧社
1958	《王宝川》	Margaret Cummings	华系公氏会
1963	《鸿鸾禧》	杨世彭	夏威夷大学
1972	《乌龙院》	杨世彭	夏威夷大学
1975	《白蛇传》	胡耀衡	夏威夷大学

根据笔者所掌握的资料,夏威夷最早搬演的英语中国剧是《汉宫秋》(*The Sorrow of Han*),1905 年 6 月 15 日在檀香山华人学校求真书院(Chum Chan Shue Shat,又名 Mills Institute)上演。整出戏的舞台和服装都依照中国的戏剧传统设计,但对话是用英语。有十九名华裔学生演员参加,演出得到大批观众的热情回应。① 根据都文伟的记载,美国本土最早搬演《汉宫秋》的时间是 1912 年 3 月 9 日,地点在纽约利特尔剧场(都文伟 152,239)。由此可推断,求真书院的这次演出是美国境内最早的《汉宫秋》,且比纽约的搬演早了七年。

---

① "A Chinese Drama." *The Hawaii Star*, 17 June 1905

英语中国剧《漂亮公主》（*Princess Sah Yit Ngo*）①，由夏威夷华裔学生联合会制作，1913年5月24日晚在普纳湖学院②查尔斯·毕晓普大礼堂演出。剧本由数名华人学者根据中国戏本翻译改编而成，背景是中国晚明时代的北京。基本剧情是：番兵大举入侵，一度占领北京。皇太子不仅武艺高强，且是情场高手。他率兵击退敌兵，还赢得了美貌绝伦的番国公主的芳心。后来，明朝江山落入皇帝的旧臣之手，皇太子又经历一场苦战，替父皇夺回江山。让皇太子苦恼的是，寡居的父皇一度爱上了自己的心上人。一番纠葛之后，自然是有情人终成眷属，英武睿智的明皇太子与美丽的番国公主结为秦晋。全剧分三幕，分别表现冒险、爱情和战争。《檀香山星报》披露，查尔斯·毕晓普大礼堂的舞台第一次变成中国的皇宫，演员穿着手工刺绣的丝绸戏服，使用手工雕刻的道具和许多有中国特色的漂亮物件。音乐由真正的中国乐队用琵琶、箫、笛子和钹等演奏。③剧中人物全部由华裔年轻人扮演，都是精心挑选出来的一流专业演员和业余演员。赞助人为夏威夷十一位著名女士，包括中国驻夏威夷领事的夫人和求真书院联合创办人达蒙夫人。④

1930年是夏威夷文化史上十分特别的年份，迎来了四位世界级的戏剧大师：梅耶·罗伯森（May Robson）、盖伊·贝茨·波斯特（Guy Bates Post）、莉莲·肯布尔·库珀（Lilian Kemble Cooper）以及梅兰芳。当年出版的《夏威夷年鉴》刊发了长达14页的文章介绍这四位来访的戏剧家及其在檀香山演出的盛况（Morris 79）。梅兰芳率团访

---

① Sah Yit Ngo 是剧中女主人公番国公主的名字，应是根据当时夏威夷华人所讲的广东香山方言翻译而成，中文源头无法考证。由于公主年轻美丽，故而把剧名"Princess Sah Yit Ngo"译成《漂亮公主》。

② 普纳湖（Punahou）学院，现为普纳湖学校，夏威夷最好的私立中学。孙中山曾于1882年在该学校读书，当时叫瓦胡书院。1971年至1979年，美国总统奥巴马曾在此就读，因此该校以两位总统的母校而闻名。夏威夷大学于1907年建校，在地理位置紧邻普纳湖学院。两校都是精英荟萃，戏剧人才之间的交往与合作十分频繁。关于孙中山在该校就读的史实，参见马兖生《孙中山在夏威夷——活动和追随者》（北京：世界知识出版社，2003年）第3-10页；黄宇和《三十岁前的孙中山：翠亨、檀岛、香港 1866-1895》（北京：生活·读书·新知 三联书店，2012年）第220-232页

③ "Chinese Drama Is Event of Saturday." *Honolulu Star-Bulletin*, 21 May 1913.

④ "Patronesses for Chinese Play." *Honolulu Star-Bulletin*, 10 May 1913

美的最后一站是夏威夷，6月23日到28日在自由剧院演出。在此之前，夏威夷的华裔青年以英语上演了两出中国剧：《灰阑记》和《柳树图案的传说》。

元杂剧《灰阑记》在19世纪上半叶传至欧洲，法文版《灰阑记》于1832年问世（饶芃子 42）。由德国学者翻译与改编的德文版出现在20世纪20年代中期，后被翻译成英文，1929年在伦敦上演。1930年3月6日、7日和8日，英文版的剧目《灰阑记》在皇家夏威夷大酒店（建于1927年，檀香山历史最悠久的酒店，梅兰芳访问夏威夷期间在此下榻）的露天剧场隆重上演。戏单上写着："本戏首次在美国翻译成英语与搬演，由夏威夷华人戏剧团完成。本剧团是当今世界上唯一的华裔小剧场团体。所有的成员都是在美国出生并接受教育的华人，多为美国大学的毕业生。他们用英语搬演中国戏剧，旨在传承祖先的文化遗产，以免其淹没在现代生活的喧嚣之中。"[1]可见，搬演英语《灰阑记》的目的远远超越了戏剧艺术本身，成为实现民族文化身份确认，弘扬中国文化的重要手段。

剧组中有一对同胞姊妹，姐姐李灵爱（Gladys Li）[2]，生于1907年，时年23岁，饰演马员外的正室妻子；妹妹李兴爱（Sadie Li），生于1909年，时年21岁，在剧中担任舞者。她们的父母是檀香山的名医，母亲是檀香山第一位华人西医，每天都为不少妇女接生。这对姐妹花的名字出现在多部中国剧的戏单里，十分引人注目。

---

[1] The Program of "The Circle of Chalk", 1930. Hawaii and Pacific Collection, Hamilton Library of University of Hawaii at Manoa.

[2] 李灵爱，一位特立独行的奇女子，为中国抗日战争做出了独特贡献。生于夏威夷华人名医家庭，20世纪30年代初与妹妹李兴爱在《灰阑记》等多部英语中国剧里出演角色，1934年曾在北平执导《灰阑记》。抗战爆发后，为了能够驾驶轰炸机协助中国抗击日军，曾参加驾驶大飞机的训练，但未能成功。后变卖家产，到处募捐，出资制作首部反映中国抗战的彩色纪录片《苦干》(由美国人雷伊，斯科特拍摄)。该片实录日军轰炸中国重庆等城市、杀害中国民众的暴行，让美国民众了解日本侵略者的罪恶行径。1941年元旦，美国总统罗斯福观看了该片，随后手书《致重庆市民纪念状》赠与重庆。美国民间团体纷纷支援中国，许多美国青年在观看该片后加入中国空军美国志愿援华航空队（飞虎队）。2015年4月，这部影片的版权转让给中国。参见温天一《寻找一部改变历史进程的中国纪录片》，《新民晚报》2015年5月12日。另参见唐枫，"首部反映中国抗战的彩色纪录片《苦干》引进中国" http://chinanews.com/cul/2015/04-08/7192433.shtml（2015-6-6）

在开演之前,《檀香山星报》发表一篇题为《独特的〈灰阑记〉将连接东方与西方》的文章,详尽介绍了这出戏。"东方的露天历史剧表现人类普遍的情感。这部有近千年历史的古剧译成英语,长度缩短为一个半小时,乐队规模也明显缩小。在整场戏的演出过程中,检场人会在舞台上走动,根据剧情的需要安排道具。根据中国戏剧传统,他是'看不见'的人物。但对于西方观众而言,他是主要的喜剧角色。众多漂亮姑娘的舞蹈是该剧的另一特色,由一位中国的戏剧演员训练,他就像目前在纽约引起轰动的著名演员梅兰芳一样,曾扮演过女人。他本人也会在舞台上出现。"[①]首场演出的第二天,《檀香山广告报》发表剧评《中国剧取得成功——〈灰阑记〉以现代英语演绎古老戏剧》。剧评指出,"《灰阑记》里的人物以龙帝国的威仪与辉煌,以中国戏剧的传统奉献一出情感剧,但他们说的却是英文诗句。绚丽多彩的服装和复杂的中国舞台技术使这出戏演得妙趣横生。'看不见'的检场人 Daniel Wong 和 Francis Fang 十分自然地在去北京的崎岖山路上制造大雪,在果园扶起大树,在王宫里提供婴儿。他们的表演让观众忍俊不禁。官员死的时候,叙述者宣布他'死定了',于是一面红旗遮住了官员的尸体。可他只死了一小会,就逃离了舞台。"[②]显然,迥异于西方戏剧的《灰阑记》,让观众耳目一新,取得了巨大成功。

值得一提的是,1928 年和 1931 年制作的《黄马褂》以及 1930 年演出的《灰阑记》都由美国白人女性爱德娜·拜克斯特·劳森(Edna Baxter Lawson)执导。劳森 1879 年生于美国本土南达科他地区,在印第安纳州圣玛丽学院获学士学位,又在加州大学伯克莱分校戏剧学院学习。1925 年移居夏威夷,一开始在夏威夷岛希洛中学教英语、演讲和戏剧,后来在檀香山美利奇中学、夏威夷地区师范学校任教。她在夏威夷大学进修,并担任戏剧学助理导演,对中国戏剧产生了浓厚的兴趣,甚至撰写了一篇关于中国戏剧起源和发展的论文。爱德娜·劳森作为夏威夷地区师范学院戏剧系主任,导演并制作了莎

---

① "The 'Circle of Chalk' Will Be Unique to Unite the Orient and the West." *Honolulu Star-Bulletin*, 1 March 1930.

② J. B. H. "Chinese Play Wins Success: 'Circle of Chalk' Presents Ancient Drama Form in Modern English.". *Honolulu Advertiser*, 7 March 1930.

士比亚经典剧目《罗密欧与朱丽叶》，在美国乃至全球首次起用华人女演员扮演朱丽叶。这出戏吸引了全美乃至全世界的关注。作为中国戏剧和英国伊丽莎白时期戏剧的权威，劳森后来担任檀香山戏剧协会的主席（Peterson 234-236）。显然，劳森夫人是夏威夷一流的导演，由她担任导演也说明制作人对这出戏的高度重视，演出地点是最豪华的皇家夏威夷大酒店。可以想象，这次搬演是夏威夷华人引以为豪的艺术盛事。

1930 年 4 月 14 日和 17 日，由华裔青年谢有（Yew Char）执导、檀香山柳树图案剧社在考爱岛首府利胡埃的丁呱呱（Tip Top）剧场演出两场《柳树图案的传说》，票价为 50 美分、75 美分和 1 美元三种。谢有，时年 37 岁，摄影家、政治家、演说家、旅游组织者，是夏威夷地区首位华人议员。这出戏是戏剧家艾瑟欧·凡·戴尔威尔（Ethel Van Der Veer）在 20 世纪 20 年代根据英国流行的关于中国的爱情悲剧创作的，剧本于 1926 年在纽约出版，售价为 35 美分。谢有与他的同伴们在何时何地接触这出戏的，不得而知。剧社以这出戏的题目命名为"柳树图案剧社"，足以说明他们是多么喜爱这出戏。

帕特丽夏·奥哈拉（Patricia O'Hara）指出，在 19 世纪，英国国内生产的绘有柳树图案的青花瓷器广受欢迎。在她提供的典型柳树图案中，中间有一棵柳树，左有小桥、湖泊和小船，右有亭台、橘树。中间顶部有两只鸽子，口喙相对，展翅高飞。这种青花瓷器图案源于一个凄美的爱情故事：在古代中国，一位达官贵人的女儿爱上了年轻的账房先生张生，但父亲由于门第观念不同意女儿下嫁，而把她许配给一位有权势的爵爷。爵爷带着珠宝来完婚。婚礼当晚，张生冒充仆人混入，与心上人私奔，逃到一个与世隔绝的小岛上过着幸福的生活。几年后，爵爷得知他们的下落，处死了张生，其妻悲痛欲绝，烧掉房子，在大火中死去。上苍为他们的爱情所感动，把他们变成两只鸽子（O'Hara 428）。有些学者认为这个故事分明是英国人编造出来的，而其他学者坚信这是一个古老的真正的中国传说。显然，没有多少中国人听到过这个传说，但这个故事与《梁山伯与祝英台》又是多么相似！况且，川剧《柳荫记》表现的就是梁祝的故事，柳荫结拜是梁祝爱情故事中的重要场景。我们也许可以想象，某个英国人在中国听了梁祝化蝶的故事，在向别人转述的过程中，逐渐地把它变成"柳树图案的传说"。

19 世纪中叶，这个传说被改编成戏，搬上舞台，剧名为《大官的女儿》，又叫《柳树图案的盘子》。在这出戏的开始，叙述者站在画有柳树图案盘子的背景前，指着盘子上的景物，以演唱的方式向观众介绍剧情。尔后，他挥一挥手杖，绘有女主角生活场景的布景便缓缓升起。于是，故事在舞台上展开（O'Hara 427）。《柳树图案的传说》是一出较短的戏，副标题为"由一个引子和七个片段构成的喜悲剧"。剧本要求以中国的方式制作，使用中国乐器。每一部分的开始以锣声为号，结束时，有一个检场人手持燃烧的香从舞台走过，表示时间的消逝。作者改动最大的情节是：男女主人公私奔时，女主人公的父亲手持宝剑，追至小桥上，刺死了他们。于是，情侣化作一对鸽子，在天空亲吻。虎毒不食子，剧作者如此表演父亲的形象似乎超越了东西方文化的戏剧传统，因为无论《梁山伯与祝英台》还是《罗密欧与朱丽叶》都没有如此残酷的父亲。剧本提示情侣变成鸽子的过程：检场人举着一面扎在竹竿上类似旗帜的黑布，遮住男女主人公的尸体，然后从黑布后面举出用纸板剪成的一对蓝色的鸽子，如同青花瓷盘子上的图案一样。20 世纪 20 年代末 30 年代初，由华裔年轻人组成的柳树图案剧团在檀香山演出十分频繁，使用中国戏服和乐器，享有盛誉。《柳树图案的传说》成为该剧团的经典剧目。

20 世纪 50 年代，《王宝川》在夏威夷舞台上风靡一时。1957 年，由夏威夷华系公氏会戏剧分会制作的《黄马褂》演出十分成功。来访的加拿大观众十分欣赏，于是邀请剧组 1958 年赴加拿大演出，演出剧目为《王宝川》（*Lady Precious Stream*）。该剧是 20 世纪与林语堂齐名的双语作家熊式一的作品，根据京剧《红鬃烈马》改编成英语舞台剧。熊式一认为，原剧中女主角王宝钏的名字如果直译成英语，不够雅致，于是根据"钏"的同音字"川"译成英语，这样，女主角的名字就成了"Precious Stream"——宝川（熊式一 194）。1934 年，该剧在伦敦出版，同年冬由熊式一亲自导演。据著名戏曲研究权威、夏威夷大学东亚语言文学系荣休教授罗锦堂先生回忆，熊式一起初西装革履，演员们都不听他的指挥；后来他穿中式服装，戴瓜皮小帽，演员们才服从他的指导。《王宝川》在伦敦的演出十分成功，3 年内演了 900 场，玛丽皇后也率王室成员观赏了演出。1935 年在纽约演出，轰动一时，罗斯福总统夫人接见了熊式一。

1958年6月，由33人组成的夏威夷华人戏剧团《王宝川》剧组，赴加拿大参加不列颠哥伦比亚开埠100周年的庆祝活动，先在温哥华上演4场，尔后在维多利亚市上演4场（7月2日演最后一场）。扮演女主角王宝川的是年仅15岁的普纳湖学校女生Brenda-Ann Ing，扮演薛平贵的是James Lui。Raymond Tan和Anna Lang是该剧的共同制作人；导演为早年活跃于夏威夷舞台，曾在莎士比亚《罗密欧与朱丽叶》中扮演女主角、在《黄马褂》里扮演过慈母的Margaret Kamm Cummings；技术指导是Rachel Leong Lee。[1]1921年在《黄马褂》中扮演男主角的Lawrence Lau也参加了这次演出。7月11日，载誉归来的《王宝川》在檀香山凯乌拉尼公主大酒店上演。《夏威夷华人周报》发表文章指出："这是一出关于富家小姐与穷小子的故事。中国的舞台技术加上英语对话，把这出精彩的中国剧呈现给西方观众。[2]加拿大的成功巡演不仅是夏威夷华人剧团的骄傲，也是整个夏威夷戏剧界的一次重大突破。

梅兰芳访问夏威夷33年后，以英语演出的京剧出现在夏威夷大学的舞台上。1963年4月19日、20日、25日、26日、27日，在夏威夷大学戏剧系攻读艺术硕士学位的中国台湾学子杨世彭（Daniel Shih-peng Yang）[3]导演的英语京剧《鸿鸾禧》在夏威夷大学花灵顿堂（Farrington Hall）演了5场，票价是1.75美元。同年5月3日、4日和5日分别在考爱岛首府利胡埃的利胡埃联合教堂、毛伊岛首府怀卢

---

[1] Rachel Leong Lee，家庭主妇，在20世纪50年代制作《黄马褂》和《王宝川》等名剧，很受欢迎。

[2] "Play Ends Canadian Run." *Hawaii Chinese Weekly*, 3 July 1958.

[3] 杨世彭，美国科罗拉多大学戏剧系荣休教授、国际知名导演。祖籍江苏无锡，自幼酷爱京剧昆剧，师从俞振飞大师攻小生。台湾大学外文系学士，夏威夷大学戏剧硕士、威斯康星大学戏剧系博士。2013年夏，执导的喜剧《抢钱的世界》在北京和上海演出，获得巨大反响。参见孙浩：《台湾果陀剧场商业斗智喜剧在上海上演》，（海峡之声网2013年7月12日http://www.vos.com.cn/news/2013-07/12/cms758566article.shtml）。另，1963年2月12日及4月5日的夏威夷大学校报《夏威夷之声》称，《鸿鸾禧》是在夏威夷上演的第一部京剧。这种说法忽略了梅兰芳1930年在夏威夷演出的重要史实。参见 "Peking Opera Tryouts Open", *Ka Leo O Hawaii*, February 12, 1963 & "TG's Next Will Be First Peking Opera in Hawaii". *Ka Leo O Hawaii*, April 5, 1963.

库的鲍德温中学和夏威夷岛首府的希洛中学巡演三场。这出戏采用台湾大学女教授黄琼玖的英文译本。为什么选排这出戏呢？杨世彭披露了5个原因：(1)此剧是一出文戏，不需要杂技动作，便于训练演员；(2)不需要复杂昂贵的戏服；(3)与其他剧目相比，没有让外国观众感到特别刺耳的唱段；(4)不是特别程式化，西方观众容易欣赏；(5)这出戏是为数不多的已译成英文的京剧作品之一。在排练过程中，杨世彭坚持4个原则：(1)尽可能忠于真正的京剧风格；(2)尽可能减少唱段，只用了5个唱段，让观众感受一点京剧唱腔即可；(3)充分利用西方的舞台调度，改变一些传统的舞台设计；(4)使观众明白剧情、感到有趣（Yang 1-3）。杨世彭用了2个月的时间训练他的美国同学（20名演员和4名乐手）。剧中所需要的唱段是在台湾录制的，真丝戏服从台湾运来。演出获得了巨大成功，当地华人引以为荣。

杨世彭指出，西方演员完全可以胜任高度程式化的东方戏剧演出。《檀香山广告报》剧评赞扬了演员们和乐队的精彩表演，认为此剧的演出完全证实了这一观点。但同时提出另一个问题："西方观众能够欣赏吗？"[①]《檀香山星报》的剧评《西方观众也喜欢夏威夷大学戏剧社制作的中国戏曲》恰好回应了这个疑虑。菲尔·迈尔（Phil Mayer）写道，一些精彩的表演尽管"与众不同"，但哪怕是因纽特人都会称赞：男主角捧着一碗热汤猛喝、女主角表现内心情感和女性魅力的细腻的面部表情变化、以及女主角的父亲撅着胡子高声地叫嚷"一旦做了岳父，就永远是岳父"。华丽的戏服也是受观众追捧的一大亮点。[②]

1972年2月，杨世彭以客座教授的身份在夏威夷大学执导京剧《乌龙院》。与9年前导演《鸿鸾禧》的时候一样，他注重启用西方演员，谢绝了许多前来应召的华人艺术家。他花两个月的时间训练演员，剧中对白用英语，而唱词则用汉语原文，唱词的英语译文逐句放映在银幕上。舞台布置富丽堂皇，两边殿柱上挂着罗锦堂先生书写的对联："群情不外离合悲欢，人世无非生丑净旦。"售票第一天，著名语言学

---

① Richard F. Smith. "Peking Opera Is Noisy Variation on Old Theme." *Honolulu Advertiser*, 20 April 1963.

② Phil Mayer. "Chinese Opera by U. H. Group Would Delight Even a Westerner." *Honolulu Star-Bulletin*, 20 April 1963.

大师李方桂率领罗锦堂等昆曲研究社的成员排队买票。谢冰莹、吴大业、熊式一、王蓝①从外地赶来观看，观后都赞叹不已，认为是传播中国文化开创性的戏剧盛典（曹晓云 38-40）。《乌龙院》在檀香山演出 11 场后，又至 4 个外岛巡演。后参加该年度的全美大专院校戏剧比赛，在 330 个竞赛剧目中脱颖而出，荣获第 1 名。同年 4 月应邀在华盛顿肯尼迪表演艺术中心公演，由美国之音转播东南亚。9 月，美国公共电视网将 90 分钟《乌龙院》彩色电视片进行全国联播。受众估计为 200 万户（杨世彭 106）。

1975 年 11 月底至 12 月初，由夏威夷大学戏剧系教授胡耀衡翻译、改编和导演的京剧《白蛇传》，在夏威夷大学肯尼迪剧院上演。该剧采用象征性的灯光布置，有现场锣鼓加英文唱腔。与杨世彭执导的《鸿鸾禧》和《乌龙院》相比，胡耀衡在唱词更进一步，不仅翻译成英文，而且要求演员用英语演唱。翻译本身要克服很大的困难。胡耀衡在导演手记中写道，由于原剧的音乐和舞蹈是为中文演出设计的，要尽可能保留原来的词序，又要让观众听懂英文唱词，把准确性和可理解性结合起来。②主角白蛇在上半场和下半场分别有两个学生扮演，青蛇也由两个学生扮演。十年后执导英语京剧《凤还巢》的魏莉莎在此剧制作中与派格·艾格博特（Peggy Egbert）一起负责演员们的头饰。演出获得评论家和观众的一致好评，在檀香山演了 11 场后，又赴各外岛演出，成绩斐然。

在 1905—1976 年间，夏威夷舞台上以英语演出的中国剧在美国乃至全世界占有十分特殊的地位，在许多方面开风气之先：在美国最早以英语搬演《汉宫秋》；世界上最早的华裔小剧场团体——夏威夷华人戏剧团在全美率先把元杂剧《灰阑记》翻译成英语并成功上演。《柳树图案的传说》在夏威夷的演出比纽约百老汇更为活跃。早期英

---

① 李方桂，语言学家，1902 年生于广州，1987 年卒于美国加州。中国在国外专修语言学的第一人，国际语言学界公认的美洲印第安语、汉语、藏语、侗台语的权威学者。1972 年在夏威夷大学任语言学教授。谢冰莹，作家，1906 年生于湖南，2000 年卒于美国旧金山，中国近代史上第一个女兵，中国历史上第一个女兵作家，代表作《女兵自传》。吴大业，经济学家，著名物理学家吴大猷的堂兄。王蓝（1922—2003 年），台湾知名作家和艺术家，小说《蓝与黑》被誉为四大抗战小说之一。

② Program of Jingju "White Snake", December 1975. Hawaii Chinese History Center.

语中国剧的制作形成了以华人为主导,以华人演员为主,非华裔美国人积极参与的格局,并融入当地的社会生活,成为夏威夷华人建构和强化其民族文化身份的重要活动,也培养了为数众多的非华裔观众。

早期英语中国剧的制作和演出多集中于社区。从 20 世纪 60 年代开始,英语中国剧演出的重心向大学校园转移,形成了以华人主导,演员以非华裔美国大学生为主的模式,英语京剧逐渐形成。英语京剧的核心难题之一在于唱段的处理。第一部英语京剧《鸿鸾禧》是最初的尝试,对话用英语,唱段则用录音代替;第二部为《乌龙院》,念白为英文,唱段为中文;第三部《白蛇传》中的唱腔部分和对话一样,都以英文表演,在形式上趋于完整。英语京剧的成功上演在非华裔人群中培养了包括魏莉莎在内的一批忠实的研究学者和观众,预示了英语京剧这朵艺术之花将盛开在夏威夷的沃土上!

引用作品

[1] D'Evelyne, Charlotte Alexandra. *Interpreting Tradition, Performing Identity: Amateur Jingju (Beijing Opera) in Shanghai, China*. Master Thesis of University of Hawaii at Manoa, 2007.

[2] Morris, Penrose Clibborn. "The Drama in Honolulu in 1930: Studies of Four Distinguished Visiting Players." *Hawaiian Annual for 1931*. Honolulu: Thos. G. Thrum, 1930.

[3] O'Hara, Patricia. "'The Willow Pattern That We Knew': The Victorian Literature of Blue Willow." *Victorian Studies* (Vol. 36. No. 4), Summer 1993: 421-442.

[4] Peterson, Barbara Bennett. *Notable Women of Hawaii*. Honolulu: University of Hawaii Press, 1984.

[5] Yang, Daniel Shi-peng. *A Production Book of Twice a Bride, A Peking Opera Together With an Essay: The Influences of Confucianism on the Late Development of the Chinese Theatre*. Master thesis of University of Hawaii at Manoa, 1964.

[6] 曹晓云:《檀岛小品》,深圳:亚洲联合报业出版社,2007。

[7] 都小伟：《百老汇的中国题材与中国戏曲》，上海：三联书店，2002。

[8] 饶芃子：《比较文学与海外华文文学》，上海：复旦大学出版社，2011。

[9] 熊式一：《王宝川》，北京：商务印书馆，2006。

[10] 杨世彭："英文京剧《乌龙院》的英译及演出"，《剧艺百家》1985年第2期，93-108。

森春涛对王士禛诗的受容研究[①]

陈文佳[②]

摘　要： 幕末至明治初期汉诗人森春涛积极引介清人诗进入日本诗坛，其中尤以受王士禛诗论影响为深。《春涛诗钞》卷七中载有《秋柳四首用王渔洋韵》及《叠韵》共计八首次韵之作。时值安正大狱期间，隐居于故乡一宫的春涛效仿渔洋作《秋柳》诗，用意却与渔洋原作有别。中年以后的春涛数度丧妻，其经历与渔洋多有相似之处。春涛为亡妻所作的悼亡诗亦多有借鉴渔洋悼亡诗之处。春涛在学习渔洋诗的同时，融入香奁体的写作手法，形成独具个人特色的诗风。

关键词： 森春涛；王士禛；神韵说；《秋柳四首》；悼亡诗

引言

王士禛（1634—1711年），字贻上，号阮亭，别号渔洋山人。谥文简。山东新城人。顺治十五年（1658）二十五岁时举进士，历任扬州推官、户部郎中、翰林院侍读、礼部主事、国子监祭酒等职，康熙四十三年（1704）官拜刑部尚书。与朱彝尊齐名，时有"南朱北王"

[①] 本文原载于日本《和汉比较文学》第53号，和汉比较文学会，2014年8月，第1-20页。中文版由作者翻译。

[②] 陈文佳，华东师范大学外国语学院晨晖学者，主要从事日本江户至明治时期汉诗文作品研究。

之称。王士祯一生勤于诗文著述，著作《带经堂集》共九十二卷，收诗三千余首，可谓卷帙浩繁。另有选集《渔洋山人精华录》十二卷通行于世，收诗千余首。

四库馆臣论及王士祯之诗风云：

当我朝开国之初，人皆厌明代王李之肤廓、钟谭之纤仄[①]。于是谈诗者竞尚宋元。既而宋诗质直，流为有韵之语录。元诗缛艳，流为对句之小词。于是士禛等以清新俊逸之才，范水模山、批风抹月，倡天下以'不著一字，尽得风流'之说，天下遂翕然应之。（《四库全书总目》 卷173）

所谓"不著一字，尽得风流"，系唐人司空图首创的作诗理论，王士祯以此为作诗的理想境界，并大力推崇。在此基础上，王氏所提出的神韵说，对后世诗坛产生了绝大影响。神韵说继承司空图《二十四诗品》及严羽《沧浪诗话》中的诗论，崇尚冲淡、超逸、蕴藉的诗风，以"色相具空""羚羊挂角，无迹可求""兴会神到"等作为写诗与论诗的标准。王氏的神韵说与沈德潜的格调说、袁枚的性灵说并称于清代前期的诗坛，成鼎立之势。

王士祯的诗说不仅对于清代诗坛，对日本幕末明治初期的汉诗坛亦深有影响。日本幕末至明治时代（1853—1912年）正值中国清末。明治初期，经汉诗人森春涛（1819—1889年）等人的介绍与鼓吹，清人诗在日本汉诗坛曾十分流行。大江敬香在《明治诗坛评论》中指出"明末清初之诗殊由春涛绍介也"（大江敬香 328）。春涛之前的汉诗坛领袖大沼枕山（1818—1891年）素来推崇苏轼、黄庭坚、范成大、杨万里、陆游等宋诗人，而春涛一派的汉诗人较之于宋人诗，更热衷于读清人诗，并积极向清诗名家借鉴学习。

神田喜一郎先生论及当时清诗流行之状况曾云：

---

① 王、李、钟、谭指明人王世贞、李攀龙、钟惺、谭元春。

当时之汉诗人（笔者注：此处指江户时代末期至明治、大正时代约一百年间的汉诗人），尽皆争先读清诗。置李、杜、韩、白诗不读，而先跃至厉樊谢、黄仲则、张船山、陈碧城等人。……当然，较之这些诗人，时代稍早的王渔洋诗流行更甚，"门前野风开白莲"句自不待言，稍有才力者皆以尝试次韵"秋柳"诗而自许。（神田喜一郎163-164）

比起李白、杜甫、韩愈、白居易等唐诗名家，幕末明治时代的汉诗人更倾心于清人诗。厉鹗、黄景仁、张问陶、陈文述皆为雍正、乾隆朝以后的诗人，而王士祯则主要活跃于顺治、康熙两朝。作为清初的诗文大家，王氏声名与影响之大，后世诗人自然莫能望其项背。顺治十五年，士祯举进士后，于济南大明湖畔与当地名士结成秋柳诗社，当时所咏《秋柳四首》使他一举成名，成为诗坛翘楚。《秋柳四首》体现出的正是渔洋当时所提倡，且被视为神韵说萌芽的"典、远、谐、则"之四字作诗纲领。后世诗人及诗论家皆视《秋柳四首》为渔洋神韵诗的代表之作。日本幕末治明治时代的汉诗人之间，多有为炫耀诗才而次《秋柳》诗韵者，森春涛便是其中一人。

一、春涛秋柳次韵诗及其他

春涛于何时开始接触王士祯诗并接受神韵说诗论之影响，目前尚无明确线索。《春涛诗钞》（下文略作《诗钞》）卷七《牛背英雄集》内收有《秋柳四首用王渔洋韵》及《叠韵》四首，共计八首次韵诗。《牛背英雄集》题下注明"自甲寅至戊午"，可知集内诗系安政元年至安政五年之间（1854年1月—1859年1月）所作。这八首次韵诗列于《牛背英雄集》卷末，居《春日杂兴》《夏晚围炉》等诗之后。结合诗题及内容来看，当作于安政五年秋无疑。适时正值戊午大狱期间，隐居于故乡一宫的春涛首次在其诗作中显露出受到王渔洋诗影响的痕迹。《秋柳四首》作为渔洋的成名之作，有清一代，无论是与渔洋同时代的遗民诗人，抑或后世文人乃至闺阁诗人均纷纷唱和，影响不可谓不巨。春涛以渔洋《秋柳四首》原韵和诗，既透露出他对渔洋《秋柳》诗的称赏之意，大约亦有自负于诗才期待为世所知的动机在内。

王士禛《秋柳四首》以落叶秋柳为主题，用典精巧和谐，素以诗义复杂深沉、晦涩难解而闻名。如其第一首：

> 秋来何处最销魂，残照西风白下门。
> 他日差池春燕影，祇今憔悴晚烟痕。
> 愁生陌上黄骢曲，梦远江南乌夜村。
> 莫听临风三弄笛，玉关哀怨总难论。
>
> （王士禛 卷3）

关于《秋柳四首》的来历，渔洋在《菜根堂诗集》序中自述，顺治丁酉年（1658）秋，于济南大明湖与诸名士宴饮之际，目睹柳叶微黄，乍染秋色，若有摇落之态，怅然有感而赋此四首。不过，关于此诗主旨，作者并未言及。难以名状的忧思，熟练精致的用典，使得全诗笼罩在一片朦胧而深沉的气氛之中，可谓神韵诗的代表之作。很难一字一句去追究作者的本意。自《秋柳四首》问世以来，有关诗中本事，诸说纷纭而莫衷一是。以渔洋同时代的遗民诗人徐夜、屈复等人为首，主张《秋柳四首》的主旨系感叹"故国黍离之悲"。此后，李兆元《渔洋山人秋柳诗旧笺》、郑鸿《渔洋秋柳诗笺注解》直指《秋柳四首》乃"吊明亡之作"。关于第一首的寓意，屈向邦在其著作《粤东诗话》中，将颈联"愁生陌上黄骢曲"一句，解为"指四镇中黄得功也"，尾联"玉关哀怨总难论"一句，则解作"指孙白谷潼关之败也"（屈向邦 15-16）。虽言之凿凿，难免有附会之嫌。

清末文人高丙谋在《秋柳诗释》中引用渔洋外甥朱晓村所撰《秋柳亭图跋》，指出《秋柳四首》乃为元福藩（笔者注：即明末福王）歌伎而作。徐嘉《顾亭林诗笺注》中引用唐葆年之语，亦以为四首系为元福藩歌伎所作，不过，关于歌伎的身份，则与高氏之说有所出入。无论是吊明亡之诗，抑或是咏福藩歌伎之诗，均不外乎哀感王朝更迭、人生无常的情感主题。高桥和巳先生在其著作《王士祯》中论及此四首时云："将时代之变迁，亡国之悲痛，人生之哀欢，乃至情爱之短暂，于动人心弦的忧愁气氛中吟咏出来。"（高桥和巳 3）较之前人欠缺实证的解读，高桥此说或者较为接近作者本意。

春涛所作《秋柳四首用王渔洋韵》其一：

日日销魂更断魂，行人别去不开门。
可怜匲底藏眉谱，谁记衣边赚泪痕。
梁苑今无忘忧馆，石城空有莫愁村。
一声残笛斜阳恨，纵见渔翁嬾细论。

（森春涛 卷7）

春涛此诗次渔洋《秋柳四首》第一首的原韵，风格亦较近似。然而仔细玩味，情致上却与渔洋原作不尽相同。首句"日日销魂更断魂"较之渔洋原作，情感更为强烈，传达出诗人的深切悲愤之情。颔联"可怜匲底藏眉谱，谁记衣边赚泪痕"则显露出香奁体诗的痕迹，从语意来看当与女性有关。梁苑乃梁孝王刘武所筑园林，作为梁园文学的发祥地，曾经盛极一时，刘武故后，梁园亦随之没落。莫愁是传说中楚顷襄王的歌姬，以善歌谣而闻名，常为后世诗家所吟咏。全诗用典自然精巧，将渔洋所倡神韵诗之诗风与春涛所好的艳体诗风融为一体而无生涩之感。

此诗主旨，当为哀悼故人。如前所述，春涛作此诗在安政五年（1858）秋。安政三年腊月（1857 年 1 月），春涛原配夫人服部氏病逝，因妻子亡故而倍受打击的春涛接连写下《悼亡》四首、《丁巳新年偶成》《梅花》《无题》《刻意》《春寒》《魂》等十余首悼亡诗，以追思亡人。安政四年腊月（1858 年 1 月），服部氏故后满一年时，春涛又作有《十二月十四日先室小祥忌》一首以纪念亡妻。此后又有《春日杂兴》等悼亡诗同收于《牛背英雄集》内。此诗颔联所谓"可怜匲底藏眉谱，谁记衣边赚泪痕"，以及颈联"石城空有莫愁村"等句当系春涛悼念亡妻、感怀旧事之语。

安政初年，京中诗坛领袖梁川星岩主张尊王攘夷，于时政颇有议论，志士仁人多有投入其门下者。颈联中"梁苑""忘忧馆"等语以梁园隐喻星岩位于京都的宅邸，意指星岩执掌文坛，可与孝王刘武媲美。然而江户幕府于安政五年（1858）四月掀起大狱，梁川星岩、梅田云浜、吉田松阴等人皆为通缉对象，原有迁居京都之意的春涛不得不放弃初衷。梁川星岩被捕前夕，时值京都霍乱流行，星岩不幸罹病身亡。梅田云浜、吉田松阴等人则为幕府逮捕下狱，或被拷问致死，或被定罪处决。首句"日日销魂更断魂"并不仅是悼念亡妻之语，亦有悲悼恩师、旧友之死的用意在内。春涛此诗不但语义暧昧，用典和谐，其情志之忧伤，寓意之深沉，可以说已得到渔洋神韵诗的精髓。

其余三首次韵诗以及《叠韵》四首则分别化用《诗经》名句、柳永词、王渔洋及钱谦益等人诗，以吟咏秦淮风物。语义模糊，而情绪感伤。如《秋柳四首用王渔洋韵》第二首起句"伊人宛在露为霜"语出《诗经·秦风·蒹葭》。与此处"伊人"相呼应，颔联作"两宜湖上伤苏小，丁字帘前吊蒋王"。两宜系旧时杭州地名，两宜湖即西湖别称。苏小小是南齐时钱塘名妓，以才女闻名，不幸早殁。丁字帘则系金陵地名。蒋王乃汉末人，名歆，字子文。据《搜神记》卷五载，秣陵尉蒋歆追贼至钟山麓，为贼所戕，额上负伤，不久身亡。春涛于此处吟咏红颜薄命的苏小小与讨贼殉身的蒋子文，恐怕并不单纯出于吟咏江南风物的目的。"伤"与"吊"二字恰是此二句乃至全诗的诗眼。因此，悼念故人才是此诗真正主旨所在。

《春涛诗钞》卷八《梦入青山集》内有《整理近稿偶得二绝》二首，其中第二首明确表露出春涛对于王渔洋诗的态度：

　　一良家女即吾师，何必神仙绰约姿。
　　只恐名香熏不彻，背人偷读阮亭诗。

根据题下注，可知《梦入青山集》的创作时期在己未（1859）正月至壬戌（1862）二月之间。《二绝》后一首《闲居》诗题下注明"庚申"，则《二绝》当系安政六年己未所作无疑。揖斐高先生在《森春涛小论》一文中曾论及此诗，对于诗义却未做说明。今关天彭在长文《森春涛》中指出，此诗典出袁枚《随园诗话》。袁枚曾就宋荔裳"绝代消魂王阮亭"之语发论云："阮亭之色，亦并非天仙化人，使人心惊者也。不过一良家女，五官端正、吐属清雅。"（《随园诗话》卷三·条二九）袁枚对宋琬之言持有异议，以"一良家女"的形象比拟渔洋诗，并概括以"端正""清雅"四字。可知袁枚对于阮亭诗，并不如宋琬那般推崇。春涛此处反用袁枚之语，首句公然宣称"一良家女即吾师"，明白表露自己以王渔洋为师。而"只恐名香熏不彻"一句更可看出春涛对于渔洋诗十分倾倒的态度。

揖斐氏先生谈及此诗云："由此可知，四十岁前后时的春涛已强烈意识到，要以王渔洋诗及'神韵说'诗论为创作目标。"（揖斐高 438）不过，在此以前，春涛应当已经开始接触并学习渔洋诗。

曾从春涛学诗的岩溪裳川在其长文《诗话感恩珠》中援引春涛《岐阜竹枝二首》其一及《题画》一首，论曰："其神韵之绵邈，殆如观精华录（笔者注：即《渔洋山人精华录》）中诗。"《题画》载于《诗钞》卷五，大约系甲辰（天保十五年、1844）至丁未（弘化四年、1847）年间所作①，值春涛蛰居于名古屋之时，年约二十六七岁前后。《岐阜竹枝二首》则载于《诗钞》第一卷卷首，系春涛十五岁时的处女作。两首诗虽造语清新，却并未直接化用王渔洋诗的诗语。岩溪裳川的评语虽不免溢美之词，不过作为追随于春涛身边的弟子，裳川对于春涛诗的理解应当比较接近春涛的本意。因此，裳川此语仍不失为了解春涛诗风形成的重要线索。

二、春涛的悼亡诗

森春涛自少年时代起即好艳歌。《诗钞》卷一《三十六湾集》内有七言绝句《赠子寿》一首。子寿乃春涛友人大沼枕山之字。据《一

---

① 《春涛诗钞》卷五识语云："自甲辰至丁未，旧橐全逸。今补缀之，名曰《鸣蝉落雁集》。"可知卷五所收诗系甲辰（1844）至丁未（1847）年间的作品。

宫市史》等记载，天保六年（1835）森春涛投入鹫津益斋门下，研习汉学，与同门大沼枕山共相切磋学问，互有唱和往来。此诗颔联作"新秋风月扁舟梦，故里烟花艳体诗"。据《三十六湾集》题下注，可知此集创作于癸巳（天保四年、1833）三月至乙未（天保六年、1835）七月之间。枕山自尾张国丹羽村返回故乡江户正在天保六年。时春涛十七岁，枕山十八岁。远离故乡的春涛与枕山，相与钻研汉诗并屡有唱和之作。在中国，艳体诗之创作传统虽然延绵未绝，但从未成为过诗坛主流。而春涛在诗中明确表示自己喜好艳体诗风，虽然与江户末期较为开放的社会风气不无关系，更与春涛自少年时代便已形成的个人审美趣味深有关联。

艳体诗之概念，历来并无明确定义。随着时代变迁，曾涌现出各种不同风格与流派的作家作品。南朝梁、陈时代风靡一时的宫体诗可谓艳体诗之滥觞。此后，诞生于晚唐时期的香奁体诗，以及清中叶以后颇为盛行的闺阁体诗的一部分作品皆被视为艳体诗。结合《春涛诗钞》及其他资料来看，这一时期春涛所接触的"艳体诗"并非宫体诗或闺阁诗。春涛自少年时代起便深为喜爱，并深受其影响的是始自晚唐诗人韩偓的香奁体诗。《诗钞》卷三《人日草堂集》中载有七言绝句《游仙集唐三首》，其中最后一首系集韩偓《香奁集》内诗四句而成。可见春涛对于《香奁集》喜爱与熟悉的程度之深。春涛所作的艳体诗，尤其是少年、青年时代的作品受香奁体诗风影响甚深。譬如卷四《松雨庄人集》内，一连收录《春天》《春云》《春雨》《春雪》等二十八首以咏春为主题的七言绝句及律诗，均为艳体之作。据春涛之婿森川键所撰《春涛诗钞》识语，"岳丈春涛先生《诗钞》二十卷，其首四卷，自《三十六湾集》至《丝雨残梅集》，既经先生手定，题为《甲签》。生前上梓，久行于世，而未及其他"。《诗钞》前四卷系春涛本人加以校订，生前既已刊行，可知春涛对于自己早年的诗作十分重视。进入明治以后，已成为汉诗坛盟主的春涛对于艳体诗的态度仍然不改初衷。明治十三年（1880）三月，春涛于汉诗文杂志《新文诗》第六十集发表《诗魔自咏》十二首，引文中公然宣称"他日得文妖诗魔并称，则一生情愿了矣"，明白表达出自己即便为世人所非难，亦不会放弃艳体诗创作的决心。

关于森春涛的艳体诗，斋田作乐编《花南丹羽贤——附花南小稿》、合山林太郎《幕末明治期的艳体汉诗——以森春涛、槐南一派的诗风为中心》、日野俊彦《森春涛的基础研究》等已有所论及。本文旨在以春涛所作悼亡诗为研究对象，分析其接受王士禛诗影响的状况。

艳冶之诗风，忧伤之情怀，融合春涛独特的审美趣味，形成了极具春涛特色的艳体诗风。不过，随着人生经验的累积及境遇的变迁，春涛艳体诗的风貌与内容较之青年时代的作品有所发展与变化。这里就不得不论及春涛所作的数量众多的悼亡诗。

春涛的家庭生活多有不幸。中年以后的春涛曾三度丧妻，一度丧子。弘化二年（1845），春涛二十七岁时迎娶第一任妻子服部氏。服部氏名天都子（一作铁子），号雪香，能为汉诗。《诗钞》内尚有夫妇之间的赠答诗留存。弘化四年（1847），春涛长子真堂出世。安政三年（1856）十二月，服部氏病故。四年后的万延元年（1860）三月，被春涛视作"麒麟儿"的长子真堂亦夭折。安政六年（1859）春涛四十一岁时，续娶村濑氏，两年后的文久元年十二月（1862 年 1 月），村濑氏亦染病身亡。文久二年（1862）九月，森春涛再娶岐阜出身的国岛氏，次年春涛的三子，亦即日后承继春涛汉诗衣钵的槐南诞生。明治五年（1872）二月，国岛氏亦亡故。此后，春涛又纳伊藤氏为妾①。至明治廿二年（1889）逝世，春涛未再娶正室。

春涛于三任妻子亡故之后，均作有悼亡诗为之祭奠。安政三年（1856）十二月，春涛原配夫人服部氏骤然病故。据横田天风记载，安政年间，梁川星岩在京都执诗坛之牛耳，曾数度致信于春涛，劝其进京以张门户。春涛好友家里松嶹、藤本铁石等人亦频繁邀请春涛入京。春涛原已决意举家迁至京都，不料于此时遭遇服部氏亡故之变。

---

① 横田天风《明治的清新诗派森春涛先生》（四）："先生明治七年十月十六日五十六岁之时，携儿泰二郎氏（后号槐南、为文学博士）、箧室伊藤氏，自岐阜发，二十七日至东京，卜居于下谷摩利支天街。"见《东洋文化》第 41 号，1926 年 9 月，第 92 页。既称箧室，可知伊藤氏身份为妾。

孺人亦能诗，与先生琴瑟相和十有二年，今玉折兰摧先逝，先生之悲哀堪想。以际会如此不幸事，终至移住之策未能决行。

(横田天风 39 号 90)

于当时汉诗人而言，迁居京都意味着个人的才能可以得到更大的施展，谓之人生的重大机遇亦不为过。春涛自然也期望迁居至京都，于汉诗坛占据一席之地。然而妻子的死给他以极大的打击，使得他放弃进京之计。在此期间，春涛作有多首悼亡诗，以寄托对亡妻的哀思。如《诗钞》卷七所载《春寒》一首：

酒边新月入哀弹，绿绮吹尘歌易残。
无复佳人遗半臂，牡丹庭院倚春寒。

此诗系丁巳年（1857）春，春涛于服部氏故后不久所写的作品。诗中"绿绮""半臂"等事物皆寓意夫妇之情。绿绮乃汉代司马相如所藏名琴，相如因弹奏绿绮而得以与卓文君相识。半臂系袍下所着短袖长衫。据魏泰《东轩笔录》卷十五记载，"宋子京……多内宠，后庭曳罗绮者甚众。尝宴于锦江，偶微寒，命取半臂，诸婢各送一枚，凡十余枚皆至。"（魏泰 171）春涛连用两则典故，意在倾吐与妻子永诀之悲伤。诗中出现的"哀""残""寒"等字将诗人哀伤而寂寞的心境表露无遗。

同卷又有《无题》一首，可资参看：

粉愁香恨两凄迷，手剥青苔认旧题。
春色满庭人不见，海棠枝上画眉啼。

从"粉愁香恨"等诗语来看，此诗当为吟咏女性而作。揖斐高先生论及此诗云："结句之'画眉'指画眉鸟，并有寓指美人画眉的双重意象。此诗主旨在于吟咏弃妇愁怨之情。"（揖斐高 438）然而，仔细玩味此诗，揖斐先生此说恐不确。首句"粉愁香恨两凄迷"写男女相互之间的"愁"与"恨"。次句写作者手剥青苔，现出昔日题字。末两句写庭中虽然满是春色，然而共相观赏之人已不在，海棠枝上画眉空自啼叫。《汉书·张敞传》中载有京兆尹张敞日日为其妻描眉的故事，从此"画眉"被视为夫妇琴瑟和谐的象征，常常出现于诗文题咏之中。海棠枝上啼叫的画眉鸟，不禁让诗人思及亡人。结合创作时期来看，此诗亦是为悼念亡妻服部氏而作。诗中春色、海棠、画眉等意象虽然优美，恰恰反衬出夫妇死别之苦。通过追忆往事，凭吊旧日遗迹，传达出作者思念亡妻的寂寞心情。

文久元年冬腊月（1862年1月），春涛继室村濑氏在为春涛产下次子晋之助后不久即病故。晋之助日后被送往春涛同母异父的姐姐村田家作养子。十年后的明治五年（1872）二月、春涛第三任妻子国岛氏亦亡故。十六年间先后失去四位亲人的春涛，于《诗钞》中留存下为数不少的悼亡之作。

《诗钞》卷十一《桑三轩后集》内《夜凉闻笛》一首：

> 荷香漠漠度空轩，衣裳泪痕多露痕。
> 楚管一支谁所弄，夜深招起素娥魂。

此诗收于壬申（明治五年、1872）稿内，列于《悼亡》二首之后。从内容来考量，极有可能是为第三任妻子国岛氏所作的悼亡诗。"楚管"即诗题中的"笛"。李商隐《燕台·冬》一诗中有"楚管蛮弦愁一概，空城舞罢腰支在"之句。春涛此处借鉴李诗，以笛曲为主要意象，营造出忧伤哀愁的气氛。"素娥"乃嫦娥别称，以远离人间独居于月宫的寂寞仙子形象，为历代诗家吟咏不绝。"招魂"则系春涛平素喜用的诗语，春涛在其悼亡诗中数度化用汉武帝为李夫人招魂的典故，表现其欲为亡妻招魂的悲痛之情。而诗中夏夜里独自流泪思念亡妻的诗人形象亦十分鲜明。

春涛为三任妻子所咏的悼亡诗，多从自身落笔，抒写对妻子的思念与失去妻子的悲伤。不过，偶尔亦有借亡妻口吻而写的作品，可谓别开生面。如卷八《梦入青山集》中有《悼亡》诗四首：

其二云：

> 尘劫一空尘念灰，定应过现悟轮回。
> 玉纤徒抚莲华坐，惆怅侬来君未来。

《悼亡》四首是春涛为第二任妻子村濑氏所作。此首末句假托亡妻口吻，喟叹死后的寂寞。事实上，这也正寓意着诗人哀叹自己独自存活于世的孤寂之情。末两句从遣词造语来看，仍然存有艳体诗风的痕迹。

森春涛对于女性题材的关心，不仅限于对女性容貌、姿态与情感的描写，对于女性的文学才能与人格修养更为重视。日野俊彦氏曾就春涛悼亡诗的特征，做出如下分析：

> 首先，（春涛）并不仅只是在夫妻的社会关系层面表述追悼之意，而是将妻子作为具有对等人格或是才养的女性来加以描写。其次，也并不是单纯因为遭遇妻子逝世之变故而创作悼亡诗，而是从以结婚为题材的诗开始，一直持续创作至最后的悼亡诗。
>
> （日野俊彦 9-10）

尽管很难说春涛是有意识地从以结婚为题材的诗写起，一直延续至最后的悼亡诗。不过，将妻子作为具有对等人格或是才养的女性加以描写，则是春涛以结婚为题材的诗（包括以婚姻生活为题材的诗）与悼亡诗之间的共通之处。与第二任妻子村濑氏成婚之际，春涛作有《村濑氏过期不嫁，闻其意欲得书生如余者，即聘为继室》一诗，表达其欣喜之情。

> 梁伯鸾今聘孟光，春江绣出丑鸳鸯。
> 闻君自有隐居服，早脱寻常新嫁裳。

春涛化用《后汉书·梁鸿传》的故事，将自己与村濑氏比作贫士梁鸿与其妻孟光。孟光貌丑而德惠，是历史上有名的贤妻，为历代文人所敬仰。日本江户时期的汉诗人，将妻子喻为孟光者虽不少见，但将新妇称作"丑鸳鸯"者却绝无仅有。从此诗可以看出春涛对于妻子的容貌毫不介意。相较于外在，春涛更为看重女性的内在，亦即才学与品德。这也是他将妻子喻作贤妻孟光的本意。

春涛的第三任妻子国岛氏长于和歌。因幼时发天花而于脸上留下瘢痕，三十岁时仍未出嫁。春涛早就听闻国岛氏有诗才，于游历岐阜之时，曾托人求得国岛氏近作。①《维鹊有巢集》内第一首《予将娶国岛氏，赋此赠某》一诗作于迎娶国岛氏前夕，此诗真实地表现出春涛婚前的喜悦之情。诗中颔联再次引用梁鸿、孟光夫妇的典故，作"贫似伯鸾非俗士，丑如德曜定贤媛"（按伯鸾为梁鸿字，德曜为孟光字）。国岛氏虽然容貌不佳，然而春涛较之容貌，更为关心妻子的品格与才学。他将国岛氏比作有女中丈夫之称的孟光，赞其为"贤媛"。尾联化用《诗经·召南·鹊巢》中"维鹊有巢"一句，可以窥见春涛对于即将成家的喜悦之意，以及对婚后生活的期待之情。

国岛氏故后，春涛作《悼亡》诗二首，将亡妻喻作有咏絮之才的"谢家道蕴"，为妻子诗才卓绝却降年不永而深感惋惜。

揖斐高先生在《森春涛小论》中论及春涛艳体诗时指出："对女性文学才能的关心，对女性情感的共鸣，无疑是春涛创作大量香奁体诗的深层原因。"（揖斐高 439）揖斐先生此说同样适用于春涛的悼亡诗。不过，春涛在悼亡诗中融入艳体之诗风，窃以为并非其独创，实则是受到王士禛悼亡诗的深刻影响所致。

三、王士禛悼亡诗之于春涛诗的影响

如前所述，春涛深受渔洋诗及渔洋诗论影响。王士禛个人生活亦多不幸，曾先后三度丧妻，两度丧女。渔洋于每一任妻子故后均写下

---

① 《春涛诗钞》卷八《深山看花集》内有《闺秀国岛氏善和歌，予介人乞近咏，得其暮春咏杜若一章，乃赋二十八字以谢》一首，即为此事而咏。

相当数量的悼亡诗。在这一点上，春涛、渔洋二人的经历可谓极其相似。清人杨子毕于《芳菲菲堂诗话》中曾有"阮亭三咏悼亡，一哭张宜人，再哭陈孺人，又哭张孺人。此老不幸亦云甚矣。然诗以哭张宜人者为最凄惋"①之语。康熙十五年（1676年）丙辰九月，渔洋原配妻子张宜人病故，享年四十岁。渔洋与张氏共同生活二十六年，结发情深。渔洋于张氏故后不久即写下《悼亡诗哭张宜人作》组诗，共三十五首七言绝句。全数被收入《渔洋续诗》卷十丁巳稿内。

渔洋悼亡诗常常通过追忆妻子生前的点滴片段，赞美妻子温柔贤淑的品德。如组诗第二十首：

> 帖子宜春认旧题，妆楼人去草凄凄。
> 东风不启葳蕤锁，一任空梁落燕泥。

与前文援引的春涛所作《无题》一诗两相参看，不仅"认旧题""人去"等诗语相同或近似，内容与手法也颇类似。而两诗同用上平八齐韵，亦绝非偶然。②

再如第二十四首：

> 年年辛苦寄冬衣，刀尺声中玉漏稀。
> 今日岁残衣不到，断肠方羡雉朝飞。

此诗与春涛为原配妻子服部氏所作《悼亡》四首的第二首中"离恨千端更万端、不曾教我客衣单"二句，以及前文引用的《春寒》诗中"无复佳人遗半臂"一句，皆系吟咏昔日妻子不辞辛劳为自己缝制寒衣的往事。三首诗主题相同，大约系春涛有意借鉴渔洋悼亡诗所致。

---

① 援引自蒋寅著《王渔洋事迹征略》，人民文学出版社，2001年，第123页。
② 春涛《无题》诗与南宋高翥（1170—1241年）所作《春日北山二首》其一亦有关联，按高诗云"人缘白石渡清溪、手剥苍苔认旧题。春色满山归不去、折桐花里画眉啼。"（长沢规矩也编《和刻本汉诗集成》第十六辑《菊磵遗稿》，汲古书院，1976年3月，第288页。）高翥《菊磵遗稿》于江户后期已有和刻本问世。

王渔洋提出的神韵说，重视"兴会神到"，倡导冲淡、超逸、含蓄、蕴藉的诗风，正如高桥和巳先生所指出的，"王士禛虽然年轻，却能够越过诸般分析达到诗之妙悟，以其动人心弦的充满忧愁的诗句，使读者们为之倾倒。"（高桥和巳 1）"忧愁"正是渔洋神韵诗最重要的主题之一。《秋柳四首》便是神韵说与忧愁这一主题完美融合的代表作品。渔洋的悼亡诗在具备以上要素以外，更有一番凄恻哀切的感情融入其中。不过，渔洋为续娶的妻子陈孺人与侧室张孺人所作的悼亡诗，风格却有了些许变化。兹以《蚕尾集》卷二所收《悼亡诗十二首哭陈孺人及女宫作》第七首为例：

枕压偏髻久罢梳，绿窗昼寂掩流苏。
那堪亭午朝回后，日听垂帘响药炉。

这是一首充满闺阁气息的作品。王利民先生将渔洋《悼亡诗哭张宜人作》三十五首评以"凄寒"二字，将《悼亡诗十二首哭陈孺人及女宫作》与《悼亡诗哭张孺人附哭女婉》十六首评以"哀艳"二字。（王利民 114）王氏的评语言简意赅地概括了渔洋前后两期悼亡诗的最大特色。而春涛为亡妻村濑氏及国岛氏所作的悼亡诗，如前文所引用的"玉纤徒抚莲华坐、惆怅侬来君未来"（《诗钞》卷八《悼亡诗》四首其二），"春色满庭人不见，海棠枝上画眉啼"（《诗钞》卷七《无题》）等句，同样堪当"哀艳"二字。

春涛悼亡诗中，有时亦有游仙的内容。如卷八《哭儿真》其一：

天风一道步虚声，镜大春蟾空里明。
好去碧桃花发处，定应逢我许飞琼。

据《汉武帝内传》及《太平广记》等书记载，许飞琼乃传说中西王母的侍女。此处当寓指春涛原配妻子，长子真堂的生母服部氏。诗的后两句想象真堂死后与亡妻服部氏于仙界重逢。同一卷中所收为继室村濑氏所作的《悼亡》诗亦将亡妻喻作仙女杜兰香。（《悼亡》其三：

"杜兰香去镜吹尘，新月古梅空复春。"）妻儿死后升天为仙当然出自于春涛的美好愿望，抑或是心理上的一种自我安慰。不过，将游仙思想导入悼亡诗之中的创作手法并非偶然，王渔洋的悼亡诗中也常有此类手法出现。

《蚕尾续集》卷一所收《悼亡诗哭张孺人附哭女婉》其五云：

> 碧海青天欲见难，月中谁伴女乘鸾。
> 可怜三五婵娟影，只映方诸泪不干。

又其十云：

> 飙车几日返神霄，青雀西飞竟寂寥。
> 千里鸾冈如黛色，空留甲帐误文箫。

这两首诗都写妻子远离人世而去，登入仙界成为仙人。从侧面反映出诗人失去妻子后冷清寂寥的心境。前引两首春涛悼亡诗的内容与笔法同这两首诗多有相似之处。不过，春涛诗中的游仙思想，并非单纯效仿，而与当时的政治背景深有关联。安政五年（1858年）四月，戊午大狱兴起，志士仁人多有被捕下狱而受酷刑者。春涛在得知梁川星岩死讯之后，愤而写下《七十老翁何所求，追悼星岩翁》七言绝句三首，将星岩比作魏国信陵君的死士侯嬴，在感其高义、哀其身死的同时，也为恩师不至下狱受辱感到庆幸。① 前田爱先生所撰《枕山与春涛》以及日野俊彦著《森春涛的基础研究》一书皆指出，春涛诗中常有吟咏幕末政治事件，或述及自己担任尾张藩斥候时经历的作品。迁居东京以后，春涛在自己编修出版的汉诗文系列杂志《新文诗》《新文诗别集》《新新文诗》中发表了为数众多的

---

① 《七十老翁何所求，追悼星岩翁》其一："七十老翁何所求，侯嬴此语激时流。幸然全死升平日，免献奇谋自刎头。"见《春涛诗钞》卷八《梦入青山集》。

政治抒情诗。①然而在安政五年前后，春涛迫于当时日益严峻的政治情势，不敢直抒其内心对于时政的不满，只能借悼亡的主题抒发内心的愤懑与悲伤。春涛在《哭儿真》二首之后，一连作有《小游仙曹唐》绝句十六首，纵观《诗钞》全集亦十分罕见。承受丧妻、丧子、丧友与恩师故去等多重打击的春涛，转而遁入道家求仙避世的虚无世界中去，大约亦是诗人躲避现实的一种方法。②

结语

本书以森春涛《秋柳》次韵诗及悼亡诗所受王渔洋诗影响为着眼点，考察春涛如何积极学习渔洋诗，并以渔洋"神韵说"诗论为创作目标而从事汉诗创作的过程。今关天彭论及春涛诗，曾有以下论述：

> 春涛诗将香奁体与神韵派糅合为一体，其清丽之文辞、缠绵之情调、宛转之音节，加以清新之感兴，其间虽不能云毫无俗情媚态之弊，仍不失为我国之天才。（今关天彭 20）

诚然，清丽的文辞、缠绵的情调、宛转的音节以及清新的感兴，可谓春涛艳体诗最大的特色。而春涛的悼亡诗实则具备相同的要素。春涛于创作悼亡诗时积极接受香奁体与神韵说两方面的影响，并将两者巧妙融合，从而构筑起极具其个人特色的诗风，在整个明治时代的汉诗坛产生了广泛而深远的影响。

---

① 请参考拙文《森春涛与〈新文诗〉系列》，原载《名古屋大学中国语学文学论集》第25辑，名古屋大学中国文学研究室编，2013年9月，第1-21页。
② 有关森春涛的游仙诗，合山林太郎《幕末明治期的神仙诗系谱》一文中亦有涉及。载《文学》第十卷第三号，岩波书店，2009年，第169-179页。

引用作品

[1] 大江敬香："明治诗坛评论"，神田喜一郎编《明治汉诗文集》，东京：筑摩书房，1983年。

[2] 高桥和巳：《王士禛》，东京：岩波书店，1962年。

[3] 横田天风："明治の清新诗派森春涛先生"，《东洋文化》第38-41号，1926年。

[4] 合山林太郎："幕末明治期における神仙诗の系谱"，《文学》第10卷第3号，岩波书店，2009年。

[5] 蒋寅：《王渔洋事迹征略》，北京：人民文学出版社，2001年。

[6] 今关天彭："森春涛"，《雅友》第35-36号，1958年。

[7] 屈向邦：《粤东诗话》，香港：龙门书店，1964年。

[8] 日野俊彦：《森春涛の基础的研究》，东京：汲古书院，2013年。

[9] 森春涛：《春涛诗钞》，东京：文会堂刊本，明治四十五年（1912）。

[10] 神田喜一郎："日本における清诗の流行"，《神田喜一郎全集》第8卷，京都：同朋舍，1987年。

[11] 王利民："忆念与报偿——王士禛悼亡诗及挽诗论析"，《南京师范大学学报（社会科学版）》，1998年第3期。

[12] 王士禛：《带经堂集》，歙县：程氏七略书堂刻本，康熙五十年（1711）。

[13] 魏泰撰、李裕民点校：《东轩笔录》，北京：中华书局，1983年。

[14] 揖斐高："森春涛小论"，《新日本古典文学大系明治编2汉诗文集》，东京：岩波书店，2004年。

[15] 永瑢、纪昀等：《四库全书总目》，北京：中华书局，1965年。

寻找被"后"的剧作家

——纽约剧坛"一日游"初探

One-Day's Journey in Search of Playwrights on New York Stage

费春放 孙惠柱[①]

摘 要：文章通过审视和分析时下美国纽约剧坛正在演出剧目的总体状况对"戏剧已经入'后剧本'时代"的论断做了质疑和驳斥，作者认为，"剧本至上"和"后剧本"这两种看似相反的观点，都是盲目相信西方理论的结果，中国戏剧人应对西方戏剧及其理论做更全面和审慎的研究。

关键词："后剧本"戏剧；话剧；主流戏剧

Abstract: This paper examines and analyzes the entire repertoire currently performed on one day in New York City. It challenges the misleading notion of post-dramatic theatres as the mainstream in the west. The authors believe that "script first" and "post-dramatic" theories in

---

[①] 原文发表在《戏剧》2015年第二期。费春放博士，华东师范大学教授；孙惠柱博士，上海戏剧学院教授、纽约《戏剧评论》（*TDR*）联盟轮值主编。两位作者长期在海内外进行戏剧教学、研究和创作。

China have both resulted from misguided faith in some Western theories, and they suggest that Chinese theatre people learn to contextualize Western theatre and its theories, and study them more thoroughly.

Key Words: Post Dramatic Theatre, spoken drama, mainstream drama

近年来人们好像越来越不喜欢"话剧"这个词，改叫"舞台剧"。"舞台剧"是相对影视而言，在舞台上演的剧还包括戏曲、音乐剧、歌剧、舞剧，怎么能仅指话剧一种样式？"舞台剧"一词是从台湾传过来的，因为那里的戏剧就以舶来的话剧为主，正规的专业戏曲剧团极少，和内地剧团总体上戏曲剧团及演出的数量大大超过话剧的情况相反。话剧是在发展中，但这个名字（西文 drama，是相对于音乐剧 musical 而言的两大门类之一）不应淘汰。比之戏曲、音乐剧、歌剧、舞剧，话剧就是以说话为主，也就是以文学性的"剧"为"本"，以剧作家为主导。有人说，这些年外国人送来的演出"话"越来越少了；戏剧人出国考察回来介绍，多半也都集中在那些争奇斗炫的"舞台"手段上。现在戏剧交流日渐繁盛，反复加深着那些西方理论已然传给国人的"后剧本"印象。其实这是因为要给语言不通的观众看，就多选了些主要不靠语言而靠肢体或多媒体的"秀"；就像从前我们总是出口文盲也看得懂的《三岔口》《闹天宫》一样，弄得外国人以为戏曲只会翻跟头。现在有些评论者看了几个巡演的外国新潮戏，或者出国看了两个不用听也能瞅个热闹的大众秀，以为真的都是"后剧本戏剧"了。其实人家剧本好的戏多了，我们因为听不懂没去看。

网上一篇文章《戏剧已经不重视故事而更多的是舞台形式吗？》相当程度上反映了这个悖论，文中唯一的直接引语来自阿尔托，请看魏嘉毅的原文：

就像阿尔托（Artaud Antonin 1896—1948）所说：
"不应该继续依赖剧本，把它视为权威和神圣的；至关重要的是要结束戏剧对剧本的依附关系，恢复一种介乎姿势和思维间的独特语言的概念。"

然后就像你看到的那样，戏剧变得更自由了。

在20世纪后半叶，"戏剧"的涵义在彼得·布鲁克、尤金尼奥·巴尔巴、理查·谢克纳的推动下有了更广的范围，这里就不展开讨论了……

借用我一位老师在文章中的话来作为结尾吧：

戏剧艺术的本质是"做"的艺术，是"表演"的艺术，是"身体"的艺术，是"现场"的艺术，是"即时"的艺术，是永远无法被记载的艺术，是稍纵即逝的艺术，而绝不是"剧本"的艺术、"文学"的艺术。

这似乎已经成了中国戏剧界熟悉的套话。如果这真能反映西方戏剧实际的话，我们对西方戏剧的了解是怎么来的？就靠那些先锋理论和来做工作坊的大师吗？魏文提到的四位西方戏剧理论家的确都是导演。其中真正反对剧本的是阿尔托，他一心只想做自己的戏，却一辈子也没导过几个戏。布鲁克曾是英国皇家莎士比亚剧院艺术总监，后来辞职搞了自己的跨国剧团，一生排戏无数，绝大多数都是用的极好的剧本。从1960年代的成名作《李尔王》《仲夏夜之梦》到最近送来中国的《情人的衣服》，他的舞台形式总是和文学剧本相得益彰，和剧中的故事人物主题配合得天衣无缝。巴尔巴1990年代曾邀孙惠柱去意大利观摩他做工作坊时排练梵剧经典《莎恭达拉》，他和印度舞蹈家及演员一直在琢磨如何很好地将来自各国的戏剧演员、现存的印度舞蹈和一两千年前的梵文剧本相结合。谢克纳的成名作《69年的酒神狄奥尼索斯》素材全是希腊悲剧的台词，他不是编剧，但是个极高明的"编辑"——他还是美国历史最久的戏剧学刊《戏剧评论》（*TDR*）的主编，当了三四十年。他在导演孙惠柱的《明日就要出山》时一字不改，有意见就提出来让编剧改——理由是他极难得排一次活人的戏，当然要请剧作家本人修改。他自己改希腊悲剧、莎士比亚、布莱希特的戏,是因为已经请不动作者了。2014年秋,80岁高龄的谢克纳在纽约郊区新泽西州立大学第二次导演《想象O》(*Imagining O*),重构《哈姆莱特》中的奥菲利亚(Ophelia)和法国经典情色小说《O的故事》(*Story of O*)的人物和故事,在这出高度肢体化多媒体沉浸式(immersive)的演出中,不仅演员有密集的大段台词,在互动环节观众也时不时发言讲故事。该剧的专职戏剧顾问(dramaturge)不是隐身幕后,而是驻守一个"工作坊"区域,随时给观众答疑解惑指点迷津。剧中奥菲利亚有一句重要台词:"我不是生出来的,我是写出来的。"("I was not born, I was written.")《纽约时报》剧评称《想象O》为一部有震撼力的"重写"(rewrite)(Collins-Hughes)。

西方戏剧真的是后剧本了、去文学化了吗?根据三十多年来在美国尤其是世界戏剧之都纽约实地看戏的经验,我们可以确定无疑地回答——不对!汉斯—梯西·雷曼在《后剧本戏剧》(*Post Dramatic Theatre*)里写的理论其实并不新鲜,几十年前阿尔托、格洛托夫斯基、谢克纳的《残酷戏剧》《贫困戏剧》《环境戏剧》早已表达了同样的意思。这三本书以及布鲁克的《空的空间》都是具有超前意识的先锋艺术大师的宣言,代表的是当时最新的实验愿景和成果,并不代表戏剧的主流,也不会在可预见的将来成为主流(比起最热闹的1960年代其实早已退潮,所以这些年他们爱往我们这儿跑)。但在中国不少院校里,却成了最重要的教材和主导性理念,以致全国的导演、演员、制作人普遍地轻视剧本,或靠拍脑袋"策划"为王,或随意乱写乱改剧本,还振振有词地说是"世界潮流"。这些西方大师的实验和理论都是主观性极强的一面之词,但常得到天性喜新厌旧的教授的偏爱,因为在西方的学术体制下,只有不"炒冷饭"的新发现、新发明才值得研究出版,所以学者们写书推介那些新鲜玩意儿也很合理。但如果把它们误当成西方戏剧的主流,那就错了。打个比方,中国引进麦当劳、肯德基后,不少西方媒体乐于报道,而中国人吃米饭就不会有人撰文介绍,如有人根据洋快餐的报道认定中国人已然改变主食都吃汉堡包了,中国进入了"后大米"时代,岂不要贻笑大方?

一百多年来现代中国文化和西方难解难分，引进大都从翻译开始，由于具体作品的量大大超出概括性的理论，西方文化对中国的影响很大程度上是通过翻译的理论。这些年大学愈益普及，学界又流行西方理论概念，溢出到社会上，五光十色令人目迷。这在戏剧界特别突出，从最早的"易卜生主义"到近年的"行为艺术""后戏剧剧场"等不准确的译名，戏剧界西方话语狂欢，理论滔滔不绝，舞台上却乏善可陈。比起多数与中国的经济和社会发展水平相仿的国家，我们的剧坛实在太不繁荣——北京上海除外，几乎没有哪个城市有每天运作的戏剧票房。而一些源自西方似是而非的理论泡沫，恰恰是误导中国戏剧人、影响戏剧繁荣的原因之一。当今多数国人缺乏起码的看戏经验，对戏剧的"常态"完全没有概念，对外国戏剧的认知又来自只见树木不见森林的残缺信息。这比一般人不得不通过媒体来认识外面的世界甚至更为片面。传播学者冯月季写道：

> 时代是由各种"事件"构成的，但不是所有的"事件"都能进入普通读者的视野，只有那些经过媒介选择的"事件"才有可能。依照媒介选择理论，"人咬狗"的新闻才具有报道的价值。因此呈现在公众视野里的"事件"就不是普通的事件。齐泽克（Slavoj Zizek）在他的新书《事件：哲学概念之旅》中认为，构成"事件"的要素包括：脱离正轨，极其反常；突然冒出，没有缘由；表象大于实在。……"事件"之于今天的人们来说，既构成了生活的框架，也因为"事件"本身表象大于实在，而导致我们对生活失去实在感。

讽刺的是，很多说国外戏剧已然"后剧本"的人还自以为很有"实在感"，他们有的在外国戏剧节上看到了那些"脱离正轨、极其反常"的先锋表演，有的还把它们请来了中国做高价演出（它们在本国并不卖高价），以为那就是西方戏剧的主流和方向了。其实，选到戏剧节给特定观众看的剧目和普通观众常年可看的剧目多半很不一样，后者才是常态。因为中国大多数城市根本不存在常年演出的剧坛常态，人们把偶尔一见的戏剧节当成了常态，把先锋当成了主流。

戏剧人努力引进的西方话语甚至还不是那里相对真实全面些的媒体，而是先锋理论和极少数案例建构起来的"拟态环境"。其实要知道戏剧演出的真实环境并不太困难，了解国外的戏剧甚至还更容易些，因为戏剧应该是公共产品——别处很难找到基本不用卖票、主要演给领导及专家看的戏剧院团；常态下戏剧人总想广而告之让人来买票，演出信息自然会通过各种媒体公开发布，没有任何理由保密。要想真切地了解健全的戏剧市场上演出的类型和数量，不妨找一个戏剧发达的城市为例，搜一个西方媒体的代表——《纽约时报》，认真来看看戏剧版上有关纽约演艺市场的详尽介绍。

纽约演艺业中最著名的是百老汇——曼哈顿区中部的戏剧区，现有30多个从700座到1400座的剧场，集中在百老汇大道从41街到54街的一二十个街区。今天的百老汇已不能代表美国戏剧的全部，百老汇剧场从黄金时代1920年代末的80多个减到了30多个，每年开演的新戏更是减了一大半。曾有无知无畏的中国学者据此断言说，"戏剧的这种穷途末路是带有全球性和必然性的"（朱寿桐）。事实恰恰相反，美国戏剧的总量不但没有缩小反而扩大了，越来越多戏剧人在非营利性剧院里找到了用武之地。在商业戏剧收缩阵地的20世纪后半叶，原来只能等百老汇送去巡演剧目的美国各地都开设了地区剧院，总数超过百老汇关掉的剧场；纽约市内也出现了数倍于百老汇剧场数的非营利性的外百老汇和外外百老汇的中小剧场。全国的剧场数量不断增加，形式也多样化了，最突出的是小剧场增加了。又有中国学者匆匆得出结论说，现在戏剧的新潮流就是在小剧场做实验戏剧——后剧本戏剧，也是言过其实。当今剧坛的总体格局是从近百年前的标准尺寸大剧场一统天下变成了大中小剧场各得其所，但就是小剧场的戏大多还是以剧为本。

在2015年2月7日的《纽约时报》戏剧版上，可以看到201个演艺活动的信息，6个是歌剧或古典音乐会、1个餐厅喜剧脱口秀、12个舞蹈、10个爵士音乐会、4个摇滚或流行歌星演唱会、25个儿童剧、86 个戏剧。①戏剧是最大的门类，加上儿童剧和歌剧、舞剧，就有 120 多个，但"戏剧"主要还是指从百老汇到外外百老汇演出的话剧和音乐剧。这一天百老汇有 27 个戏在演，18 个音乐剧中《阿拉丁》《摩门经》《卡巴莱》《芝加哥》《泽西男孩》《狮子王》《妈妈咪呀》《悲惨世界》《在城里》《剧院魅影》《女巫》这 11 个是演了多年的老戏。《在城里》（On the Town）讲一群水兵放假进城找对象，首演于 1944 年，但这次重演感觉就像是为现在写的一样；《女巫》（Wicked）取材于《绿野仙踪》，但聚焦于一好一坏两个女巫，从 2003 年到现在一直在演，每周八场（百老汇常规是周一休息，三、六、日三天中会有两个下午场）；而连演记录最长的是安德鲁·劳伊德·韦伯的《剧院魅影》，首演于 1988 年。9 个话剧刚好三分之一，有 3 个是重演的老戏：《象人》、爱德华·阿尔比的《微妙的平衡》，以及首演于 1933 年的喜剧《生不带来死不带去》。英国剧作家尼克·佩恩（Nick Payne）的新作《星群》（Constellations）被《纽约时报》首席剧评家本·布兰德雷（Ben Brantley）称为"可能是史上最高级的关于约会的话剧"，这戏只有两个人物，讨论着高等物理，却能让观众听得有味，甚至听出性感来，但最后是情感上的巨大打击。来自英国国家剧院的《狗的夜间奇遇》（The Curious Incident of the Dog in the Night-Time）由剧作家赛门·斯蒂芬斯（Simon Stephen）改编自畅销小说，展现一个自闭症男孩的成长过程。《耻辱》（Disgraced）是巴基斯坦裔美国人阿雅德·阿克塔（Ayad Akhtar）的话剧处女作，他毕业于布朗和哥伦比亚大学的戏剧系。这部独幕剧讲一个曼哈顿的富有家庭请客，宴席上两对夫妇四个人的文化背景各异——前穆斯林、美国黑人、犹太人和

---

① New York Times, 7 Feb. 2015. 同样内容也可以在网页上看到：http://www.nytimes.com/events/index.html#2015-02-07/extravaganzas/everywhere/alphabetical/，这里全是专业演出，不包括任何艺术院校的演出，连纽约大学艺术学院、茱莉亚学院戏剧系那些水平极高也卖座的研究生演出都不算专业。2月7日是周六，而周五周日演出活动最多；周一许多剧院休息，演出最少，但也不会全停。在同一网页上可以看到，三天后的 9 日（周一）将只有 20 个戏剧演出、6 个儿童剧，所有活动的总数是 69 个。但可以代表平均数的 11 日（周三）又将有 73 个戏剧演出、9 个儿童剧，所有活动的总数是 143 个。

新教徒，他们争论起在一个恐怖主义案子中应当如何看待当事人种族背景的问题。这部半自传体的戏直面当今美国多元文化和反恐形势的现实，获得了 2013 年的普利策奖，先在芝加哥、纽约外百老汇和伦敦分别演了一个半月，2014 年 9 月下旬起在百老汇的大剧场演出，原定今年 2 月结束，因票房火爆延期到了 3 月。

百老汇的 27 个剧目中，没有一个是所谓"后剧本"或"后戏剧性"的，个个都有精彩的故事。有人会说，百老汇都是商业戏剧，当然不会有高端的探索。其实不然，商业和探索未必矛盾，百老汇戏剧区完全不同于主要吸引赌博者家属的拉斯维加斯演艺业，基本上没有只炫色没思想的"秀"，百老汇的商业剧也要靠思想性、艺术性、娱乐性的完美结合才能长演，才会有来自世界各国的巡演邀约。这些剧目中有本属荒诞派的大剧作家阿尔比的《微妙的平衡》，这个首演于 1966 年的重演剧目是个看上去很严肃的传统客厅剧，两对五十多岁的中产夫妇吵架，加上一个面临第四次离婚的女儿和一个寄居在姐姐家的"老姨子"，没一点我们认为可以招徕观众的噱头，探讨的还是现代人的生存状态："人到夜里都要睡觉，因为人都害怕黑暗。"女主人公最后点题的台词和陈白露的告别词有点异曲同工："太阳不是我们的，我们要睡了。"阿尔比的戏没有提太阳，但也没人自杀——这就更接近日常现实，也更为冷峻。这样的话剧能在大剧场连演四个月？有那么多观众来买散票？明星也很重要，但格伦·克洛斯（Glenn Close 出演《致命诱惑》《101 斑点狗》，三次获托尼奖、六次获奥斯卡提名）和约翰·立特高（John Lithgow，出演《怪物史莱克》、话剧《蝴蝶君》，金球奖）愿意减少很多收入来连演 130 多场话剧，绝对是剧本和角色能让他们着迷。在普列策奖剧目《耻辱》里，也有两对衣食无忧的夫妇，也是面对着一堆难以解决，甚至难以梳理清楚的现实问题。这些易卜生加契诃夫式的戏都和我们这里已见怪不怪的洒狗血的"商业戏剧"完全不同。百老汇也有相对轻松的戏，同样是探讨如何在尊重的基础上关爱弱势人群，最严肃的是以一个畸形成年人为主角的话剧《象人》（*The Elephant Man*，编剧 Bernard Pomerance，1979 年托尼奖），讲自闭症孩子的《狗的夜间奇遇》就好玩了，《女巫》则利用著名儿童音乐剧《绿野仙踪》的名气和形式，但把主角从小孩变成了女巫，主题也改为了被误解的女孩遇到的困境。

在外百老汇的 57 个剧目和外外百老汇的 6 个剧目之外，还有一个特殊的门类叫 Extravaganza，就是指不要剧本、故事、人物的景观秀，常还有与观众的互动。来自阿根廷的《蛮力》(Fuerza Bruta) 是个令人惊艳的杂技和环境戏剧的混合，四散站着的观众抬头朝上看，表演空中飞人的演员就像在上面游泳，还常会飞到观众身边来点"恶作剧"。这是最适合"文盲"的旅游秀——不少到纽约一游但看不懂话剧的中国游客可能就记住了这么个"戏"；这戏我们十几年以前看过，后来停了一阵，从 2014 年 6 月又开始长演。另一个"沉浸式"景观秀叫《夜间女王》，在纽约的"百乐门酒店"里，可算是戏剧实验，但更像是包含了鸡尾酒、晚餐和杂技的晚会，还可以让观众和年轻的演员来点 PG-13 级的社交。《纽约时报》这个门类里就有这两个节目。其实我们知道还有一些类似的、但规模小一点的非戏剧性秀，都演了很多年。最著名的两个是源自纽约的公园、1991 年起一直在艾斯特剧场演的《蓝人乐队》(*The Blue Man*) 和源自英国布莱顿街头、1991 年起一直在奥尔菲剧场演的《破铜烂铁乐队》(*Stomp*)，主要靠音乐取胜，《蓝人》的视觉形象也非常出色。最近有个新戏叫《人的交响乐》(*The Human Symphony*)，从剧名看似乎也想借点音乐的光，却是让六个自愿的观众上台去接受有关网上约会的采访。这戏我们没看，剧评家认为"有些采访有趣，有些就没劲"。这个戏演不长，2月 14 日就关了——但凡要讲话的戏，没有剧本还是不行。在较小的剧场里用环境戏剧式的特别景观来吸引游客倒有可能长演，《照亮》(*Illuminati*) 是一个由前软件工程师米拉·寇特博制作、创作的科技秀，曾在第六届美国达人秀上赢得第三名，现在纽约驻场演出。Kotb 让十几个舞蹈演员在完全的黑暗中，身着带有电子控制灯光的黑衣服，在嘻哈、爵士和古典音乐声中表演出一个艺术家的遭遇——他的"神笔"被恶魔偷走了，怎么办？原来科技秀也还要有点故事，尽管这故事是为景观服务的。还有一个台词很少的《树林人》(*The Woodsman*)，将肢体剧和木偶融为一体，巧妙地开掘了《绿野仙踪》

里铁皮人的故事——一个人怎么会变成一个没了心的生锈铁皮人？

此外就是那个不少中国人看过或听说过的《无眠之夜》(Sleep No More，2003 年首演于伦敦，2011 年来到纽约)，把《麦克白》变成了一个带点惊悚效果的游乐迷宫，在任选场景看的不同观众的眼里，故事全乱了，几乎不再存在剧情的脉络。沈嘉熠写道："这种弥漫着沉浸式戏剧特质的'观众漫游体验式叙事剧'……和'观众'的消费行为，观剧者的感悟和体验，深刻地纠缠在一起，形成后现代的消费社会的一个文化和社会景观。……沉浸戏剧是近年来悄然兴起的一种戏剧形式，融汇了装置戏剧、互动戏剧、环境戏剧等一系列先锋戏剧艺术的特点。"她清楚地看到了"沉浸式戏剧"和谢克纳将近 50 年前提出的"环境戏剧"的关系，可以说就是环境戏剧的另一种说法。谢克纳《69 年的酒神狄奥尼索斯》早就让观众"沉浸"了，熊佛西更是早在 1935 年已在定县的露天剧场里让农民观众和农民演员一起沉浸过了。《无眠之夜》的形式带来的虚名大大超过其实质内涵。要说观众参与，观众都戴着面具，演员又决不理你，哪会有真的互动？要说商业成功，这么大一栋楼，每个房间只能放进几个人，怎么能和一两千座的大剧场比卖票？还有个沉浸式的《爱丽丝坠落了》，把《爱丽丝漫游奇境》的故事放在一个代表梦境的戏剧环境中来展开，是个适合小孩子玩的游戏乐园，但是在更小的外外百老汇演出，完全是非营利性的。

这些"后剧本"或"非戏剧"的项目加起来，也就八九个，恰是 2015 年 2 月 7 日《纽约时报》上剧目总数（86 个戏剧加 2 个景观秀共 88 个）的十分之一；如果算上 25 个儿童剧，那比例就更低。其余的 80 个剧目更能代表或接近主流，百老汇的 27 个以外，外百老汇和外外百老汇也有 53 个，从样式来看大体和百老汇相似，也分为话剧和音乐剧两大块，这里话剧的比例要高于百老汇的三分之一。这两类里也有不少长演剧目，甚至包括了几个保持着最长纪录的戏，如演出最久的音乐剧《异想天开》始自 1960 年（The Fantastics，1988 年曾在北京、上海演过），讲邻家男女瞒着父母隔墙谈恋爱；每周八场演出最久的话剧《完美犯罪》(Perfect Crime)，看剧名就知道是个精准算计的悬疑剧，首演于 1987 年，且早已拍成电影。其实纽约还有一个始于 1974 年的《排队》（*Line*），应该算是演出更久的话剧，这个寓言剧讲五个人排队，无所不用其极都想排第一。我们 1988 年在纽约曾陪几批国内戏剧家去看过好几遍，2014 年 10 月又去看了一次，那个二三十座的小剧场里还贴着奥巴马总统的贺信。这个戏虽然长期驻场，但每周只演两场，没列入《纽约时报》2 月 7 日的戏剧信息栏里——这说明纽约专业戏剧演出的实际数量还更大。除了这些创纪录的传奇剧目，稍短些但也跨了年度的长演剧目还有《Q 大道》《进入森林》《海湾之滨音乐剧》《贝蕾斯汀熊一家现场表演音乐剧》等，多是音乐剧；有些话剧是经典老戏的重演，如莎士比亚的《泰特斯·安德洛尼克斯》、屠格涅夫的《村居一月》、奥尼尔的《送冰的人来了》。

　　此外的新戏中，有两种国内不大看到的类型值得注意。一类是家庭喜剧，另一类是单人剧。喜剧现在国内也多了起来，尤其是爆笑喜剧，但大概为了爆笑，多是背景宏大的社会喜剧，很少聚焦于家庭，编剧还常偏爱让故事和现实拉开距离。而美国的喜剧更多地直面当下现实。剧名奇特的《11 月一个美好的日子，在最大的大湖边上》（*A Beautiful Day in November on the Banks of the Greatest of the Great Lakes*），讲述感恩节全家团聚时发生的种种不测，同时还弄了两个局外人一直在居高临下地点评。《胜利者》的剧名短到只有一个词 *Winners*，而且还不是反讽：金融危机袭来，全家人必须勒紧腰带。这本来是悲剧或社会问题剧的题材，却被编成了喜剧。父母遇事没办法，就章法大乱，竟是小孩和宠物猫狗帮大人解决了问题，他们才是"胜利者"！

　　单人剧中有很多极真实的个人故事，如《牛棚》（*The Bullpen*）的作者兼演员乔·阿索多伦（Joe Assadourian）不但演出了他自己的经历——因为和警察冲突被关起来等待审判，还跳进跳出扮演了其间他接触过的 16 个人物——狱友、狱警、律师、法官等。更有意思的是这个戏的创作过程——乔因为坚信自己清白无罪，还在"牛棚"关着时就酝酿起这个单人剧，留心观察模仿跟他打交道的每个人，终于成就了这个既真实感人又能大秀演技的杰作。《狮子》（*The Lion*）也是自传体，自编自唱的歌手本杰明·舒尔（Benjamin Scheuer）纠结于他父亲和他的复杂关系——既是他音乐灵感的缪斯，又给他无穷的烦恼。布莱德·辛默门（Brad Zimmerman）的《一个犹太人的悲剧，儿子端盘子》（*My Son the Waiter: a Jewish Tragedy*），其实是讲自己端了30年盘子老成不了名演员的苦恼，最糟的还是给他那望子成龙的老妈丢了脸！这些单人剧的演员都亲自写剧本，又会写又会演，他们最知道什么样的故事观众要听，怎么演绎这些故事观众爱看。他们最知道，故事和表演是不可能分开的。

　　百老汇和外百老汇剧目的区别一在空间——剧场的大小，二在时间——演出的场数，这两点都取决于剧目的经济属性——是否为商业戏剧。在戏剧这个劳动密集型的行业中，劳动力的成本比一般劳动密集的制造业高太多，也大大高过了百老汇黄金时期的20世纪二三十年代，所以只有每场多卖票、再尽量拉长重复销售的时间，把演艺劳动尽可能变成能不断复制的产品，才有希望收回成本甚至赢利。在人工成本提高的同时，观众成分在20世纪最后几十年里也有了大变化。随着航空业的发展，1990年代初外地、外国旅游者买的票就占到了百老汇票房收入的一半——纽约人口只有八百万。因此，特别能吸引旅游者的音乐剧所占的比例就越来越大。虽然相对剧情简单、场面热闹，容易超越思想和语言的限制，音乐剧对文学基础的要求一点也不低。例如麦肯塔什的"四大音乐剧"个个取材于经过长时间考验的文学作品，连那个"无情节"的《猫》也是来自诺奖得主T.S.艾略特的诗集。《悲惨世界》就不用说了；《西贡小姐》是歌剧《蝴蝶夫人》的翻版，而普契尼歌剧的版权来自1900年百老汇首演的同名话剧；《剧院魅影》的文学原型不太出名，但勒胡1909年的法文小说却给很多影剧改编者提供了灵感，包括1937年中国拍的《夜半歌声》。与以豪华著称的这"四大"相比，美国传统的音乐剧更注重故事和人物，《西区故事》取材于《罗密欧与朱丽叶》，《红男绿女》解构了萧伯纳的《芭芭拉少校》，《摩登米莉》和《一步登天》讲的都是最典型的畅销书的故事（孙惠柱）。

　　至于音乐剧和话剧两大类之外的"景观秀"，它们确实不强调戏剧性，要么强调音乐性——《蓝人》和《破铜烂铁》本身都是乐队，要么强调杂技性——《蛮力》；只因它们同时也很注重舞台表演的总体效果，而且杂技、音乐那两个门类比戏剧小太多，这才弃小就大，来到了热闹得多的"大家庭"戏剧栏里。与其以这些跨界作品为例来说明现在的戏剧抛弃了戏剧性，真还不如说，连音乐和杂技都迷上了戏剧性，投奔戏剧圈来了！要证明这样的"世界潮流"，我们身边就有个好例子——谭盾是世界一流的作曲家和指挥家，但他现在越来越热衷于创作、导演"音乐戏剧"（Music Drama），他在上海青浦朱家角"水月堂"驻场演了好几年的《天顶上的一滴水》就是最好的例证——把器乐、声乐、诗歌、肢体舞动、装置艺术、建筑设计全都打通。这究竟是戏剧失去了戏剧性，流为了音乐，还是音乐学了戏剧性更好地运用了舞台？

　　当然，这些"剧目"的说明书上是没有"剧作家"这个头衔的，但是，剧作家的影子时时刻刻都在那游荡。谭盾实际上就是《天顶上的一滴水》的编剧兼作曲兼导演。此外，美国演艺界还有一个非常重要的领域，越来越多地以剧作家为主导了，那就是电视剧。我国的"影视圈"常常合二为一，美国这两个圈子很不一样：前者只听管钱包的制片人，后者则由重文学的剧作家主导。好莱坞电影现在越来越仰赖海外票房，为了让非英语国家的观众也容易看懂，大手笔粗线条的外星人机器人故事越来越多；相比之下电视连续剧（国内称"美剧"）倒是力求真切反映社会现实、细腻展现人类情感，在文学价值、艺术品质上越来越胜过电影。财大气粗的电影制片人不把剧作家放在眼里，多数剧作家对写的东西没一点控制权，只是庞大制作机器中的齿轮和螺丝钉。好莱坞曾拉许多著名剧作家过去，但习惯于坚持艺术主张的作家都不适应，多半碰一鼻子灰走了。布莱希特在美国那九年一直住在好莱坞附近，介绍他去的朋友以为那儿谋生比较容易，没想到他的艺术观太独特，根本没有写电影剧本的机会。电影到了今天，文字功夫、性格刻画这些作家的特长更是愈益被巨额资金、电脑特技抢走了风头。同样以好莱坞为大本营，故事为王的电视剧倒成了剧作家的天下，各层次的制片人往往都由编剧直接担任，收入也很高，早已超过了律师这个哈佛大学毕业生传统的首选职业，所以近年来吸引了大批常春藤大学毕业生过去（"Harvard: Those Working in Hollywood"）。

和美国的演艺业相比，我们的人均戏剧/艺术量实在太低——这个量和人均国内生产总值（GDP）有关，也和政策及理论导向有关。社会主义的演艺业本来更应该为大多数人服务，而不仅是为了满足领导、专家和媒体的需要。演艺界要想建设好常态化的戏剧市场，要有一批能吸引广大观众的长演剧目，就绝不能让剧作家被"后"了，不要盲从"后剧本"的片面理论。只以肢体、视觉手段吸引眼球的戏剧固然也有好的，但多数难以持久。先锋派天生就是一心图新奇的，根本无意长演——除非是杂技，而事实上太阳马戏团就是因为融入了很多戏剧因素才称雄杂技界的。

反讽的是，现在很多人盲目传播的西方"后剧本"理论和一百年前另一种误传的理论内容恰好相反，背后的原因却很相似。当年新文化人喜出望外地引进易卜生式戏剧，认为西方剧作家的剧情、人物、主题样样都好，而中国戏曲的行当、唱腔、身段等非文字的舞台视听语言简直一无是处。"剧本至上"和"后剧本"看似相反，都是盲目相信西方理论的结果。要避免这样的教训，不是要关起门来拒绝西方，而是应该更冷静、更认真地研究，必须下功夫审视引进对象的具体实践，尤其要考察激进理论与舞台现实之间的距离。这个工作不容易做，但也并非不可能，就可以从这样的"一日游"开始，一个个剧目看看清楚。要是别人因为浮躁懒得去做，那么长期被无视、被"后"了的剧作家们，自己来做做？

作品引用

[1] "Harvard: Those Working in Hollywood". *St. Paul Pioneer Press*, 31 August. 1997, P.2E. Print.

[2] Collins-Hughes, Laura. "Ophelia and Friends, Dominated but in

Control". *New York Times*, 12 Sept. 2014: Theater Review. Print.

[3] *New York Times*, 7 Feb. 2015. Print.

[4] 冯月季:"失序时代的媒介想象",《联合早报》(新加坡) 2014 年 12 月 15 日。

[5] 沈嘉熠:"消费文化情景中的先锋戏剧——以沉浸戏剧《不再沉睡》为例",《戏剧艺术》,2014 年第 5 期。

[6] 孙惠柱:"我们所不知道的百老汇",《戏剧文学》,2012 年第 10 期。

[7] 魏嘉毅:"戏剧已经不重视故事而更多的是舞台形式吗?",《知乎网》<2015/2/8http://www.zhihu.com/question/25877031/answer/33450848? utm_campaign=rss&utm_medium=rss&utm_source=rss&utm_content=title>.

[8] 朱寿桐:"告别戏剧世纪",《文艺报》,2002 年 4 月 18 日。

创伤与阴影:"9·11"与美国诗歌①

Trauma and Shaow: 9/11 and American Poetry

金衡山

摘　要:"9·11"给美国社会带来巨大创伤,文学成为表述创伤的一个重要手段。作为一种文学形式,诗歌在描述创伤、留下记忆、反思创伤带来的阴影方面发挥了不可替代的作用,由此也成为进入21世纪以来美国文学的一个重要篇章。

关键词:"9·11";创伤;阴影;诗歌

Abstract: 9/11 has caused enormous trauma in American society. Literature then became an important means to express the effects of trauma. As a literary form, poetry has played a critical role in describing trauma, deepening memory and reflecting upon the traumatic shadow, and because of which, the poems about 9/11 have set up an remarkable chapter in American literature since the beginning of the 21st century.

Key words: 9/11; trauma; shadow; poetry

"9·11"是冷战结束后,进入新世纪时美国所遭遇到的最大的创

---

① 本文原载于《英美文学研究论丛》2014(秋季)(第21辑)。

伤，无论是在物质还是精神或者是心理层面，它都留下了无以复加、无法抹去的印迹。相伴而来的是阴影，笼罩在无数人的心间。文学成为表述创伤与阴影的最好的手段，而诗歌则更是显现了其独特的作用，因其形式的快捷、语言的凝练、思想的深邃，成为表达情感的有力渠道。反思创伤留下的阴影，咀嚼苦痛的各种滋味，探究社会与文化和创伤与阴影间的关联，这些都构成了"9·11"诗歌的重要内容。

"9·11"虽已过去十几年了，但有关"9·11"的诗歌现在读来依然会把人带到那个瞬间发生的可怕时刻。对很多人而言，尤其对一些作家和学者来说，"9·11"是无法言说的，面对那个"死的九月"，小说家、诺贝尔奖获得者莫里森这么说道："我什么也说不出。"哲学家德里达也表达了同样的意思："我们不知道我们在说什么。"（见 Gray 1）。但是另一方面，在那个恐怖的时刻发生之后，在"9·11"的发生地美国纽约，在双子塔的倒塌之处，在那个被灰烬笼罩的废墟之地，有很多很多的人奉献了他们的"言说"——诗歌；在警所和消防站的墙上，在堆成山一样的献给逝者的鲜花丛中，在无数死者的照片之间，到处可见诗歌的影子，以致一个消防站的领导不得不发表一个声明：感谢送来的食品、鲜花和毯子，但千万不要再送诗歌来了。

尽管此前，在巨大的创伤面前，已经有了阿多诺的那句名言："在奥斯威辛之后，写诗是一种野蛮。"似乎再好的诗也不能抚慰创伤留下的阴影。用美国当代诗人布鲁斯·邦德的话则是面对如此场景，想象力被完全颠覆，无法产生回应（Bond in Heyen 54）。另外一个当代诗人理查德·丹宁则用"表达的危机"来指称这种情况（Deming in Heyen 93），但创伤的本质似乎也规定了诗歌能够发挥的作用。在那个恐怖的时刻，面对无法描述的场景，很多人，尤其是诗人们，不管是职业的还是业余的，都自动地想到了诗歌的力量。诗的语言依旧与创伤相伴，在于"9·11"，这又一次得到了验证。美国著名诗人平斯基在论述"9·11"与诗歌的关系时，这样说道：诗歌让人们拥有了一种语言的亲密感，诗歌沁入人的心间与头脑，让情感的理解真正成为可能（Pinsky in Heyen 306），正是这种可能使得"9·11"这个无法言表的事件成为了许许多多诗歌表述的对象。纽约一家出版社刚成立不久，即在"9·11"一年后编辑出版了一本诗集，题为《"9·11"诗歌：纽约诗人诗集》，收集了在纽约生活的44位诗人的63首诗歌。十年后的2012年他们又出版了十周年纪念本，为了保存原来的记忆，原封不动，与第一版一样。美国诗人、编辑和评论家威廉·海岩有感于"9·11"后美国社会的反应，萌生了编辑一部美国作家与"9·11"的书，他的创意得到了很多人的响应，于是就有了2002年出版的《美国作家之回应"9·11"》，包括散文、悼词、布道词、诗歌等等，后者居多。与此同时网上更是出现了数量众多的关于"9·11"的诗歌。

面对如此巨大的创伤，即便是可以诉诸诗的语言来表达复杂的情感，但如何表述？在如此巨大的创伤面前，写诗如何进行、采用何种形式，这本身就是一个问题。诗人尼基富·穆斯塔机在他的诗作《"9·11"后如何写诗》中这样写道："首先，不要用'灵魂'一词。不要用'火'一词。……不要用比喻来描述气味，因为这原本/就不是气味，而是浸透着挣扎的灵魂的空气……不要把飞机比作鸟，拜托/不要把窗户叫做眼睛，我们知道他们看见了它的到来……请记住你是用骨灰在写诗"（Moustaki in Johnson 95）。诗人似乎要绕开写诗的基本之道——比喻，但又时时不得不借用比喻来表述，这或许就是"挣扎的灵魂"最直露的象征，一种诗的悖论。但是，面对那一个个可怕的瞬间，在很多诗人看来，比喻似乎确实失去了效用，不足以表达。一个值得注意的现象是，颇有一些诗作直面爆炸场景，而采用的又几乎都是白描手法，有一首诗这样描述飞机撞到双子塔后，楼内办公室人的遭遇："有人朝镜子里看了一眼，火势燃起烧死/有人在键盘上打下几个字，火势燃起烧死/有人拿起电话，火势燃起烧死/有人拿起杯子喝上一口，火势燃起烧死……"（Beyer in Poems after the Attack）。直白描述、直言直说成为很多诗人的表现手段；"9·11"让人不能忘却的是那些从双子塔的写字间的窗里向外跃出、向下坠落的人体，一些摄像和照片定格了那些可怕的瞬间，诗歌可以吗？有不少诗人也把这些瞬间定格成诗，变成了凝固的意象，同样也是采用了白描的手法，有诗人从观者的角度描述坠落情景："……'哦，我的天啊！有人往下跳了！'……那么多/无数的人在那儿，我们看到/其中一些人，就那些,往下自由落体/穿过了天空如同火焰散发出的碎片。"(Hazo in Heyen 170)诗人似乎是看着那些人从高空中落下,尽管依然使用了"碎片"这样的形容,但是"自由落体"的直白却远远压倒了任何的形容;另有诗人更是直接以《坠落中的人》为题,用更加直白的描述,呈现坠落的过程:

> 那个人落下来了
> 有人告诉我
> 他往下跳了;他没有选择
> 或者只有两个选择。要么烧死要么落下。他选择
> 落下
> ……
> 他还
> 没有落下。他往下落了
> 他掉落……
> 他坠落得那么优雅,比任何此前
> 坠落的人都要好看……
>
> (Seuss in Heyen 350-351)

坠落的恐惧似乎在一种客观的、不带情感的直描中消失了,向着死亡的坠落甚至被赋予了"优雅"的动作,但是很显然,这是一种不能忍受的对比。此诗以这样的诗句结尾:"坠落的应是我们,美丽地坠落/是我们这些人将永恒地一直坠落下去。"诗人要让所有的人都参与到这个坠落过程中去,体味死亡的到来。可怕在这里霎时凝固。值得注意的是,在这首诗中诗人充分发挥了英语中的各种时态功能,未完成时、进行时、现在时在这里发挥了极致的语法效果:向下坠落的瞬间被延长了,相应的是痛的刺感的加深。

瞬间发生的、不能理喻的、超出想象的场景在简单直白的描述中,把现场的爆炸力传递给了读者,这似乎应了极简主义的原则,越简越有震撼,但那是无以复加的痛的震撼,再好的比喻在这里也变得了拙

劣，失去了语言的力量，直白于是似乎成为一种写诗的选择。

　　创伤的原意是"受伤"，尤其是指身体的受伤，经过弗洛伊德的创见，创伤更多地指向了身体的受伤对心理的投射，而在创伤理论研究者卡鲁斯看来心理影响的实质则是故事的讲述："一个需要叫喊出来的受伤的故事，努力向我们叙述在其他情况下不能见到的现实。"（见 Caruth 3）换言之，创伤与叙述是一个事物的两面，后者为前者提供重回现实的途径，直面那些身体受伤的瞬间在很多诗人看来是一个不能选择的选择，如同选择从高楼跳下。在这种直面的描述中，"创伤"也经历了"打开"的过程，而这种"打开"则是故事叙述的一个必经之道。于是在很多类似场景的描述中，手法之一便是线性的故事叙述，使得这个"打开"的过程尽量能够延续更长时间，让创伤变成真正的记忆，上述一些诗作即是创伤叙述的表现。

　　当然，白描只是手段之一，诗的语言毕竟还是要有意象构成。在相当部分的"9·11"诗歌中，情景与比喻成为主色调，传统的诗意、诗调与诗情也处处可见。只是面对"9·11"这个巨大创伤，越是富有诗意，悲怆也就越发难以抑止。在一首题为《晚间盛开的玫瑰》诗中，诗人试图从传统的自然意象描述切入，"阳光穿裂/蕨丛般的天空"，但很快就过度到了变了形的自然图景：

　　　　一个星期
　　　　　的黑云、雨，吐出
　　　　　　雾尘
　　　　　　　街道

　　　　被恐惧拽住
　　　　　泥泞压在
　　　　　　马路边沿。

　　　　……

　　　　　　　　　　　　　　（Baker in Heyen 33）

天空中无处不在的恐怖，让自然也失去了原味，不再自然。"天空"意象也出现在另一诗人的笔下，同样也与恐惧同在："天空因落下的身体而变黑……/天空因恐怖者的涂鸦而染黑"，这一切使得本应是一个清新的、晨曦照耀的九月的清晨永不存在。"9·11"改变了诗人眼中的自然，把一切变成了"无"："在燃烧着的空气中/一切皆无。"但对一些诗人而言，"无"中生"有"，悲的气氛弥漫空中，无法散去，在这首题为《在燃烧着的空气中》诗作里，诗人从"无"中看到了一个悲与哀的意象：

在燃烧着的空气中
一切皆无

但是在地上
让哀成为
一个女人和她的勺子
一把木头勺子
还有她的胸部，一只破的
碗

（Valentine in Johnson 29）

一首颇有意象派诗风的小诗，用不着费心去解释女人、勺子和碗的喻指是什么，一个"破"（broken）字足以和"燃烧着的空气"构成一幅弥漫着"哀"的图像。"无"的意象也出现在另一首诗中，成为"无声的存在"："万物阒寂你听到了什么？/废墟中无之声游荡/……寂静中无的挣扎无结果/无风中无的飘浮/……/无的藤蔓羁绊无的东西/废墟中的无，无，无"（Potter in Poems aftet the Attack）。此诗的题目为《废墟中美丽的世界》，无言以对在诗中成为无处不在的意境。一个简单的语词"无"（nothing），在这两首诗中被赋予了神奇的魔力。用"无"来对照"有"，"无"表示没有、沉默乃至忘却，但显然这是一种反讽，实则是刻骨铭心的"有"的印迹。

就诗歌形式而言，美国诗歌中的一些传统，在一些诗人笔下被唤醒，e.e·卡明斯的"瘦长"型诗歌形式被一些诗人直接拿来陪衬坠落意象：

落
来了

落
自
那
秋日

天空

落
来了

落
……

看
看那
天空

他们
站
在那儿

在
的
城市

&
泣
?

（Glass in Poems after the Attack）

此诗的题目是《落》，"落"的过程被诗的形式延长了，相应的是更长的痛感，落不下来的是那永恒的瞬间。惠特曼的诗型同样也是被诉诸的对象，其冗长型的喋喋不休则恰适表述意象的连续和情绪的喷涌：

……那个独眼的恐惧魔头
就这样它生吞无辜的人们，尖叫着，拼命蹬踢着的脚
就这样它压碎了最强者的脊背，肉体开裂肉身分割
就这样它把一堆胳膊扔向东，一堆大腿向南，头颅和生殖器

朝北朝西
　　就这样它逼迫最不怕死的运动员在九十九层头朝下一头跃下
　　冲向比钢牙柔软的水泥地上的死
　　就这样它不留下片言只语安慰不得安宁的生者
　　……

（Katz in Johnson 25）

　　就这样诗人用一种惠特曼式的不间断的言说试图把愤怒与恐怖糅合在一切，一股脑儿抛向读者和世界，让后者也不得安宁，以至不得不直面这个恐怖的时刻，这或许是作者借用惠特曼的用意之一。当然，惠特曼的用处绝不仅仅在于形式，正如以往一些诗人在心绪骚动时刻会想到惠特曼（如金斯堡在 50 年代的诗《加利福尼的一个超级市场》），"9·11" 也让一些诗人想起了惠特曼，期望这个白胡子老诗人回归灾难中的美国，给予他们力量。在一首题为《依偎在惠特曼毛茸茸的手臂里》的诗中，诗人想象自己成为惠特曼，面对着身体像纸屑一样在空中飞舞的场景，"惠特曼面向空中发出吼叫因为只有惠特曼他将/把我们团结在一起/惠特曼大声嚷叫着自由惠特曼这个长发嬉皮/叫喊着爱/……" 惠特曼之被当成救世主其实也表明了诗人对现实的无奈，因为惠特曼似乎只能帮助诗人用诗的语言喊出声音而已。

　　但是，另一方面当一个国家或者是民族遭遇巨大的创伤往往也意味着这个国家的价值观重获新生的时机的到来。美国学者斯迈尔赛将此解释为 "文化创伤" 的一个结果，他指出 "9·11" 后美国人整体上的一个反应是对以往一些 "美德的重新肯定"（Smelser in Alexander 270）。而所谓 "文化创伤" 的发生缘由，按照另外一个创伤研究学者的看法，往往源于一个社会发生的重大事变，对这个社会的集体意识产生重大影响，以至于进入记忆深沉，对未来的社会集体身份产生巨大形塑作用（Alexander 1）。很显然，"9·11" 属于这样的事变。"9·11" 的一个直接后果是美国精神的重新凝聚，美国人身份的重新确定，美国价值观的重新塑造，爱国主义和民族身份这样的话题在一些诗歌里的出现于是也就并不让人意外。即便像汤婷婷这样的通常被当作少数裔解构中心话语的模范作家,在"9·11"面前,也会用诗歌的语言形式来强调主流价值观的重要。"9·11"一周后在加州伯克利大学举办的一次纪念会上,汤婷婷用祷告的形式,诗的语言重申"美国是一个历史特殊的国家/我们是由世界上各个民族组成的民族"(Kinston in Heyen 223)。尽管她的原意是要强调反对用战争的手法对待恐怖主义,因为那样做等于是在屠杀美国人自己,但是重提美国的特殊性这个逻辑前提还是压倒了她的和平主义的思想。美国的特殊性在一首题为《一个美国士兵》的诗作里则被赋予了"革命者"的形象,诗人宣称:"我是一个真正的革命者/肩负世界的重任/在我这双红、白、蓝的移民手掌里/总是拥有着民主的吻。"作为世界之榜样的美国的形象再次被激活。另有一些诗人希望在这个特殊时刻,美国人不要忘了创立美国价值观的先人们,"在这个最苦痛、最刺伤的时刻,让我们……让我们在精神上加入他们的行列走进/他们创造我们历史的言行……"。而精神凝聚在另一诗人的笔下则通过对纽约帝国大厦的重新认同得到了阐释,双子塔虽然倒了,帝国大厦依然屹立:

> ……
> 我看到你孤立无援
> 想要安慰你,但是
> 你如此巨大我无法拥抱你
> 我只能凝视着你
> 哭着看你
> 用我的凝视相拥你
> 我们两座塔
> 我们要紧紧相依在一起
>
> (Torres in Poems after the Attack)

帝国大厦在这里成了力量凝聚的象征。此外,不能忘却的是寻找敌人、消灭敌人,这样的念头也进入了一些诗作:

在这个恐怖时刻之后我
回了家哭着
说这样的事情怎么能够发生
……
我这么说我这么说这太不能让人忍受太不能让人忍受
在这个恐怖行为之后是的然后我这么说让我们杀了他们

（Stock in Johnson 34）

这是一首完全用大白话写成的诗，语言如此简单，表述如此直接，情绪如此大众化，彻底的宣泄，但因为是用诗的形式写成，还是让人感受到了震动，这或许正是诗的力量的表现。

但是更让人震动的是，相比之下，反讽、讥刺、忧虑、反思为主题的诗歌显然要比前者多得多。无论是反恐战争，还是布什总统本人，还是美国价值观等等，在很多很多的诗歌中都被当成了靶子，遭到了抨击。而抨击之烈、讽刺之狠，与"9·11"之后的大部分美国人皆褒布什的抉择的局面形成了一种"不和谐之声"，但正因如此，才更具震撼力，才更显示了诗歌的力量，呈现了真正地对创伤缘由的反思。一个典型的例子是著名黑人作家和诗人依斯米尔·里德写的长诗《美国团结起来》，与这首诗的题目相对照，诗中的内容充满了对"9·11"后布什政府发动反恐战争的讽刺。布什的名言，"无论死活，都要把本·拉登找到"更是成为诗人讥讽的对象。

……
他说他要那些"作恶的人"
"无论死活，"傻笑，眼睛斜睨

……
知道吗，伙计，我们要把
他们从洞里烟熏出来因为
他们是那些坏蛋而我们

是好人所以
你要么站在我们这边要么
站在他们一边。

不仅是布什,"9·11"后的爱国主义也遭到了诗人的讽刺:

他们说我们应该倾囊购买刷尽
我们的信用卡在圣诞节的时候
以表现我们的忠诚

诗人同时对所谓的美国价值也进行了鞭笞:

他们恨现代性
他们恨"粉红色的火烈鸟"
……
主题公园,无糖可乐,玉米糖浆
肥胖症,还有长度不超过
500 页的小说
……

(Reed in Heyen 323-326)

全诗采用的也是一种直白的叙事手法,语言简单直率,酣畅淋漓地反讽了"9·11"后美国政府和一些普通民众头脑简单的思维和美国至上思想甚嚣。在那个时候,写出这样的诗是需要勇气的。这种勇气也反映在其他一些不知名的诗人的诗作中,"我不关心本·拉登/我关心的是阿拉丁",有一个诗人这样说道,他同时提出这样的告诫:"我们必须写出我们自己的历史/我们必须阻止傻瓜们/在枪口上胡乱地涂上他们的墓志铭"(Laura in Poems after the Attack)。以暴还暴在很多诗人的眼中是一种愚蠢的行为,尽管多数人在"9·11"之后倾向这种行为,但一些正直的诗人依然要问出这样的问题:"'什么是错?''什么是对？'/这是一个天真结束的时代"（Hillmer in Poems after the Attack）。所谓"天真"，即是未泯的纯真和善良的人性。"9·11"后的一段时间内伊斯兰教和穆斯林成为众矢之的，但就有一些诗人大声疾呼，"我是一个美国穆斯林/……/我是来自托马斯·杰弗逊纪念堂的穆斯林/我在白宫的角落里祷告/我在国会和五角大楼的走道里祷告/"（Adi in Heyen 4-5）。用这样的方式，诗人要告知美国人摒弃仇恨的眼光，不要简单地在穆斯林和敌人之间划上等号。

这些其实都是基本的常识，但是显然在一个特殊的时段，常识和天真都会被很多人抛到脑后。"9·11"诗作中，很多诗人通过个性的思考，冲破集体意识的篱笆，在情绪宣泄的同时，换回理性的视角，这是阅读这些诗作留下的最深的印象。2007 年出版的《诺顿美国文学选集》在最后一卷《1945 年以来的美国文学》中专辟一章"恐怖时期的写作：'9·11'"，其中收入了一些有关"9·11"的诗作，尽管只有寥寥几首，但至少也可表明对于"9·11"，诗的再现不可缺少。

引用文献

[1] Alexander, Jeffrey C. et al. *Cultural Trauma and Collective Identity*. Bekeley, Los Angeles, London: University of California Press, 2004.

[2] Caruth Cathy. *Unclaimed Experience: Trauma, Narrative, and History*. Baltimore and London: The Johns Hopkins University Press, 1996.

[3] Gray, Richard. *After the Fall: American Literature Since 9/11*. Chichester, West Sussex: Wiley-Blackwell, 2011.

[4] Heyen, William. *September 11, 2001: American Writers Respond*. Silver Spring, MD: Etruscan Press, 2002.

[5] Johnson, Dennis Loy and Valerie Merians. *Poetry After 9/11: An Anthology of New York Poets*. New York: Melville House, 2012.

[6] Poems After the Attack–Our September 11th Anthology.

从高校美国文学教材看20世纪80年代中国的美国文学教学与研究①

Teaching and Research of American Literature in China of the 1980s as Seen from College Textbooks

廖炜春　金衡山

摘　要：20世纪80年代"文化大革命"结束之后，中国的美国文学教学与研究随着外语教育的迅速恢复和发展，进入了一个新的历史时期。从文学史、作品选读和文学批评理论等三个方面考查当时出版的几部具有代表性的高校美国文学教材，我们发现尽管这些教材在研究方法上有着共同的时代局限性，但从编写体例、作家作品的选择以及作家评介等方面都可以看出，在高校学术体制重建和发展的时代，我国的美国文学教学和研究正在逐步摆脱旧的研究视角、改变僵化的研究模式，自觉吸纳国外最新的学术成果。可以说，我国80年代美国文学教学对教学内容的整体把握能够反映当时国外最新的美国文学研究趋势，为未来美国文学研究的人才培养奠定了稳固的基础。

关键词：80年代；美国文学教学与研究；美国文学教材

---

①　本文是国家社科重大项目《新中国外国文学研究六十年》子项目《新中国美国文学研究六十年》的阶段性成果，项目编号09&ZD071。

Abstract: Since the end of the Cultural Revolution, the teaching and research of American literature had finally ushered in a new era in the 1980s as foreign languages education regained momentum in China. To meet the urgent need of English education at colleges, quite a few textbooks for American literature were published during this period, the representatives of which speak to a great extent for the contemporary Chinese scholarship in this field. Examining these representatives from the aspects of American literary history, selection of the works and literary criticism, we find that the Chinese teachers and scholars of American literature were trying to absorb the latest achievement of the relevant studies abroad while breaking away from the singular approach of the past. The teaching of American literature in Chinese colleges of the 1980s reflected the international trend of this field and therefore laid a good foundation for the future Chinese scholars.

Key words: the 1980s; teaching and research of American literature in China; textbooks of American literature

1976 年 10 月,随着"四人帮"倒台和"文化大革命"的结束,中国迎来了以经济建设为中心、改革开放的新时代。随着各项事业的复苏,外语教育包括美国文学教学也进入了一个"快速恢复和迅猛发展"的新时期。①本文拟以高等学校美国文学教材的编写为例,来回顾和反思 20 世纪 80 年代国内美国文学教学与研究的恢复和发展。

随着高校外语教学体制的重建,高等外语教育中的英美文学教学和研究也随之发展。教育部 1979 年 4 月颁布的"高等学校外语专业教学计划"包括外语学院英语专业、综合大学英国语言文学专业和高等师范院校英语专业四年制教学计划。以"外语学院英语专业四年制

---

① 本文有关 80 年代我国高校外语学术体制的恢复和发展主要参考李传松《新中国外语教育史》和李良佑等《中国英语教学史》。

教学计划（试行草案）"为例，在这个教学计划的课程设置中，必修课共有约 15 门，其中《英美文学史及文学选读》144 学时，在所有必修课中学时数仅次于《基础英语》（792 学时）和《高年级英语》（288 学时）。这门课在实施中一般分英国文学和美国文学两部分，每部分各有 72 学时，分两学期完成。选修课则主要是"围绕现代英语和英美文学两个方面配套开设"（李传松 183）。

文学类和与文学相关的课程在外语学院、综合大学和高等师范院校英语专业的教学计划试行草案中都占了非常突出的地位，不仅在必修课中占重要份额，是除了综合语言知识和技能训练外最重要的课程；在选修课中更是地位超前，学时也是最多的。实际上，新中国成立后我国有外语专业的高校有的早至解放初期就开设了英美文学课程，大多数院校在 70 年代以前就设置了这项课程，而"文革""期间很多学校的英美文学课程也并没有因为受到冲击而停课。由此可见英美文学在高校外语专业教学中一直占据重要地位，并且保持了课程设置的一贯性（程爱民等 14）。而上述三个教学计划的颁布说明在高校英语教学体制系统性地逐步恢复时，英美文学的教学和研究一直占有突出地位。

新时期高校英语专业文学教学的顺利开展离不开教材的编写。教育部高等学校外语专业教材编审委员会 1980 年 11 月在青岛召开成立大会，审定外语专业基础课及部分专业课教学大纲，对英语专业学生经过基础阶段学习应达到的水平，提出了明确的要求。其中，阅读水平要求的第一条是能基本看懂英语国家出版的中等难度的文学原著和其他读物。在基础阶段的教学中，文学文化方面的内容已经占有重要地位。在随后的时间里，经过艰苦努力，教材编审委员会完成了外语专业从低年级到高年级各主干课程教材的编审工作，审定和推出了诸多合乎要求、各具特色的教材。其中与美国文学教学相关的教材，从 1978 年到 1989 年间出版的美国文学教材及参考资料有（不完全统计）：

编者	书名	出版社	出版时间
李广熙编译	《美国文学大事年表：1493—1979年》	山东师范学院聊城分院中文系外国文学教研室	1979
秦小孟主编	《美国短篇小说选读》	上海译文出版社	1981
万培德主编	《美国二十世纪小说选读》（上下册）	华东师范大学出版社	1982
宁倩	《美国文学名家》	黑龙江人民出版社	1983
杨岂深，龙文佩主编	《美国文学选读》第一册	上海译文出版社	1985
（美）卡尔·博德编，四川师范大学文学与翻译研究学会译	《美国文学精华》第一分册	《四川师范大学学报》编辑部	1985
秦小孟主编	《当代美国文学：概述及作品选读》	上海译文出版社	1986
朱嘉禾主编	《美国文学选读》	辽宁人民出版社	1986
楼光庆，屠倍编著	《美国文学名著简介》	外语教学与研究出版社	1986
郭继德等编译	《当代美国文学词典》	江苏人民出版社	1987
杨岂深，龙文佩主编	《美国文学选读》第二册	上海译文出版社	1987
李宜燮，常耀信主编	《美国文学选读》上册	南开大学出版社	1987
吕文斌等主编	《美国文学选读》上册	吉林大学出版社	1989

这些教材和参考资料，有些是由外语专业教材编审委员会审定的，如秦小孟主编的《当代美国文学：概述及作品选读》，其他是由各高校或出版社等组织编写或编译的。这些教材和参考资料的出版使得高校英语专业美国文学课程有了切实的内容支撑。80年代我国学者和教师自行编写的美国文学教材能够反映"文革"校外语教学体系和学术体制恢复和重建时期，我国美国文学研究和教学的现实情况。考虑到代表性、影响力和出版年代，在此我们重点评述杨岂深、龙文

佩主编的《美国文学选读》(共两册)、秦小孟主编的《当代美国文学:概述及作品选读》(共三册)和万培德主编的《美国二十世纪小说选读》(上下册)三部教材。

80年代制订的高校英语专业教学计划中,文学必修课称为"英美文学史及文学选读",然而在教学实践中,到底应该以讲授文学史为主还是应该以作品选读为主,长期以来一直存在争议。一种观点认为应该以"史"为主,让学生能整体把握英国或美国文学发展的脉络,了解各阶段、各流派的背景、特点及其相互联系;另一种观点则认为学文学贵在文本的阅读和欣赏,主张让学生选读原著片段,获得感性体验,并进而能上升到理性分析;也有人采取折中的态度,提倡"史"与"料"并重,希望能把"讲史"与"读文"结合起来。这三种观点都各有利弊,"第一种观点给人见林不见木的感觉,第二种观点只见木而不见林。第三种观点从理论上讲虽然较为理想,但由于课时的限制和教学人员缺乏,在具体操作上却难以行通"(崔少元 54)。与读史、读文和"史""料"结合三种观点相呼应,从80年代到90年代,"英美文学教材的编写也主要遵循两种模式:文学史与作品选读分开编写和文学史与作品结合为一体的教材模式"(蔡云 22),前者如常耀信著《美国文学简史》(1990)和李宜燮、常耀信主编《美国文学选读》(上、下册,1991),后者如秦小孟主编的《当代美国文学:概述及作品选读》。理想的英美文学课应该是既传授作家和作品的基本知识,又提供原著的阅读体验,还要教会学生文学批评的方法及其在具体作品中的运用。当然具体的教学活动很难面面俱到,实现所有目标,不过教材的编写者却可以按照各自心目中的理想课程模式提供教学内容。以文学史、作品选读和文学批评理论为参照系考查杨岂深、龙文佩主编的《美国文学选读》、秦小孟主编的《当代美国文学:概述及作品选读》和万培德主编的《美国二十世纪小说选读》三部教材,在管窥我国20世纪80年代美国文学教学情况的同时,也可以在相当程度上反映出当时中国的美国文学研究的视点、方法以及累积的学术成果。

上述三部教材无疑都偏向于以作品选读为重,编写模式都是将作品阅读与文学发展史介绍相结合,编写体例则各有特色和侧重。复旦大学外文系杨岂深、龙文佩主编的《美国文学选读》计划分三册出版,第一册和第二册分别于1985年和1987年面世。第一册从美国独立革命到第一次世界大战,介绍和收录了从本杰明·富兰克林到厄普顿·辛克莱等四十位作家的作品或作品片段,共773页;第二册时间跨度为两次世界大战之间,介绍和收录了从欧文·白壁德至尤多拉·韦尔蒂等三十四位作家的作品或选段,共585页,可谓繁芜详细。编者在1984年10月撰写的第一册"前言"中提到,近年来国内高校英语专业纷纷开设了美国文学课程,有的侧重讲文学史,有的着重于作品。由于缺乏国内自己编写的教材,最初大都采用国外出版的《美国文学精华》或《诺顿美国文学选集》,但杨岂深认为这两者或因简略或因过于厚重,都不适合作为中国高校英语专业的教科书。他指出,当时国内虽然出版了一些美国文学教学用书,但大都为长篇或短篇小说选读,还没有一本囊括各种体裁的美国文学教材。另外,这部教材还考虑到读者的欣赏能力和外语水平,其所对应的目标读者群体不仅是高校学生,也兼顾一般读者。这一考虑符合当时的实际情况。改革开放初期,国人既渴望了解疏隔已久的外部世界,特别是以美国为代表的西方文化,包括美国文学,却又苦于极度缺乏合适的阅读材料,因此大学教材也成为很多读者自学的读本。或许出于这两个原因,这部《美国文学选读》力图涵盖尽量多的作家、作品和类型,以期全面地满足不同读者对象的需求。

　　该书两册共推出七十四位作家,但编排方式却比较简单,将众多作家大致按出生年月排列,作品按发表时间先后排列。两册各有一"前言",简略介绍了独立革命、19世纪、一战至20世纪30年代等各历史阶段美国文学发展的大致情况和代表作家、作品,以及西部小说、新英格兰文艺复兴、"迷惘的一代"等主要流派的特点。显然,这两篇"前言"主要起到交代"史"的作用。但两篇简短的前言不可能涵盖七十多位作家,将这么多作家及其作品仅按作家出生顺序罗列,不加以文学发展阶段和流派、体裁的区分,确实容易给读者不知所措、"见木而不见林"的感觉。初学者面对如此众多的作家作品难免困惑于如何选择，也不容易弄清其间的承接和关联。另外需要指出的是，每个作家的创作期是不同的。同一时代的作家，有人可能年纪轻轻就已声名鹊起，有的可能耳顺之年才拿起笔。并且每部作品得到承认的时间也不同，有的一经付印就反响热烈，得到高度评价，有的则在作者生前默默无闻，多年后才因其风格和特征与后面某一文学阶段相契合而得以为世人所知。教材编者也很快意识到这个问题，在第二册"前言"中承认"这种单纯以出生年月先后为排列顺序的方法，颇成问题"。

教材正文中每篇由"作者简介""题解""选文"和"注释"四部分组成，"前言""作者简介""题解"和"注释"均用中文。"作者简介"主要介绍作家生平、代表作，也有对作家历史地位的简略评价；"题解"是在所选阅读文本为片段时对原作品的背景说明，如选文为原著全文，则无题解；"注释"主要是为帮助读者理解疑难词句而进行释义和翻译。可能是因为该教材本身篇幅较长的缘故，"题解"相对比较简略；另外由于有多人参与编写，"题解"和"注释"的内容和思路出现参差不齐的现象，尤其是注释，有的未能给出作品中所涉及的社会文化现象和相应的历史沿革，回避解释主要难点，显得过于简单。另外，所选读本为完整原著则无题解的做法似乎值得商榷，有的作品如亨利·詹姆斯的短篇小说 The Real Thing，尽管是全文选入，但作品本身有一定难度，应该给出导读。

这部教材的文学批评及方法主要体现在"作者简介"和"题解"部分。由于教材的编写时间是在"文革"结束后不久，改革开放也刚刚开始，旧的文学研究方法仍然占据主导地位，给这部教材打下了较深的时代烙印。书中对作品的分析主要停留在主题分析、文字修辞风格描述的层面，而对作家、作品的评价则沿用了苏联文学研究模式，即"'经济、政治→文学'的思维模式"（顾弘、杜志卿 130），倾向于生硬地套用马克思主义社会经济决定上层建筑的理论，直线式地从社会政治经济的角度去解释文学现象的发生、文学思潮的嬗变，去推理作者的写作动机，对作品的评价较为片面。教材中频繁出现"资产阶级""资本主义社会""帝国主义"等用语，并多次引用马克思、列宁、毛泽东和鲁迅等政治权威人物的相关言论作为对某一作家或作品的评判佐证。例如,"宿命论"被作为贬义词使用,霍桑和梅尔维尔的作品都被指为笼罩在悲观主义、宿命论的阴影下;而"德莱赛是一个思想相当复杂的作家。他来自社会底层,对正在跨进垄断资本主义阶段的美国社会相当熟悉,但缺乏全面、本质的认识;他一方面拒绝用资产阶级传统观念观察事物,但另一方面却不知道如何看待这个社会的一切。他天真地接受了当时风靡一时的庸俗社会学和宿命论的观点"(第一册 680);同理,杰克·伦敦也被称为是"思想极为复杂的作家",因为"他的作品既包含对资本主义社会的批判,又渗透着资产阶级思想"(第一册 732);而马克·吐温则被誉为"美国反帝阵营的中坚"(第一册 342)。类似评语忽视了文学艺术特有的审美意识以及对人的内心世界的探索,片面地以唯物主义观点和是否批判资本主义社会为评价标准,流露出以阶级斗争为纲的"文革"气息。此外,这部教材没有给出相关的参考书目。

尽管有较明显的局限,这部《美国文学选读》作为"文革"后较早出版的综合性美国文学教材,也有其显而易见的长处。在对作品的选择上,该教材在体裁方面兼顾小说、诗歌、戏剧、散文、自传等主要体裁,并且没有局限于纯文学作品,而是选入了相当数量的与文学发展有关的政论文、哲学心理学著作、社会文化批评、文艺理论等非文学读本。编者在第一册"前言"中提到,"一部文学选读应当少量收入一些文化方面的文字,以增加读者对于背景知识的了解,因此本册中收有潘恩的争论,亚当斯的大学教育回忆,桑塔亚那的哲学著作片段"。除了上述几个非文学作品,第一册还收录了威廉·詹姆斯有关实用主义哲学的著作、杜波依斯评述 19 世纪黑人活动家布克·T.华盛顿的文章以及爱伦·坡和亨利·詹姆斯等人的文学理论作品;第二册收录了欧文·白璧德的新人文主义论著、门肯的《美国的语言》节选、埃德蒙·威尔逊关于象征主义文学的著名评论集节选以及马尔科姆·考利关于"迷惘的一代"的研究著作节选等。这些非文学文本的收录充分说明,尽管编者在具体作家作品的评价上还囿于旧的观念,但在宏观看待美国文学发展的整体脉络时,已吸收了其他批评理论的视点,鼓励读者从哲学、社会学、语言学和历史文化等多种角度来研读文学。在对作家的选择上，该教材也没有只关注主流的盎格鲁-萨克森白人男性作家，而是将充足的篇幅留给了黑人作家、女性文学、犹太作家等非主流群体。此外，为了尽量给读者完整的阅读体验，避免语录式选读，又兼顾经典名作，教材编者在作品选取时应该颇费了一番心思。例如霍桑的作品既选了完整的短篇小说《年轻人古德曼》，又选了其代表作《红字》的两个章节。总体而言，在改革开放初期能给广大读者提供这样一部内容丰富的美国文学作品选读是难能可贵的。

秦小孟主编的《当代美国文学：概述及作品选读》（1986）专注于第二次世界大战之后的美国文学，虽然也属于选读型教材，但相比之下更关注将文学史与作品阅读相结合。全书共三册，每册500页左右，主要按流派分十章重点介绍了三十六位作家。上册收录了两次世界大战间的过渡性作家（菲茨杰拉德、海明威等）、二战后的现实主义作家和社会风尚作家（赛林格、厄普代克等）以及南方文学；中册列述了犹太作家（马拉默德、梅勒等）、黑人文学和妇女文学；下册介绍"垮掉的一代"、黑色幽默小说以及戏剧作品（奥尼尔、阿瑟·米勒等）。就其编写体例而言，上册开篇是长达22页的总论，对二战后的美国社会和美国文坛进行了详细的描述；此后的每一章都分为两部分，第一部分是流派概述，介绍流派的背景、总体特点以及代表作家和作品；第二部分是具体作家介绍和作品选读。阅读文本如为选段，则前面有题解，独立作品则不加题解。文本后附有注释和讨论题，讨论题为英文。

这部教材第一册的"编写说明"列出了十多本英文参考书目，包括《哈佛当代美国文学指南》（1979）、《诺顿美国文学选集》和美国女性文学、黑人文学、美国戏剧等方面的专题研究著作。这说明，该教材的编者参阅了国外美国文学研究的最新成果，了解了当时美国文学研究的新视野、新方法。因此，这部教材在编排上可以说基本做到了"与国际接轨"，关注美国非主流群体的文学创作。美国国内出版的美国文学教材对于少数族裔文学的关注也经历了一个曲折的过程。1946年出版的罗伯特·斯皮勒所编的《美利坚合众国文学史》所选的作家大多以白人作家为主。而权威的《诺顿美国文学选读》1979年第一版时美国女性文学只有29篇，占总数的22.7%（对比2007年版的80篇和35.7%），非裔文学14篇，占总数的10.9%（对比2007年版的34篇和16.5%）（张礼牡、卢普庭 98）。秦小孟主编的这部《当代美国文学》能够有意识地将黑人文学、妇女文学、犹太作家等弱势群体作家单独列章陈述，说明当时中国的美国文学研究者已经具有多元文化视角。

这种对美国社会和文化的多元性观照首先体现在开篇的"总论"一章。教材编者一开始就指出，一个国家的文学同社会文化、科学技术、政治经济、重大历史事件及相应思潮等诸多因素息息相关。因此，教材"总论"分七个方面重点陈述了二战后美国社会生活的变化，包括"冷战"和麦卡锡主义、二战后美国知识界的分裂、社会学研究的迅速发展、行为主义和心理分析学说的影响、社会的批评者及反叛者、科技的迅猛发展和人们的矛盾态度、宗教思想的变化等等，力图为二战后纷繁芜杂、起伏不定的美国社会勾勒出一个层次分明的画面，也为读者了解战后多姿多彩的美国文学提供了一个较清晰的线索。总论随后从商业化对文学的影响、市场的变化、少数族裔作家突破文学垄断、文学与学术界的紧密联系、各文学流派等八个方面多角度地概述了战后美国文坛，与前面对美国社会的陈述相呼应，使读者在阅读具体作品之前能够对战后美国文学和社会文化背景有一个总体的认识。其后，在每一章的流派概述里，编者对每一流派的历史渊源、发展和成就进行了详细的阐述，介绍了每一流派几乎所有重要作家和作品及其各自的特点、地位和贡献，从先驱到代表作家无一遗漏，使得读者能在教材的帮助下梳理出诸如"南方文学""垮掉的一代""黑色幽默小说"等具体文学传统的形成，并能了解流派之间的影响、作家之间的联系。例如，第九章介绍黑色幽默小说时，编者特地将黑色幽默小说和法国存在主义小说对人的看法做了比较，使读者能对两者之间的关联有初步认识，并能够以国际性的视野来看待美国文学的发展。在作品的选择上，编者似乎更倾向于给读者提供完整作品，而不是拘泥于名著。比如海明威和福克纳的作品都不是从其最著名的长篇小说中择取片段，而是全文收录了他们的一两篇短篇作品。整体而言，这部教材在编排上将"史"与"料"结合得相当成功，尽管因为其只限于当代美国文学，有时间跨度短、不必兼顾各历史阶段的优势，然而这种既见木又见林的编排策略和关注文学的时代性、社会性和历史沿革的编写手法还是值得综合性的美国文学教材借鉴。

值得一提的是这部教材在除诗歌之外的所有读本后都给出了英文的讨论题，涉及主题分析、人物塑造、语言风格、写作手法等等，有的长达十几道，并附有写作题目，如厄普代克和奥尼尔的作品讨论题。虽然这些讨论题鲜少涉及批评理论，但对英语专业高年级学生来说还是适当的，能够引导他们对作品进行思考。不过，由于这部教材也是在"文革"结束后不久、改革开放之初出版，也许是担心招致批判，教材仍然没有摆脱旧的观念，并且流露出那个时代既渴望了解西方、又对文化和意识"西化"持警惕态度的矛盾心理。编者在"总论"中声明，"本书的目的在于介绍美国文坛的战后现状，……从而加深对美国社会、美国人民的认识，有助于我们对两种不同的社会制度进行比较，有助于我们在美国人民的交往中发挥积极作用。对外国的东西从来都应该抱批判借鉴的态度，而决不能不加批判地全盘接受"（上册 22）。教材在评价凯特·肖邦的《觉醒》时说，"作为中国读者，我们对待凯特·肖邦的肯定当然不在于她是个性解放的提倡者，而在于她的写作才能"（中册 352）；对凯鲁亚克的结论是"不论动机如何，出发点如何，凯鲁亚克和'垮掉派'的行为方式是一种颓废的表现，是消极的、是销蚀意志的，因此也是不可取的"（下册 14），而奥尼尔则被指为"没有从政治和阶级斗争的角度来处理美国社会中最敏感、最突出的问题之一黑人问题""悲剧的社会根源""被他用心理描写掩盖住了"（下册 157）。但是，这部教材中，"资本主义""资产阶级""帝国主义"等意识形态显著的话语出现频率远远低于前一部《美国文学选读》，也没有引用政治"领袖"的言论作为评价内容，编者总体上对美国当代文学的宏观把握符合当时国外的文学研究趋势，在 80 年代中期的中国是非常值得肯定的。

万培德主编的《美国二十世纪小说选读》（上下册）可能是 80

年代的美国文学教材中唯一一本全英文教材。这部教材的目标读者是"高等学校英语专业的高年级学生和研究生",编者希望教材能够"有助于培养学生直接阅读美国二十世纪小说原著的能力"("编者按"),因此,这部教材从作者/作品简介到注释、讨论题都是用英文。这部教材的编排结构比较简单,按作家出生年代顺序排列,上册收录了从亨利·詹姆斯到理查德·赖特等十二位作家的短篇或长篇小说选段;下册收录了从纳博科夫到海勒等十一位作家的作品。每一作家的章节由介绍、读本、注释和讨论题四部分组成。在作品选择上,该教材倾向于使用完整的原文,全文收录出色的短篇作品,而不是长篇节选。比如上册十二个作家中,亨利·詹姆斯、杰克·伦敦、德莱塞、安德森、波特、福克纳和海明威七位入选的都是他们的完整短篇作品;下册中韦尔蒂、契佛、奥尔森、马拉默德、贝娄五位作家也是同样的情况。从作家的选择来看,尽管这部教材是1981年和1982年出版的,但其编者显然了解国外现当代美国文学研究的趋势,对其多样性、多元化特点有充分认识。在两册共二十三位作家中,有三位女作家、三位犹太作家、两位黑人作家,此外还有各流派如南方文学(福克纳)、畅销小说(赫尔曼·沃尔克)、垮掉派(凯鲁亚克)、黑色幽默(海勒)的代表人物以及一位母语非英语的作家(纳博科夫)。

  作为一本专题选读教材,这部《美国二十世纪小说选读》并非没有文学史的全局观。教材对美国现当代文学发展历程的观照主要体现在作家、作品介绍和讨论题两部分。该教材每章的介绍部分特别详细,包括"作者生平、主要作品、对作者的思想倾向和艺术特点的综合分析以及对选文的具体分析"四个部分(编者按)。其实,还应该加上一部分。在所列作家为某一流派的代表人物时,介绍还增加了流派概述。比如在沃尔克和凯鲁亚克的介绍中,教材分别简要陈述了"通俗小说"(popular fiction)和"垮掉派作家"(the beat writers),使读者对这两种文学类型能有一个整体的概念。教材对作家之间的相互影响和联系的关注还集中体现在选文后讨论题的设置上。因为教材对目标读者的定位包括研究生,在所能看到的80年代教材中,这部教材最重视体现文艺批评理论、传授文艺批评方法,其讨论题最有深度。编者明确指出,"学生应该细读作品,努力提高语言水平和对小说中表现的生活和思想感情的理解能力,学会分析作品的艺术特点并努力掌握正确评价的标准和方法,为今后教学和科研打下基础"(编者按)。因此,教材所给出的讨论题并不局限于对选文具体内容的理解,而是鼓励学生深入挖掘主题,并与其他作家、作品横向联系和比较。例如,

Dreiser 作品"Nigger Jeff"讨论题 4:What features of American naturalistic writing do you see in the story? Can you expand your answer to include all the major features of the school?(上册 106)

Katherine Anne Porter 的"The Jilting of Granny Weatherall"讨论题 1:How is Porter's use of stream-of-consciousness in this story altered in view of the fact that the central character is dying? 3: How does the death of Granny Weatherall compare with that of the character Harry in Hemingway's "The Snows of Kilimanjaro"?(上册 175)

Fitzgerald 的 The Great Gatsby 讨论题 2:What is the "American Dream"? How does Gatsby, as well as Fitzgerald himself, illustrate the paradox of it? 3: Fitzgerald, Hemingway, and Lewis came from the same part of the United States, and were writing at the same time. How did their authorial stance differ?(上册 200)

诸如此类的讨论题要求学生不仅仅是理解原著的内容,而是要在更高层次上进一步分析作品,并将作品置于美国文学史发展得更广阔的背景下考查。这些思考题今天读来仍然非常有启发意义,早在 80 年代初教材编者就注重培养学生独立思考和解决问题的能力,这非常值得借鉴和学习。

当然,这部教材同样有它的时代局限性。上面提到,每位作者介绍部分包括"对作者的思想倾向"的分析,同时编者声明希望学生掌握"正确评价的标准和方法",这里"思想倾向"和"正确评价"无疑都要符合当时以意识形态为导向的标准,因此,同前两部教材一样,《美国二十世纪小说选读》在作家的介绍和评价上也没有脱离"阶级

论"的束缚，集中体现在对杰克·伦敦和约翰·P.帕索斯等曾参与左翼运动的作家的评述中。有趣的是，该教材上册邀请了一位加拿大专家参与编写，由她负责的詹姆斯、波特和福克纳三章没有出现"批判资本主义社会"的评价标准；而下册中"阶级论"的论调也逐渐淡出，比如对凯鲁亚克的评述就比较客观，并无《当代美国文学：概述及作品选读》中的批判和贬低。这部全英文的《美国二十世纪小说选读》有意无意地将新旧研究方法并置，不知是不是对读者的某种暗示？

80年代这三部教材各有特色、各有所长。尽管它们在研究方法上有着共同的时代局限性，但从编写体例、作家作品的选择以及作家评介等方面都可以看出，在高校学术体制重建、外语教学和研究体系逐步恢复和发展的时代，我国的美国文学教学和研究已经开始"睁眼看世界"，并逐步改变旧的、僵化的研究模式，吸纳国外最新的学术成果。有学者认为1980年以来高校英美文学教材普遍存在"厚古薄今"的缺陷，因为"现存的文学教材大都写到1945年前后，对英美后现代主义文学——'愤怒的青年一代'文学、'垮掉派'文学、黑人文学和亚裔美国文学涉猎甚少"（崔少元 54），但从上述三部教材来看，它们对"垮掉派"、黑人文学和女性文学都有足够的重视，至于印第安文学、亚裔文学、拉丁裔文学等其他非主流文学，80年代初的《诺顿美国文学选读》都尚未收入（张礼牡、卢普庭 98），我们也不可能对我国80年代的美国文学教材提出超前的要求。因此应该说，从教材的情况上看，我国80年代美国文学教学对教学内容的整体把握能够反映当时国外最新的美国文学研究趋势。

不过，对具体的教学实践而言，这三部教材都有篇幅过长的不足之处。或许因为跟外部世界隔绝了相当长时间的缘故，教材的编者大约都希望将尽可能多的美国文学内容呈现给读者，而忽视了与课程设置接轨。按照当时英语专业教学计划，英国文学和美国文学在三、四年级开设，各有72学时，分两学期完成，也就是说作为必修课的美国文学一般分两学期上，每学期18周，每周两学时。这样的课时量显然无法完成杨岂深、龙文佩主编的《美国文学选读》2册70多位作家、1300多页的内容，更不要说这部教材还有第3册（90年代出版）。并且在很多学校，由于学生四年级要实习、撰写毕业论文，美国文学作为必修课常常只开设一学期，也就是只有36学时，教师"很难在有限的时间内完成教学任务，往往会出现学期结束，教学进度还停留在美国浪漫主义文学时期，而学生对作家作品的印象也是支离破碎"（陈立华、王娜 143）。尽管还可以开设选修课作为补充，但选修课一般也是一学期36课时。对于选修课而言，《美国二十世纪小说选读》两册虽然只收录了二十多位作家，但选文篇幅都较长，平均每篇30多页，对于本科生而言阅读量大，很难在一学期内完成；而3册、1500多页的《当代美国文学：概述及作品选读》相比就更是卷帙浩繁。不过，后者"史""料"结合的编排优势或许在教学中更能体现。由于这部教材将作家和作品按流派划分，每章又有详细综述，便于教师在课时有限的情况下挑选具有代表性的内容使用。因此，这部教材的编排方式和编写思路确实是值得推荐的。

新时期的十年里，因"文革"而遭受重创的中国高校美国文学教学得以迅速复苏，并紧随改革开放的时代步伐，教学单位大量增加，教学与研究深入发展，教学体制日益完善，为美国文学研究的人才培养做出了重大贡献。

引用作品

[1] 蔡云："多元文化语境下美国文学教材建设探索"，《英语教师》，2011年第4期，第21-24页。

[2] 陈立华、王娜："读史与读文，孰轻孰重？谈英语专业美国文学课教学"，《外国文学研究》，2003年第2期，第140-143页。

[3] 程爱民，等："关于我国高校英美文学教学现状的调查报告"，《外语研究》，2002年第1期，第14-18页。

[4] 崔少元："全球化与文学教学——英语专业英美文学教学现状探微"，《外语教学》，2000年第21卷，第3期，第52-55页。

[5] 顾弘、杜志卿:"新世纪高校本科英美文学教材建设探索",《河南大学学报》(社会科学版),2004年第44卷第2期,第129-132页。

[6] 李传松:《新中国外语教育史》,北京:旅游教育出版社,2009。

[7] 李良佑、张日昇、刘犁:《中国英语教学史》,上海:上海外语教育出版社,1988。

[8] 秦小孟主编:《当代美国文学:概述及作品选读》(上、中、下),上海:上海译文出版社,1986。

[9] 孙傲、郑永安:"民国时期研究生教育的特点分析",《高教探索》,2009年第2期,第111-114页。

[10] 万培德主编:《美国二十世纪小说选读》(上、下),上海:华东师范大学出版社,1982。

[11] 杨岂深、龙文佩主编:《美国文学选读》(第一册),上海:上海译文出版社,1985。

[12] 杨岂深、龙文佩主编:《美国文学选读》(第二册),上海:上海译文出版社,1987。

[13] 张礼牡、卢普庭:"论多元文化背景下我国美国文学教材内容更新的必要性",《大家》,2011年第24期,第98-99页。

夏目漱石、芥川龙之介"中国叙事"再考[①]

A Research on the "China Narrative" Constructed by Natsume Souseki and Akutagawa Ryuunosuke

潘世圣[②]

摘　要："人力车夫"和"城市街景",是《满韩处处》与《中国游记》之"中国叙事"的典型场景,其中对"污浊""混沌""无秩序"等负面元素的描述颇为醒目。文献资料证明,此种"中国像"并非特殊的个人记忆,而是东洋"他者"的某种共同记忆。在这类"中国叙事"结构的背后,作家对中国古老文明文化的憧憬想象与目睹现实的背离、中日两国社会现状的巨大反差,加剧了作家对中国的负面感知。近代以来世界性的中国话语建构、特别是"东方主义"观念也参与其中,限制了作家理解亲近中国的内在欲望。"绅士"式的矜持和优越感令他们难以摆脱居高临下的姿态,完成对中国的深刻体悟。而近代帝国列强的殖民欲望、脱离文明驾驭的霸权强权方式,也深刻地嵌入在时代背景中,潜在地发挥着作用。

关键词：夏目漱石和芥川龙之介；中国游记；人力车夫；城市街景；"中国叙事"

Abstract: "The Ricksha Puller" in *Mankantokorodokoro* and "City

---

[①] 此文原载于《浙江学刊》2012 年第 3 期。
[②] 潘世圣,博士、教授,日本近现代文学、中国现代文学及中日比较文学,《还原"历史现场"——鲁迅与明治日本研究的新视角》(长春:《吉林大学社会科学学报》2015 年第 5 期)。

Views" in *Sina* are typical scenes where "China Narrative" was constructed. Their descriptions of such negative elements as "filth", "chaos", and "disorderliness" are particularly prominent. Documents show that these "images of China" were not a special individual memory, but one that was shared by "the others" in Japan. Behind these narratives is the tremendous gap between the authors' longing and imagination of the ancient Chinese civilization and culture and the huge social differences between China and Japan they themselves witnessed, which intensified their negative feeling towards China. The worldwide construction of the China discourse from the modern times, which was participated by Orientalism, restrained the intrinsic desire of the authors to understand and get closer to China. Their "gentleman-like" reserve and sense of superiority enabled them to look at China condescendingly, which in the final analysis prevented them from having a more profound understanding of the country. Besides, the desire of the Western imperialist powers to colonize and their hegemonic mode of handling international matters also had a part in the formation of the China narrative.

Key words: Natsume Souseki and Akutagawa Ryuunosuke; travel notes in China; "The Ricksha Puller"; "City Views"; China narrative

序语

夏目漱石（1867—1916年）和芥川龙之介（1892—1927年），日本近代文学中最有高度和个性的小说家。两人年龄相差25岁，芥川是夏目为数不多的弟子之一；夏目是日本人引以为骄傲的明治时代（1868—1912年）的文豪，芥川则活跃于近代思潮泛滥的大正时期（1912—1926年）；两人出身名校，都曾就读于东京帝国大学英文科；两人都以小说见长，尤其善于洞悉人的心灵世界。但夏目多长篇，可见道德忠诚的明治气息，芥川执着于精美的短篇，喜欢烛照人间的灰暗本性。两个人的小说都不算欢快明朗，但却有真挚和睿智。明治和大正时代，日本空前发展，国富兵强，而中国恰恰遭逢历史上最不幸的时期，饱受列强掠夺和摧残。正是在那个时代，夏目和芥川先后来过中国。

1909 年秋，夏目应老同学老朋友、"满铁"（"南满洲铁道株式会社"，1906—1945 年）总裁中村是公（1867—1927 年）邀请，赴"满洲"（中国东北地区）各地参观访问 20 余日，发表了游记《满韩处处》。12 年后的 1921 年春，不满 30 岁的芥川以大阪每日新闻社海外视察员的身份来华观光视察，历时三个多月，遍游上海、苏州、杭州、南京、九江、汉口、长沙、洛阳、北京、大同和天津等地。回国后，陆续在报刊上发表游记，1925 年出版单行本《中国游记》（东京：改造社）。

对中国人来说，两位作家笔下的中国让人感慨万千，它不是秀美的山河，不是温良敦厚的人情礼仪，不是丰衣足食的民间生活，不是明净宜人的空气，不是整洁有序的大街小巷，而是充满肮脏污浊、混迷混沌、贫穷堕落、无赖痞气、愚昧无知的昏暗世界。特别是以"人力车夫"为代表的"中国人像"和城市街景，构成了漱石和芥川、乃至日本近代文人独特的"中国印象"或"中国记忆"。

本文关注两位作家的"中国记忆"，从个人视角出发，发掘使用新的文献资料或过去人们忽略的资料，通过文献实证重新考察夏目和芥川的"中国叙事"，期冀为学界提供一点思考的材料和视点[①]。

---

① 日本有关《满韩处处》的研究很少，日本研究者甚至有回避的倾向。较有分量的论文，如友田悦生：《夏目漱石と中国・朝鮮—「満韓ところどころ」の問題》(『作家のアジア体験—近代日本の陰画—』，東京：世界思想社，1992 年)。《中国游记》的研究成果相对较多，但总体评价不太高，后来有若干变化。代表性作品如：吉田精一：『芥川龍之介』(東京：三省堂，1942 年)、武田泰淳：「中国の小説と日本の小説」(東京：『文学』1950 年 10 月号)、紅野敏郎：「芥川龍之介△支那遊記と湖南の扇△」(『近代日本文学における中国像』，東京：有斐閣，1975 年)、関口安義：『特派員芥川竜之介　中国でなにを視たのか』(東京：朝日新聞社，1997 年)、吉岡由紀彦「芥川龍之介の眼に映じた中国—『支那遊記』・零れ落ちた体験」(同上『作家のアジア体験—近代日本の陰画—』)等。

一、负面元素：文豪们的"第一印象"

先看两个文本有关"中国"的"印象""记忆"和"叙述"。

《满韩处处》篇幅不长，中文译文不足百页。夏目到"满洲"旅行，他的"中国"意识并不强。当时"南满铁路"沿线是日本的管辖势力范围，很多日本人来到满洲"开拓"，他们把日本叫作"内地"，而视满洲为"外地"。夏目的行程活动基本都在满铁，也就是日本人的安排和范围中进行。所以，夏目的观光旅行不是完全意义的"中国之行"。在他的意识中，有时是在"中国"，有时是在"亚日本"，呈现出一种复杂情形。

夏目乘坐的客船"铁岭丸"①在大连靠岸，按他的记述，他对中国的第一印象是那种特别的气氛：

> 船横着，准准地驶到那宛如饭田河岸的石壁旁，让人想不到这是大海。河岸上聚集着很多人。不过大多是<u>苦力</u>。单个看脏兮兮的，两个人凑到一块儿，看了更不舒服，而像这样成帮结伙的，愈加不堪一睹。我站在甲板上远远俯瞰这一堆人，心中不禁慨叹：这船真是来到了一个妙处啊！（中略）船缓缓地侧停在那群苦力面前。不管船停好没停好，苦力们就像发怒的蜂窝一样，吵闹动作起来。（中略）
>
> ……朝河岸上望去，果然有成列的马车。还有许多的人力车。可是，<u>拉人力车的都是那些吆喝吵闹的家伙，和日本国内比较起来，实在是不好看。驾驭马车的车夫也多半和他们一样熙熙攘攘、闹闹哄哄的。看来，这脏兮兮的感觉实在是来自这嘈杂的喧闹</u>。②

（除特别标注者外，下线均为笔者所加）

---

① 1905 年，由"大阪商船株式会社"经营的大阪至大连的"日满航线"开通，"铁岭丸"（2143 吨）于 1906 年投入运营。漱石来满洲的翌年（1910）7 月 22 日，在朝鲜木浦湾触礁沉没，200 多人遇难。

② 《《满韩处处·四》，《夏目漱石全集 7》（东京：筑摩书房，1988 年）。中文翻译参考了以下译本：小林爱雄著，李炜译，夏目漱石著，王成译："近代日本人中国游记"丛书之《中国印象记 满韩漫游》（北京：中华书局，2007 年）。

这里的关键词是"苦力""人力车夫""脏、乱、吵"。

12年后的1921年,芥川乘坐"日本邮船株式会社"的"日华联络船""筑后丸",从日本九州北端的门司港启程,9月6日抵达"日本邮船株式会社"在上海专用的"汇山码头"。和漱石一样,芥川踏上中国的土地,受到的第一个冲击,也是"人力车夫":

一出码头,几十个黄包车夫一下子就将我们团团围住。我这里说的"我们",便是我以及我们大阪每日新闻社的村田君和友住君,还有国际通讯社的琼斯君。说到黄包车夫一词,在我们日本人的印象里,绝无那种脏兮兮的感觉,反倒是车夫的健壮和十足劲头,令人不禁回想起江户时代的风情。<u>可眼前的中国的黄包车夫,简直可以说就是肮脏的代名词。一眼扫视过去,个个都是一副怪相。车夫把我们围得水泄不通,前后左右,尽是伸将过来的车夫们的脸,他们大声地喊叫着</u>。一位刚刚上岸的日本女人显得很是惶恐。我也一样,当一个车夫扯拽我的袖口时,我不由躲到了人高马大的琼斯君身后。

(《上海游记·二 第一印象(上)》)

接着,是马车车夫。年轻的车夫急躁而粗鲁,"马车刚起步,那马就冒冒失失地撞在了街角的砖墙上",到了目的地,车夫又为车钱讨价还价,"迟迟不肯缩回那只接了钱的手。看样子是嫌车钱给得太少。不仅如此,<u>马车夫还连珠炮似的在说着什么,直讲得口角上泡沫飞溅</u>"。包括"马车车夫"在内的初到上海的"第一印象",显然颇不愉快。但作者强调:"遗憾的是,<u>它确确实实也是中国给我的第一印象</u>。"①

漱石、芥川对中国大陆(大连和上海)的"人"和"城市风景"的第一印象的感受要点是一样的。它包含了两个层面的内容,一是物理性、视觉性的静态印象:"污浊""肮脏";二是包含了听觉和感觉

---

① 参照《芥川龙之介全集》第10卷(东京:岩波书店,1997年)所收《上海游记》原文,中文翻译据陈生保、张青平译:《中国游记》(北京:北京十月文艺出版社,2006年),个别字句笔者有所调整,谨向译者致谢。

的动态性印象:"吵闹""无序""混乱"和"混沌"。这些性质不同的东西混杂一起,构成了生理和心理的不快感。所以夏目说:"这脏兮兮的感觉实在是来自这嘈杂的喧闹"。这是来自另一个生活空间的异域他者所感受的"不适",也包含了西方"中国话语"的某种延长。面对两位作家的感受和叙述,读者的心态十分沉痛。但在当今 21 世纪的中国日本文学研究中,情绪化的极端反应并不多见。只是,有时人们还是习惯于或轻描淡写地批评他们对中国不够友好,或避重就轻顾左右而言他。有不少研究从"东方主义"(Orientalism)理论视角出发,阐释《中国游记》①中的"中国描述"和"中国形象"。认为这些作品中出现了不少"负面意象",即"20 世纪初半殖民地中国贫穷混乱的现状和肮脏愚昧的国民";"所津津乐道的大多是'中国'和'中国人'落后、颓废、粗俗、脏污、贫穷等'丑陋'的一面"——尽管亦是事实——以致在当时就引起了巴金等人的反感和批驳,等等。(李雁南 45)显然,这种欲言又止的态度和处理方式中,既有中国人长久的创伤隐痛,也带有惯性的思维路向,凝缩着历史文化的积淀和矛盾。

---

① 《中国游记》的日文原名为『支那游记』。"支那"一词的来源和变迁回顾:"支那"一语源于古代印度。后中国从印度引进梵文佛经,在翻译佛经时,僧人按照音译将"chini"译为"支那"。后来英文中的"china"和法文中的"chine",均来源于古代印度的翻译。日本从江户中期开始偶用"支那"一词,至明治维新、尤其是甲午战争以后,日本不甘"居四夷之中"的中国这一称呼,而改用"支那"一词,反映了日本战胜中国之后的优越心理及对中国的轻蔑。后中国方面对日本使用"支那"称呼中国的做法表示关切,甚至进行了抵制。1930 年,国民政府训示外交部:今后凡载有"支那"二字的日本公文一律拒收。同年 10 月,日本外务省提请内阁讨论将中国的日文正式称谓改为"中华民国"。但日本民间使用"支那"的现象并无减少。直到日本战败后的 1946 年,日本政府规定,除历史性、地理性或学术性叙述之场合以外,不得使用"支那"一语,而改用"中国"。从此,支那一词,成为了日本语言中的死语。参见〔日本〕实藤惠秀著:《中国人留学日本史》(谭汝谦、林启彦译,北京:生活·读书·新知三联书店,1983 年)等。另,笔者对近代日本最早的综合杂志《太阳》(1895—1928 年)进行了调查统计,确认在 1912 年"中华民国"成立之前,日本对中国多用"支那"和"清国",以"支那"略多。《太阳》第 1 卷计 12 期的目录中,"支那"出现 11 次,"清国"或"清"出现 8 次。目前国内出版的『支那游记』的中译本均采用了《中国游记》的译名,其原因自然在于"支那"一语流行、使用的历史背景和内含的文化心理意义之中。

二、"普遍性":东洋"他者"的共同记忆

夏目和芥川的"中国叙事"并非单独或特殊的个案,在同一脉络上,还有不少类似的"记忆"和"叙事",如近年由中华书局推出的系列翻译《近代日本人中国游记》,就是一批数量庞大的纪实性文本。在笔者个人搜集的资料中,还有另一些意味深长的"另类"文本。

其一,和夏目、芥川这些明治大正时代的自由主义作家不同,日本近现代还发生过社会主义革命运动,对中国的革命以及无产阶级文学有过极大影响,在那些信仰社会主义、主张推翻资本主义和无产阶级"左翼"作家中,有一位叫鹿地亘(1903—1982年)的人物。他与中国关系极其密切,具有日本共产党党员、左翼革命家、社会活动家、文艺活动家、小说家、评论家以及中国文学翻译研究家等多重身份和背景。从1936年到1946年的10年间,鹿地一直生活在中国,其中,从1938年起,他协助国民政府进行各种形式的对日反战宣传活动,参与对日宣传、策反以及教育日军俘虏等工作。他还是鲁迅的朋友。鹿地因参加和领导日本左翼革命运动及文艺运动,多次被捕坐牢,后为逃避日本警察的监视和迫害,于1936年1月逃亡来到上海。笔者在调查1930年代的日本杂志《文学评论》时,发现了鹿地来中国后写作的题为《上海通信》的三篇文章:《上海通信(一)》(东京:《文学评论》第3卷第3号,1936.3)、《上海通信(二)》(《文学评论》第3卷第4号,1936.4)、《上海通信(三)》(《文学评论》第3卷第6号,1936.6)。非常凑巧而珍贵的是,这些文章具体详细地记述了作者的"上海印象",包含着富有价值的多重信息。

那么,上海给我们的日本左翼战友的第一印象究竟是怎样的呢?

城市给我一种灰黯的印象。从船上放眼上海,虽无东京一般净朗,但远远望去宛如凸凹剧烈的锯齿一般装扮着天空的近代建筑,确为日本的都市所不及。在这风景中,可以感受到繁盛和动感,更可以感觉到繁盛和动感所具有的一种明快。不过,一出了码头,刚才的印象便

一下子被破坏掉了。呈现在眼前的是，古旧的红砖建筑物如高墙一般挟着仿佛跌落在谷底的道路，让人猜不出两边的高墙后面发生着什么。在来来往往中，街区的每一个区域仿佛都被高墙保护着，<u>湿淋淋脏乎乎的沥青道路上往来的人流，仿佛是被无数的人家和街市赶出来的一般</u>。更严重的是，当我被卷入到这不安的人流的一瞬间，忽地朝我袭来的，是数十人黄包车夫的人群。就是中国的人力车夫。就是芥川龙之介在《上海游记》里描写的车夫。他写道："说到中国的车夫，说他们是污秽的代名词并不夸张。放眼一看，个个都是一副怪怪的样子。他们围在你的前后左右，个个伸着脖子大声喊叫着，吓得刚上岸的日本妇人战战兢兢的。当一个车夫拽我的外套的袖子时，我不由地退到身材高大的A君的背后。"就是这些车夫，人们对他们抱有先入之见，甚至轻易地把他们和盗贼劫匪联系在一起。朋友一直提醒我："去了上海，不要一个人外出走路，不要在不安全的地方坐人力车。"我也害怕在这冬日里被弄到什么地方，被扒光衣服，更何况眼下正是抗日气氛高涨的时节。于是，当一齐涌过来的车夫中，猛然有人要向我的旅行箱伸手时，我也不由地像芥川一样一边心中发虚，一边壮起胆子朝他们大喝。

（《上海通信（三）》）

  鹿地亘特别注意到上海其实存在着两个世界，一个是外国人居住的"租界"，一个是华人居住区。两个世界截然不同，租界里的道路是平坦宽阔的柏油路，沿街是傲然屹立的欧美近代建筑；而华人区到处是凸凹不平的狭窄的石子路，阴暗潮湿，一片脏污。在鹿地眼里，"这些华人街简直就是被租界所包围的小岛"，"是被近代大都市所包围的特殊部落"。他哀伤地慨叹这是"反差至极、充满暗示的风景"。

  夏目访华是20世纪10年代、芥川是20年代，而鹿地则是30年代。然而，他们对上海的第一印象依旧具有高度的一致性。这种跨越30年间的高度一致，是否也值得中国人好好思索？

  其二，在笔者搜购的日本资料中，《从日本前往中国》（原名『日本より支那へ』，东京：北隆社，1924年）这本旅游指南书非常有趣。

此书出版于 1924 年，编写时间正好应该在芥川来沪前后。书的作者叫后藤朝太郎（1881—1945 年），早年毕业于东京帝国大学文学部中文专业，后来成为语言学家、大学教授。此人曾多次来中国访问、生活，精通汉语，熟知中国的社会文化和风土人情，编写过有关中国的书籍达 110 余种之多，为众多读者广泛阅读，被誉为昭和（1925—1989 年）初期"中国通第一人"。他这本书以如何乘坐"神户（经门司、长崎）——上海"这条重要海上专线客船赴中国旅游（芥川来华时即利用该航线）为内容。其第六章《登陆上海》主要介绍上海及其周边情况，作者说上海是一个"天上"和"地上"并存的都市，它既有"世界上最污秽的苦力们"，又有"看上去简直就是世界上最美的女神般的洋装美女"。而第二节题目为《提防不良车夫》，专讲不良车夫，提醒游客小心。

总之，透过以上的种种例子，可以说，本文所关注的两个场面所代表的"中国印象""中国见闻"确实不是特殊的，也不是个别的。就是说，夏目和芥川的"人力车夫""城市街景"并非极端的个人感受，而是那个时代东洋他者的"共同体验"和"普遍记忆"。

三、毋需扭捏："中国叙事"建构的现象真实

上述"他者"的中国体验、中国记忆以及中国叙事体现为主观和客观的混合，必然地参与到近代西方世界（包括日本）的中国话语建构中，同时他们自己也处在一个被建构的过程。他们的"中国叙事"无法摆脱同一系谱的各种话语的影响。以夏目和芥川来说，除了他们的"先辈"的话语浸渍，欧美的影响也必然存在。例如笔者在调查日本近代综合杂志《太阳》（1895—1928 年）时，曾发现一则小文《各国人的气质》，说一位欧洲自行车旅行家周游世界，对世界主要国家国民的特性进行概括，结果是："匈牙利人最富有热情，俄罗斯人多疑猜忌，波斯人讲究迷信，印度的英国官吏最倨傲，缅甸人最温顺，中国人肮脏，日本人自负等"（记者 232）。这种颇有"定性"嫌疑的

西方世界的"中国话语",被选出来发表在影响力最大的杂志上,体现了日本与西方中国话语的合流或共鸣,其实是构成了带有权利色彩的支配性话语。这是夏目和芥川的"话语"背景之一。

然而,作为被记忆、被叙述的中国人,应该如何接受"他者"对中国负面因素的叙述,至今还是一个未完成的课题。在《满韩处处》,以及《中国游记》文本中,20世纪初期的中国,殖民空间和本土空间并存,充斥着衰败、黯淡、混沌、鄙俗、腐朽、肮脏这些令人不快的元素,显示这样的中国既是作者的一种感官印象,也是一种情感的、道德的判断。面对这些来自东洋人的负面描述,单纯的愤慨意气和抗拒反拨是不恰当的。将客观现实和道德情感分开,除了民族自尊和自卫的激情,可能更需要理性的民族自我认识,特别是民族的自我省察和批判勇气。

回顾历史,夏目和芥川访华的年代,正是中国近现代史上一个极端不幸的悲惨时代。晚清不必说,即使是芥川来华的20世纪20年代,虽然"中华民国"诞生已10年有余,但中国大地依然处于军阀割据、四分五裂、民不聊生的纷乱状态。国家的基本统一尚未实现,国家的系统建设,无论是物质文明、制度建设、还是民风习俗、公共道德,都是有史以来最糟糕的时期。无数仁人志士面对国家民族的不幸局面,每每发出焦急的呐喊。鲁迅(1881—1936年)抨击中国社会的腐朽堕落和中国人的"劣根性",怕"中国人要从'世界人'中挤出"(鲁迅 1918:30)。说英国人称中国人为"土人","他们以此称中国人,原不免有侮辱的意思;但我们现在,却除承受这个名号以外,实是别无方法"(鲁迅 1919:330)。闻一多(1899—1946年)1925年从美国留学回国,面对阴暗沉寂的故国家园,竟然在诗歌《死水》中发出惊人的悲鸣:"这是一沟绝望的死水 / 清风吹不起半点漪沦 / 不如多扔些破铜烂铁 / 爽性泼你的剩菜残羹"(闻一多 24)。在《发现》一诗中,更是情不自禁高喊:"我来了,我喊一声,迸着血泪,'这不是我的中华,不对不对!'/我会见的是噩梦,那里是你?那是恐怖,是噩梦挂着悬崖,那不是你,那不是我的心爱!"这既是诗人的郁愤绝望和痛苦情绪,也是那个时代中国残酷现实的真实写照。

比起远离历史有百年之遥的今人，亲身经历着那个时代的国人对这类"他者"作品的认知和处理方式，显得非常理性。1925 年 11 月，《中国游记》结集出版之后，作家夏丏尊（1886—1946 年）马上便在上海的日本书店里买到该书，挑选若干节译成中文，冠名《芥川龙之介氏的中国观》，发表在《小说月报》上。他在译者记中说："果然，书中随处都是讥诮。但平心而论国内的实况，原是如此，人家并不曾妄加故意的夸张，即使作者在我眼前，我也无法为自国争辩，恨不得令国人个个都阅读一遍，把人家的观察做了明镜，看看自己究竟是什么一副尊容！想到这层，就从原书中把我所认为要介绍的几节译出"（夏丏尊 63）。1927 年 9 月，芥川自杀仅一个月之后，《小说月报》便编辑了芥川龙之介专号，刊登其小说、小品文等作品。郑心南（1891—1969 年著文《芥川龙之介》，介绍了作家的一生及其创作。在论及芥川以中国为题材创作的作品时，文章指出：这类作品"都是采我国的材料。虽然文词之间，含不少的讥刺，但这是他对于现社会不满足的表现，即我们也常有同感，不能以他是异国人便认为有意轻蔑。而况他对于本国社会的讥刺，更来得厉害呢！"（郑心南 44）在当时，理性的读者和评论家都爽快地承认《中国游记》的记述，乃是自己身边的中国社会现实现状的真实写照，它像一面特殊的明镜，可以帮助国人自省，更好地认识自己的国家。好就是好，不好就是不好，不能因为话是出自外国人之口，便抗拒恼怒。上述评论表现了一种健康理性而客观的心态。后来虽然有人表述过一些不满的意见①，但同时也声明那不过是"自尊心的单纯直觉的发生"，"如果我们把芥川氏所提出来的客观来看，当我们承认那是事实的时候，我们便会默默忍受的"（丁丁 243）。这也是一种很诚实的态度，值得尊重。

今天，假若是出于"自尊心的单纯直觉的发生"，而责难夏目和芥川的作品的某些方面，绝不为过。但如果因为言者是外国人、是日本人，因为他们写了一些令人不爽的负面内容，便回避历史事实，回

---

① 秦刚：《现代中国文坛对芥川龙之介的译介和接受》（北京：《中国现代文学研究丛刊》2004 年第 2 期）一文资料详实、介绍全面。本文第 3 节参考了该文，申明并致谢。

避民族的自我反省的话，那就不够理性了。我们要承认，夏目和芥川作品中的许多记录，就是他们的所见所闻，至少在物理性、物质性世界的形态上，他们的"中国叙事"的表象部分有许多是真实的。而之所以他们的感触会比中国人加倍的强烈鲜明，原因之一是他们那里存在的两个"落差"：一个是以往人们关注过的纵向落差。就是作家在长期经受中国古典文化的滋养熏陶中，积累建构的"中国憧憬"和"中国想象"，神秘美丽绚烂，充满理想和浪漫情愫。而一旦来到中国，眼前的现实惨淡凄凉，两者之间的落差太大，打碎了"记忆"和"想象"，带来了破灭后的失望失落，负面的色彩分外强烈。第二个则是横向"落差"，即日本与中国之间的发展落差。近代以来，日本和中国走了两条截然不同的道路：一个是精进改革、锐意图强、咄咄逼人；一个是不思进取、腐朽衰败、奄奄一息。由此延展，也体现在社会的最表层——风俗习惯、城市环境卫生、市容市貌上。一个或可多用"落后、颓废、粗俗、脏污、贫穷等'丑陋'"的字眼来形容；一个则以其清洁爽净、安谧整饬、讲究礼仪秩序令许多国人感慨不已。从1913年到1922年在日本留学近十年的作家郁达夫（1896—1945年），在自传中屡次回忆最初踏上日本土地的难忘印象："船到了长崎港口，在小岛纵横、山清水碧的日本西部这通商海岸，我才初次见到了日本的文化，日本的习俗与民风。""每次回国经过长崎心里总要跳跃半天，仿佛是遇见了初恋的情人"，"在我的回忆里，它却总保有那种活泼天真，像处女似的清丽的印象"（郁达夫29）。他每每感叹日本"生活的刻苦，山水的秀丽，精神的饱满，秩序的整然，回想起来，真觉得在那儿过的，是一段蓬莱岛上的仙境里的生涯，中国的社会，简直是一种杂乱无章，盲目的土拨鼠式的社会"（郁达夫156-157）。他的某些表述或许过于极端，失之偏颇但也可以说明一定的问题。关于这一点，我们只要看一看同一时期日本人的中国游记和中国人的日本游记，就会有更直接切近的理解[①]。

[①] 这方面有许多第一手的历史资料可供参考，比较容易看到的，如钟叔河主编的"走向世界丛书"中的《日本日记/甲午以前日本游记五种/扶桑游记/日本杂事诗（广注）》（长沙：岳麓书社，1985年）等。

四、结构性缺陷:"中国叙事"建构中的帝国暴力

固然,负面中国的凄惨暗淡是投射在作家眼中的现实,也具有一定客观性。但另一方面,两位作家的"中国叙事"确实存在着致命的缺陷。那是来自殖民帝国的一种优越感、一种强大帝国对于羸弱中国的傲慢,也是一种与之共生的话语暴力和精神暴力。

这种致命缺陷在夏目的《满韩处处》中表现得淋漓尽致。所谓《满韩处处》,实际上并没有涉及朝鲜半岛,而所谓"满洲"也不过是"满洲"中的"满铁",作品的实质内容是"满铁处处"。在地理学意义上,漱石确实跨海来到了中国的东北地区,但在"心理"层面上,在作品里,夏目依旧驻留在日本,在"满洲"的日本。他的"海外旅行"的真正动机并非要观察和了解中国,而不过是看看满铁是个什么样的机构,看看"海外的日本人都在干些什么"。他参观的,是满铁的设施、与日本的殖民战争殖民统治有关的场所,他访问的是昔日的本国旧友、今日的殖民统治者,他只是从日本本土到日本在海外的殖民地,从"日本"到"亚日本","中国"从始至终没能进入他的欲望视野。

但事实上,不管作家喜欢不喜欢,他又确实进入了中国,满目是中国风景,满目是中国人。但夏目以强烈的自觉,将自己定位于与中国人迥然不同的"异质者",将自己与"满洲人"进行类分、进行差异化处理。我们一方面承认夏目笔下的中国现实并非虚构杜撰,然而,他对"苦力"和"车夫"的"肮脏""邋遢"的写实描写背后,不但没有同情理解的温情,甚至缺少人间同类的意识。他捕捉到、感受到的不过是"奇妙""难看""不堪入目""肮脏不堪"和"大煞风景"。他一再用甲午战争以后流行于日本的蔑称("清国佬")来称呼中国人。坐在轨道车上,驾车的中国人的"弥漫着汗臭味的浅黄色裤腿会碰到我的西装下摆,令人作呕"。乘坐马车时,朝鲜人车夫有些粗鲁,于是作者"恨不得把朝鲜人的脑袋挂起来示众"。即使是旅馆房间里"奇怪的臭味",他也认为"那是中国人执意留下来的","不管爱干净的

日本人怎么打扫,依然很臭"。以至于和中国人分手后,作者"产生了一种终于和残酷的中国人断绝了缘分的心情,不由得高兴起来"。

就这样,夏目的《满韩处处》有意地切断自己与中国的关联,置中国于视线之外,通过对以"苦力"为代表的中国人的不屑一顾、轻蔑、厌恶和半真半假的恐惧,建构了一个孤傲矜持、弱不禁风、带有殖民主义色彩的日本"绅士"形象,流露出"帝国主义"和"殖民主义"的精神霸权与暴力色彩,与近代日本"脱亚入欧"的时代倾向不谋而合。在这一点上,这位伟大作家几乎没能在任何一点上超越自己的时代。

芥川的情况有些不同。虽然和夏目一样,他当时也是拖着病弱的身体访华,但他所寻访的不是日本人管辖的"满铁"区域,不是遥远的"满洲",而是中国内地,是他一直满怀憧憬和想象的中国。只是,中国的现实和他的"中国想象"相距太远,随着他的足迹在中国各地不断延伸,强烈的负面感触逐渐侵蚀其"中国像"的童话色彩。在上海一上岸,"黄包车夫"肮脏恐怖"样貌丑怪",马车车夫鲁莽粗野;豫园的"湖心亭""破旧不堪",甚至有"中国人正在悠悠然地向池子里撒尿",石板地上净是小便的痕迹;黄浦江水成"黄疸病的黄色",长江的水则"与铁锈一模一样";马路边上躺着乞丐,正用舌头舔膝盖伤口的腐肉,"浪漫得叫人看了要退避三舍";拦路抢劫、卖淫猖獗、半公开的吸食鸦片,上海成为首屈一指的"罪恶之都"。杭州的西湖是"一个泥水池子";古城苏州的文庙"荒芜",寒山寺所在的枫桥镇"毫无特色、肮脏之极";扬州"破旧寒酸",令人"感到悲哀";庐山的苦力轿夫丑陋"狰狞",江上渔船里的人蹲在甲板上直接向江里排泄粪便;北京的天坛地坛这些名胜"荒草丛生",时而成为处决犯人的刑场;长沙在大街上屠杀犯人,郑州马路边上的柳树挂着腐烂的头颅……。这些负面场景强烈地击打了作家,正如他在扬州的伤心至极:"无论如何,却根本看不到杜牧那首名诗所咏唱的'青山隐隐水迢迢'的意境"(《江南游记·二十三 古扬州(上)》),"现代中国已非我们日本人在中国古代诗文中认识的中国"(《上海游记·八 城内(下)》)。

随着带有古典诗文意境的"憧憬"和"想象"不断破灭,芥川感到痛心痛苦，对中国的失望等负面情绪开始发酵："我深信不疑，日本人一在中国住下，嗅觉似乎就会变得迟钝起来"（《江南游记·二十三 古扬州（上）》），"我对于中国早已腻烦透了"，"我已经不爱中国。我即使想爱她也爱不成了。当目睹中国全国性的腐败之后，仍能爱上中国的人，恐怕要么是颓唐至极沉迷于犬马声色之徒，要么是憧憬中国趣味的浅薄之人。唉，即便是中国人自己，只要还没有心灵昏聩，想必比起我一介游客，怕是更要深感厌恶的吧"（《长江游记·一芜湖》）。芥川的恼怒和批判背后，是他作为一个文人墨客的中国情结，他渴望充满诗意的古典中国，唯其渴望过于诗意，当梦想被现实彻底粉碎时，才憎恶不休。

和夏目差不多，在大处，芥川最终没能超越那个帝国、殖民主义和东方主义具有莫大权力的时代氛围；在小处，没能超越那个有些病弱、伤怀多感的纤纤日本式"绅士"。他曾想让自己的"中国之行更加贴近中国人的生活"（《江南游记·十七 天平与灵岩（中）》）；也曾经反省"我等的偏见在作祟"，"动辄使用自己固有的尺度"，"我们都不该受此种偏见的束缚"（《江南游记·一 车中》）。这一点，在夏目漱石那里是找不到的。然而，芥川还是惯性地做了日本式绅士。

在两位作家那里，有一点是共同的：对于中国的惨淡现实，他们的写实和恼火虽然无可厚非，但目睹中国的苦难艰辛，依旧缺少一种广大宽厚的情怀、充满仁慈博爱、包容理解的心胸；他们有很好的中国古代文学文化修养，但缺少洞察这个古老民族的长久历史，倾听它的脉动和倾诉，与它苦难的人民对话，去理解这个民族的过去、现在以至未来的欲望和努力，更缺少思考反省近代日本这个"殖民帝国"在古老中国衰落之因果关系中的那份责任。而这，也是近代绝大部分日本文人的共同倾向。于是，他和他们的中国之行更多的是带有情绪化的平面记录和叙事，而没能获得并反映关于中国的更多、更本质的信息，也没能给读者以震撼内心的感动。

结语

对于本文所讨论的两个文本，以往的阅读和阐释存在反思的空间。对作品的负面"中国叙事"半遮半掩，以简单的民族自尊情感和道德意识来裁决，缺少民族自省意识。应该说，近代以来的此类"中国叙事"包含了社会·历史·风俗·文化的多重信息和价值，作者的海外观察者和叙事者身份及视角为我们留下珍贵的记录资料，成为一面有益的镜子。同时，如夏目和芥川的中国游记，也反映了时代和个人的局限。时代潮流的力量巨大，抗拒时代、超越时代不是一件容易的事情。所以恼怒和批判不"被人尊重"远不如自省自强更重要、更有用。而近代日本文人在面对中国时的集体短板——缺乏理解认知中国的强烈欲望和坚韧努力，缺乏平等意识和仁慈宽厚的情怀、缺乏锐利深刻的洞察力以及思想力，缺少一份对自己国家的批判意识，许多时候仅仅是一个体会外国风情风俗的"观光客"——则是本文想特别加以强调的。正是出于这个原因，《满韩处处》和《中国游记》无法成为优秀的作品，即使是在它的祖国——日本；而外表温文尔雅的日本"绅士"也注定难以成为中国人真正的友人。

引用作品

[1] 丁丁："芥川龙之介的中国堕落观"，上海：《新时代》1933年1期，第242-249页。

[2] 鲁迅："随感录·三十六"(《新青年》，1918年第5卷第5号)，《鲁迅全集》第1卷，北京：人民文学出版社，1981年，第310页。

[3] 鲁迅："随感录·四十二"(《新青年》，1919年第6卷第1号)，《鲁迅全集》第1卷，北京：人民文学出版社，1981年，第330-331页。

[4] 李雁南："在文本与现实之间——浅析日本近代文学中的中国形象"，天津：《天津外国语学院学报》2005年第1期，第47-51页。

[5] 记者："各国人的气质"，东京：《太阳》，1918 年第 4 卷第 22 号，第 232 页。

[6] 闻一多：《死水》，上海：新月书店，1928 年。

[7] 夏丏尊："题目"，上海：《小说月报》1926 年第 4 号，第 63 页。

[8] 郁达夫："海上——自传之八"（1935），《郁达夫文集·第四卷》，广州：花城出版社／香港：三联书店香港分店，1982 年，第 29 页。

[9] 郁达夫："日本的文化生活"（1936），《郁达夫文集·第四卷》，广州：花城出版社／香港：三联书店香港分店，1982 年，第 156-157 页。

[10] 郑心南："芥川龙之介"，上海：《小说月报》1927 年第 9 号，第 43-45 页。

超越主流"话语"
——论"高文诗人""模棱两可"表象下的"人文主义"创作倾向

Beyond Ambiguity—On Transedence of the Mainstream Discourse of Humanistic Orientation in Gawain-poet's Literary Creation

戚咏梅

摘 要：不少评论者对"高文诗人"创作理念和价值取向冠以"模棱两可"的评价。本文从分析高文诗人的社会身份和个人身份出发，从两个方面挖掘作者"模棱两可"表象下独特的"人文主义"创作倾向。首先，作者"模棱两可"的表象只是作者作为具有社会良知的知识分子对代表着封建统治阶级利益的"主流话语"的一种严肃的审视和权衡；其次，作者的人文主义的情怀主要表现在对"生命价值"的尊重上。很少有中世纪的作者能如"高文诗人"一般对"生命价值"本身持以如此积极肯定的态度。作者的这种对"生命价值"的关注和同情使得作者最终脱离并超越了主流权利话语的束缚。

关键词：高文诗人；模棱两可；人文主义

Abstract: It is held by many critics that Gawain-poet's authorial attitude toward the dominant feudal discourse is marked by "ambiguity".

This essay attempts to point out the distinct trace of humanity beneath the superficial ambiguity by analyzing the poet's personal identity and his social identity. First, the author's humanitarian turn reflects itself in the author's serious examination and evaluation of the dominant feudal discourse based on his intellectual conscience; second, the author's humanitarian spirit is also evidenced in the priority of "value of life" he forever takes over pure "ideas". There are few medieval writers who have assumed such a positive and laudatory attitude toward the "value of life" as the Gawain-poet has done, which, in the final analysis, contributes to the author's transcendence of the dominant feudal discourse.

Key Word: Gawain-poet; ambiguity; humanity

自从"高文诗人"的四首诗歌《高文爵士和绿色骑士》《忍耐》《洁净》和《珍珠》于1830年在大英帝国博物馆里被发现以来，这位英国14世纪末的著名诗人及其作品就一直成为中世纪文学评论者的关注焦点之一。"高文诗人"之所以能够跨越时间的洪流，继续与现代读者对话，一方面是因为在艺术创作的形式上，诗人超越了中世纪浪漫传奇"模式化"创作的弊端，展现出了个性化创作的特点；另一方面是因为在思想上，诗人显示出了一种独立于中世纪主流意识形态之外的"人文主义"情怀。正因为诗人的作品中所体现出的这种潜在的颠覆性的精神气质，使得其诗歌作品《高文爵士和绿色骑士》如"豌豆中的珍珠"（Loomis 3）在众多的中世纪的文学作品中脱颖而出。

关于作者的创作理念和价值取向一直是学术界的争论焦点。汉弥尔顿曾评论说："《高文爵士和绿色骑士》体现了作者对'骑士精神'[中世纪主流话语的浓缩]全面而严肃地批判。"（Hamilton 113）萨多夫斯基也说："从更为历史地层面来看，《高文爵士和绿色骑士》既如实反映了中世纪的'骑士精神'，又批判了这一价值体系。"（Sadowski 53）而其他的一些评论者却持相反的意见，认为"高文诗人无意贬低亚瑟王传奇，将其作为反讽的对象"；（Putter 70）相反，"《高文爵士和绿色骑士》毫无疑问赞美了传奇中盛行的价值观念"（Markman

586)。这种对作者真实意图的不同猜测和热烈争论来源于作者"模棱两可"的创作风格。高文诗人似乎只对如实呈现给读者一个完整的故事感兴趣,在创作中自始至终独立于故事之外,很少加以个人的评论,不做任何的价值判断和引导。不少评论者被这种"模棱两可"的表象所欺骗。戴文坡就曾经说过:"高文诗人在其想象中将各种矛盾因素调和起来,创作出了微妙而具有讽刺意味的作品,他的观点流动而不确定。他所欠缺的是在某种程度上至诚地表达自己的信念和情感。"(Davenport 215)虽然高文诗人的确和他同时代的诗人一样显示出了不愿意直抒胸臆的特点,然而这种"模棱两可"只是一个表象。虽然作者置身事外,从头至尾几乎保持着中立的立场,但是读者还是能够从他诗歌的字里行间体会出作者严肃的创作态度。他的模棱两可绝不是缺少"至诚的信念和情感";相反,这只是作者不得不协调其作为"诗人"的个人身份和作为"宫廷神职人员"的社会身份的必然结果。而作者作为一个独立"诗人"所具备的气质使得他远远超越了其社会身份的束缚,这使得我们在作者"模棱两可"的表象之下,仍然能够体察到他超越中世纪封建社会主流话语的独特的"人文主义"创作情怀。

一、以"君权""神权"和"贵族妇女"构成的主流权力话语

自从马克思在《德意志意识形态》中将权力阶层与话语权力联系起来,明确统治阶级在支配着物质生产资料的同时,也支配着精神生产资料的生产,并且作为思想的生产者进行统治,从而左右着某一历史时期的价值观念和整个社会风貌。从这个角度看,那些为封建社会所推崇的"荣誉""忠诚"的价值观念或者为资本主义所推崇的"自由""平等"的概念就不再是脱离阶级利益独立存在的美德,而被还原成统治阶级为了最大化自己的统治利益,把"自己的思想以普遍性的形式,把它们描绘成唯一合乎理性的、有普遍意义的思想"的一种

权力话语。(马克思与恩格斯《德意志意识形态》第一卷第一章) 14世纪末英国中世纪的封建文化达到顶峰,为了考较这一时期的主流意识形态和权力话语,探究作者对此的态度,首先必须明确当时的权力阶层构成。在众多的中世纪文学作品中明确体现出英国中世纪封建社会的权力构成的作品并不罕见。在田尼森(Alfred Tennyson,1809—1892)的诗歌《吉涅弗》中,作者藉亚瑟王之口说出了一个中世纪骑士应该承担的职责:

> 我要他们将手放在我的手中宣誓:
> 敬畏他们的国王如同自己的良心,
> 敬畏他们的良心如同他们的国王。
> 打击异教徒,扶助上帝的事业,
> 驰骋外域的疆土,纠正人类的错误。
> 决不诽谤,也不听取任何流言蜚语,
> 遵守自己的诺言如同敬畏上帝的承诺,
> 以最纯洁的方式生活。
> 只热爱一个女人,并忠诚于她,
> 以平生的武勋德行来崇拜她,
> 直到赢得她的芳心。
>
> (作者译)

这段诗歌虽短,却将中世纪的统治阶级囊括在其中了。骑士阶层需要效忠的三种权利团体分别是:君王、教会和贵族妇女。忠于君主、敬畏上帝、听命服务于贵族女性成为中世纪骑士的主要职责。提格斯在为"中世纪浪漫传奇"这一中世纪最为流行的文学体裁下定义的时候,也明确地指出"它[中世纪浪漫传奇]是关于骑士的冒险故事,骑士的成功地完成各种历险,是为了获得封建君主、贵妇和上帝的偏爱"(Tigges 129)。应当说明的是骑士阶层所遵循的这种价值观念不仅仅局限于骑士团体,而是一种自上而下的包括平民以及奴隶阶层在内的所有封建被统治阶层所普遍接受的主流权力话语。

"高文诗人"在《高文爵士和绿色骑士》中,突出描写了高文爵士深受这种主流权力话语的影响。他手中所持的"五星盾牌"无疑正是这种主流权力话语的符号表述:

> 这是一个相互交叠,彼此交错的五角图案;
> 每一条线都以某个角度和另外两条相连接,
> 不是一条跨越另外一条,就是从下穿过。它在
> 英语中到处被称为——如我所听到的那样——"永恒的结"。
>
> (627-30)

这个"永恒的结"正是一个"君权""神权"和"贵族妇女"三个统治阶层构成的主流权力话语体系。而高文爵士在诗歌的前半部分则完全接受这个主流意识形态:

> 这个五角图案对于高文再恰当也不过
> 因为他对"五种真理"无比地忠诚……
> 首先,他体格完美,没有缺陷;
> 他杀伐战场身手敏捷,从未失败;
> 他的信仰根植于主耶稣被钉在十字架上的
> 那五处伤口——如圣经所说的那样……
> 在盾牌的内部细刻着圣母的画像,
> 每当他在战场上看她一眼,他就变得坚定无比。
> 对"五种真理"他一一信奉,
> 对战友他给予友谊;对任何人都慷慨解囊;
> 他彬彬有礼,风度翩翩;节制而虔诚。
>
> (640-654)

如果我们将高文所信奉的"五种真理"细加分析,不难发现,这"五种真理"就是"君权""神权"和"贵族妇女"这三大权力阶层构成的主流权力话语。首先,高文爵士战功卓著,身手敏捷,体现了效

忠于君王的骑士个体所必须具备的勇气、武力、信守诺言、履行职责的特点；其次，高文听从教会的教导，维护宗教地位，他所说的战争不仅仅是为了君主开拓疆土、保家卫国而参与的诸侯战争，同样包括了基督教历史上的三次"征战异教徒"的十字军东征。高文身上所表现出的虔诚、谦卑、纯洁、节制等特质体现出了"神权"话语对个体意识行为塑造的结果；再次，高文爵士彬彬有礼，具备绅士风度，使得他迥异于的古代史诗中的"武士"。"武士"的特点是"武力"和"勇猛"，而封建骑士除此之外还需要具备"音乐、舞蹈、创作诗歌"的能力，他们必须衣着得体、谈吐优雅，更重要的是他们必须宣誓效忠于封建贵妇阶层，成为她们所钟爱的"典雅爱情"①的主角。浪漫传奇大多是由封建贵族妇女授权由吟游诗人所创作，读者也多为贵族女性，因而传奇中充斥着强调骑士无条件对具有权力和美貌的贵族女性顶礼膜拜的"典雅爱情"因素。高文爵士完全符合了"典雅爱情"对骑士提出的规范性要求。当他抵达伯蒂莱堡的时候，那里的人们因为可以从这位著名的骑士身上"学到礼貌，提高修养"和听到他"关于'典雅爱情'的动人言辞"（924-927）而对他热烈欢迎，殷勤款待。而在"典雅爱情"的话语体系下，一向风度翩翩的高文对伯蒂莱堡的女主人承认道："我是您的仆人，您是我真正意义上的主人；从此时

---

① Scholars by no means agree unanimously with reference to the exact origin of "courtly love." It might be of Arabic birth and find its way into Provence of Southern Europe in the late eleventh century; it might be brought to France by the returning crusaders or by Moors. The Middle Ages is a period of drastic changes in which different groups vie for power and control. The emergence of courtly ethics is a social production, for the audience for these vernacular narratives is largely made up of courtly women—the queen, duchess or countess and the other ladies of the court. These women are generally patronesses of romances under whose commands troubadours commence to create stories in which women play more central roles. Romances that originally portray a hero whose chief feature is chastity and valor and whose mission is a heroic or sacred one are no longer successful with the female audience who desire courtly and sentimental ethos. The tradition of courtly discourse of relegating noblewomen to a pedestal is said to be initiated by Eleanor of Aquitaine, Queen first of France and then of England, and her daughter Marie, Countess of Champagne under whose patronage and authorization Chrétien de Troyes begins to compose Lancelot, one of most influential romance about "courtly love".

此刻起，我以上帝的名义发誓，我就是您的骑士。"（1276-1277）

在"君权""神权"和"贵族妇女"构成的主流权力话语的影响下，高文爵士成功地被塑造成了一个将自己的个人安危置之度外的完美无瑕的"五角骑士"。阿尔萨斯说："意识形态让独立的个体成为社会人。"（Althusser 173）由"君权""神权"和"贵族妇女"构成的主流话语消融了高文爵士自身的主体意识，使其成为服务于君权、神权和贵族妇女的一个社会人。

二、高文诗人的"诗人身份"及其"宫廷神职人员"的社会身份

为了探究"高文诗人"对这三种权力话语所持的态度，了解作者的情感特质和价值取向，我们不得不提及高文诗人的身份。

高文诗人的身份研究一直是学术界的一大热点。问题来自他是一位中世纪的无名诗人，因而没有任何真实的历史资料为学者们提供必要的研究素材。现有的研究完全基于诗人四部作品本身所透露出来的信息。虽然有学者将诗人定位为历史上的某个具体人物，比如将诗人等同于乔叟的作品《特洛伊斯和克里西达》的献辞中提到的"斯托达"；历史学家盖斯特认为诗人就是奥瑞儿的洪臣（Huchoun of the Awle Ryale）[①]等等。这种将作者定性为历史上某个具体人物的论断多少有些危险，但是，作者的基本状况在对其作品研究的基础上已经大致建立起来了。从其语言发音和方言，以及诗歌中对荒原、海岸、峭壁等环境描写，人们推断诗人的出生地和活动范围为兰开斯特的北部地区；诗人擅长描写乡村、旷野以及城堡，这与乔叟的城市生活形成了鲜明的对比。诗人尤其善于描写城堡中富丽堂皇、热闹明亮的宫廷生活场景，对"打猎""宴饮""音乐""舞蹈""徽章""服饰""比武大

---

① See Gollancz, I. "Huchoun of the Awle Ryale." and " Ralph Strode." A. W. Ward and A. R. Waller eds. *The Cambridge History of English literature: From the Beginnings to the Cycles of Romance* (Cambridge: Cambridge University Press, 1978：332-333.）

赛"等贵族生活细节了如指掌，这使得学者推断他可能受雇于某个贵族，参与管理和记录宫廷的日常生活；同时，诗人对《圣经》烂熟于胸，在他的四首诗歌中大量引用圣经故事和意象，这种从他诗歌中流露出来的浓厚宗教氛围使得人们联想到他是一位受过正规"神学"教育的"神职人员"；而诗人的阅读范围又绝不仅仅限于《圣经》，事实上，他的作品中透露出他阅读过波爱修（Boethius）的《哲学的安慰》《维吉尔》、但丁的《神曲》、薄珈丘的作品、法国诗人克莱丁·德·乔伊斯的传奇作品等等。①这些世俗的文学作品拓展了诗人的想象空间，赋予了诗人思维的独立性。

凯伊曾将宫廷人员分为两大类：世俗宫廷人员和神职宫廷人员。前者包括侍从、管家、仆役等等；而后者则包括私人教堂的牧师和助理人员。这两类人员共同服务于贵族阶层。（Kay 81-96）高文诗人的"宫廷神职人员"的社会身份决定了他必须服从于"君权"和"神权"的利益；而作为一个具有理性思维能力和艺术创造能力的诗人，高文诗人只对创造具有永恒艺术魅力的作品本身感兴趣，这使得诗人有能力超越自己的社会身份对主流意识形态保持一定的反省和出离心。

然而，作者"模棱两可"的文风，并非是作者试图平衡自己的"宫廷神职人员"的社会身份和个人的"诗人"身份的必然结果。在模棱两可的表象之下还有着作者更深层次的人文主义的创作理念。首先，作者没有单纯到完全舍弃主流话语中的某些合理因素，比如，"信守承诺""洁净"等中世纪的价值观念；但是，作者也不愿意全盘接受主流意识形态，尤其是接受其中荒诞的成分。他所考虑最多的是建立什么样的价值体系才更有助于社会的稳定与和谐，有助于人们获得真正的幸福安宁。从这个意义上来说，作者"模棱两可"的表象只是作者作为具有社会良知的知识分子对代表着封建统治阶级利益的"主流话语"和对代表着当时新生力量的"资产阶级"利益的"对抗性话语"的一种严肃的审视和权衡。其次，作者的人文主义的情怀主要表现在

---

① For Gawain-poet's sources of reading list, see Ad Putter, *An Introduction to the Gawain Poet*: 3-6.

对"生命价值"的尊重上。很少有中世纪的作者能如"高文诗人"一般对"生命价值"本身持以如此积极肯定的态度。作者的这种对"生命价值"的关注和同情使得作者最终脱离并超越了主流权利话语的束缚。下面,就以上两个这方面具体讨论一下作者的人文主义创作的倾向。

三、对"主流话语"的权衡与超越

作者所处的时代是14世纪的末期,封建文明达到了顶峰。但是,伴随着物质文明而来的是思想的混乱。封建等级制度虽然受到了质疑,但是新的秩序还没有完全建立起来。与高文诗人同时代的诗人乔叟就曾经作过一首歌谣《缺少忠诚》反映了当时人们混乱的价值观念:

> 这个世界曾经安稳,人心安定,
> 那时人们许下的诺言能够实现,
> 而现在一切都变得虚假和易变,
> 人们所言与所行完全不相符合,
> 出于攀援心和一己私心而使得,
> 这个世界上下颠倒,乾坤动荡,
> 因为缺少忠诚,就丢失了一切。[①]

乔叟和高文诗人都目睹了14世纪末动荡的社会变革,原有的统治阶层已经被动摇,而新的秩序还没有建立起来。人们不再将社会等级制度视为必然,对个人利益的追逐使得这个时代成为一个"个人主义猖獗和对社会不满"的时代(Strohm 66-67)。作者和乔叟对"忠诚"的强调,正反映出了英国14世纪末期是一个极度缺少"忠诚"的时代。应该指出的是,中世纪英语中的"trawthe",不仅仅指被统治阶

---

① See *Geoffrey Chaucer: Selected Poems*. 8 Jan. 2009 <http://www.tonykline.co.uk/PITBR/English/ChaucerPoems.htm>

级对统治阶级的"忠诚",也包括了人与人之间"信守个人承诺"的含义。帕特就对"理查德时期"(14世纪末期)缺少诚信的特点做出了评价:"如果没有人与人之间的诚信,社会关系将会和人类自身反复无常的欲望一样那么地善变"(Putter 44-45)。作者目睹了时代的浮躁和动荡,对以"忠诚"为特色的封建价值观念持模棱两可的态度,不能简单地理解为作者具有保守主义的创作态度;相反,恰恰是作者对人类生存困境的一种人文主义反思。这种道德意义上的严肃性在诗歌的第三部分表露无遗。当高文拒绝伯蒂莱堡女主人象征着"典雅爱情"的手套时说:"一个人必须按照自己的指南针行事。(Iche toke mon do as he is tan.)"(1811)这里作者的态度经由高文的道德选择表现了出来——一个社会人必须在某种程度上尊重整个社会既定的道德准则。作者对彻底逾越社会准则,只臣服于满足个人欲望的这种14世纪末的新风气所持的冷静态度,使得作者能以独立于纷争的社会现实之外,以诗人的情怀,从关怀人类的真正福祉出发,慎重地审视这个新旧制度交替和新旧价值观念相互争斗的历史时代。

同样,作者对于贵族妇女所提倡的"典雅爱情"中的"通奸"成分也持保守态度。根据刘易斯对"典雅爱情"所下的著名定义:"[典雅爱情]就是谦卑、礼貌、通奸和爱的宗教"(Lewis 2)。"典雅爱情"不排除"通奸"成分,使得包括作者在内的许多作者对这一中世纪末期独特的权利话语持有道德意义上的质疑。甚至对"典雅爱情"大加赞美的浪漫传奇的鼻祖——诗人克莱丁·德·乔伊斯——在创作《郎斯洛》的时候也在序言中委婉地表明,他是在贵族女资助人的授意下进行创作的,一切原非其本意:"我得到我的女主人查理曼大帝妻子的授意,创作这篇浪漫传奇。我出真心而非逢迎乐意为她服务,为她做任何事情。"(1-6)在《高文爵士和绿色骑士》的卧室色情诱惑场景里,高文爵士没有屈从于"典雅爱情"的话语,他所接受的是具有保护其生命功能的"绿丝带",而不是代表"典雅爱情"信物的"手套",表明了作者对"典雅爱情"道德上的质疑。

对于宗教权威,作者更多是在形式上而非实质上保留了对这一权利话语的尊重。事实上,在14世纪末,神权对人们的思想行为的控制影响力已经大大减少。高文爵士对圣玛丽的信仰更多地体现在宗教仪式的坚持,而非对宗教精神的真正认可上。在诗歌的后半部分,他将具有"魔法"保护力的"绿丝带"替换了画有"圣玛丽"的盾牌,说明高文从本质上对宗教的信仰已经趋于表层。虽然,高文参加了各种宗教仪式,听弥撒、行忏悔、做祷告;然而,作者将这些宗教仪式的场面与世俗生活的场景密切联系起来,从一定程度上削弱了宗教的神圣性。比如,在连续三天的卧室色情诱惑场景里,高文爵士每接受一次来自伯蒂莱堡女主人的亲吻,就紧接着去教堂忏悔,这种平行的重复性描写往往让人忍俊不禁,而"忏悔"的宗教力量在这种有趣的调侃中被逐渐边缘化了。同样,每天的宴饮和晚会之前的宗教仪式只是世俗生活开始的序曲,

  Fro Þe kyng watz cummen with kny3tes into Þe halle,
  Þe chauntre of Þe chapel cheued to an ende,
  Loude crye watz Þer kest of clerkez and oÞer,
  Nowel nayted onewe, neuened ful ofte.
  And syÞen riche forth runnen to reche hondeselle,
  3e3ed "3eres 3iftes!" on hi3, 3elde hem bi hond,
  Debated busyly aobute Þo giftes;
  Ladies la3ed ful loude Þo3 Þay lost haden
  And he Þat wan watz not wrothe——Þat may 3e wel trawe.
  Alle Þis mirÞe Þay maden to Þe mete tyme."

(62-71)

  当小教堂中纯洁优美的唱诗告一段落,
  国王和他的随从回到大厅,在那里
  不论是神职人员还是俗人都大声交谈,
  圣诞节的颂歌不时响起,一遍又一遍。
  大厅里爵爷们欢聚一堂相互赠送礼品;
  "这是你的奖品!"他们大声喊着传递礼物;

在场的每个人都在衡量每件礼物的价值。
贵妇们开怀大笑，尽管她们中有人输掉了比赛。
赢了的人当然更不会生气，如我们所知的那样。
这场欢乐的嬉闹直到晚餐开始才告一段落。

  从作者的描述中，我们可以看到宗教仪式已经和贵族生活融合在一起，听弥撒、唱圣歌、做忏悔只是晚餐、宴会、狩猎等等世俗生活的开始。作者往往只用几行字来描写宗教场景，而对世俗生活的场景却往往给予数百行的篇幅着重描写。各种宗教仪式不仅没有干扰到世俗生活的快乐，相反，似乎成为赞美世俗生活的某种符号性存在。或许，作者无意弱化宗教权威在 14 世纪末的作用，他只是作为一个诗人如实描述了宗教在现实生活中所处的地位。正如蓬克以及其他的评论者所说的那样，14 世纪是一个宗教已经无法阻止封建社会不断世俗化的一个世纪。平民带着高涨的自信心要求由自己来制定自己的生活准则，建立完全世俗化的社会伦理价值体系。（Bumke 419）

  尽管作者对宗教典籍有广泛涉猎，但是这些作品对作者的影响不能高估。在《洁净》和《忍耐》这两首宗教题材的诗歌中，虽然诗歌是以牧师的口吻加以叙述，但是作者同样将自己置身于宗教说教之外。读者在诗人不时地技巧性提示下，觉得诗人是在和自己一起倾听布道，而非布道者本人。作者不仅没有刻意加强宗教诗歌中常有的说教意味，反而在圣经故事的基础上，着重渲染了他对不完美人性的宽容和幽默理解，显示出了作者独立于中世纪经院哲学严厉说教之外的人格魅力。

  然而，在权衡和超越中世纪三大权力系统构成的主流话语的过程中，最能体现出作者一个具有"人文主义"创作倾向的特点是诗人对"生命价值"的尊重上。无论是君权、神权还是贵族妇女所构成的权利话语均要求骑士个体能够不顾生命安危，为统治阶级效忠。但是，作者在这种主流话语背景下却将尊重"生命价值"作为一个重要命题提了出来，无疑是对主流话语彻底地质疑与颠覆。

四、"我不愿对你多加责备"——诗人的"人文主义"创作倾向

大多数的中世纪诗人将人物塑造与道德说教联系起来，创作出"寓言体"的诗歌，使得人物本身仅仅成为"挂起道德说教的一个挂钩"。(Everrett 77) 与大多数的中世纪诗人不同，"高文"诗人创作中表达出一种对人性弱点的理解、宽容和对生命价值本身的彻底肯定。

当高文爵士得知"砍头游戏"和"色诱情节"是一场精心策划的骗局，只是为了测试他是否是一个言行一致的亚瑟王骑士，他充满了自责和羞愧，他将绿丝带扯下，狠狠地扔到了地上，说道：

'Corsed worth cowarddyse and couetyse boÞe!
In yow is vylany and vyse, Þat vertue disstryez.' (2374-75) ……
'Lo! Þer Þe falssyng-foule mot hit falle!
For care of Þy knokke, cowardyse me ta3t
To acorde me with couetyse, my kynde to forsake:
Þat is larges and lewte, Þat longez to kny3tez.
Now am I fawty and falce, and ferde haf ben euer
Of trecherye and vntrawÞe-boÞe bityde sor3e
And care!'

(2378-84)

这该受到诅咒的怯懦，对生命的执着
你是无比邪恶的弱点，将美德统统摧毁。
这虚伪而邪恶，该受到诅咒的丝带！
因为你我变得怯懦，对生死耿耿于怀，
因为你我变得如此贪婪，彻底丧失了
作为骑士该具备的忠诚和慷慨的美德。
而我背信弃义，只为自己的安全操心。

愿所有的错误都不再犯,正如应该的
那样!

　　高文强烈的自我谴责表明他开始了解自己因为爱惜自己的生命,
而违背信约欺瞒伯蒂莱堡的主人将绿丝带藏匿起来所犯的错误。然
而,与高文的自我贬低和自我谴责相反,伯蒂莱堡主人给予了他极高
的评价:

I sende hir to assay Þe, and sothly me Þynkkez
On Þe fautlest freke Þat euer on fote 3ede.
As perle bi Þe quite pese is of prys more,
So is Gawayn, in god fayth, bi oÞer gay kny3tez
Bot here yow lakked a lyttel sir, and lewte yow wonted
Bot Þat watz for no wylyde werke, ne wowing nauther
Bot for ye lufed your lyf; Þe lasse I yow blame.
(2362-8)

一切都是为了考验你而设;如我所见
你是行走于这世间的最完美无瑕的骑士。
与其他骑士相比,你好比是豌豆中的珍珠。
我的看法是,你已经远远超越其他的骑士。
只不过你有着小小的过失,你少了点忠诚。
但是既然这只是出于你对自己生命的热爱,
而非出于爱欲和贪婪,我不愿对你多加责备。

　　伯蒂莱堡的主人认为高文爵士的行为如"珍珠"一般完美无瑕。
根据伯蒂莱堡主人的看法,高文所犯的错误是出于对生命的热爱,这
与其他过失相比,只是一个小小的过失,因而无须多加指责。高文爵
士仍然是"行走于这世间的最完美无瑕的骑士"。伯蒂莱堡主人幽默
而愉快的笑声也告诉我们,他对高文所表现出的人类普遍的弱点——

对自己生命的执着与热爱——的宽容和理解。虽然，作者没有直接评价高文的行为，但是读者从伯蒂莱堡主人对高文充满同情而又不失幽默的评价中了解到了作者的基本态度，即对生命价值的肯定，任何的意识形态和价值观念不能将"生命价值"这一根本性的命题排除在外。高文诗人其他的作品中也同样透露出这种人文主义关怀的信息。

《洁净》是将几个围绕着"洁净"主题的圣经故事串联起来的一首诗歌。在这首说教和道德意味很浓的宗教主题的诗歌中，我们仍然体会到了作者没有忽略人与动物所具备的对生命执着的这一根本性情感因素。在"诺亚方舟"一节中，作者是这样描述那些即将遭到灭顶之灾的人与动物如何企图在绝望中逃生：

Þe moste mountaynez on mor Þenne watz no more dry3e,
And Þeron flokked Þe folke, fro ferde of Þe wrake.
SyÞen Þe wylde of Þe wode on Þe water flette;
Summe swymmed Þeron Þat saue hemself trawed,
Summe sty3e to a stud and stared to Þe heuen,
Rwly wyth a loud rurd rored for drede.

（*Purity* 385-90）

尽管高地的最高峰也是大雨滂沱，
然而人们仍然是惊恐地挤作一团。
怒吼的洪水上漂浮着挣扎的野兽；
一些祈求能攀爬上高地躲避死亡，
一些已经站在高地的向苍天呐喊，
其余的则啜泣、哀号，痛哭不已。

传统的叙述视角将读者带入诺亚方舟，让读者了解上天惩罚众生的正义，分享洪水滔天时诺亚方舟内的安全，而高文诗人却将关注的焦点放在那些受到天谴的可怜众生身上，让读者去体会那些无助的众生在即将死亡的瞬间对脆弱肉体产生出强烈的执着和对死亡的恐惧和本能回避，引发读者情感上的巨大震撼。

事实上，在高文诗人的诗歌中无不表现出对芸芸众生珍惜脆弱的肉体，恐惧死亡，千方百计地躲避灾难，无时无刻地寻求安乐与舒适的这种生命本能的同情与理解。《忍耐》这首诗歌取自于圣经中约拿的故事。上帝派约拿去尼尼微城宣布它即将被毁灭的结局，而约拿因为害怕受到尼尼微城人的报复，不愿意执行上帝的旨意而逃走。诗人是这么描述约拿逃跑时的心理活动的：

If I bowe to His bode and bryng hem Þis tale,
And I be nummen in Nuniue, my nyes begynes:
He telles me Þose traytoures arn typped schrewes;
I com wyth Þose tyÞynges, Þay ta me bylyue,
ÞyneÞ me in a prysoun, put me in stokkes,
WryÞe me in a warlok, wrast out myn y3en.

（75-80）

如果我听从祂的派遣，向人们传达祂的旨意，
而那些人听到了这些，我的麻烦就要开始了！
祂说他们是罪恶深重，其中每个人都不例外；
如果我宣布这种惩罚，他们必然会立刻抓我，
投我坐监狱，给我上镣铐，
将我重重捆绑，把我的眼珠打出来！

约拿作为一个凡人，害怕的是肉体伤害和死亡，他无法突破人类的这一弱点，因而从他的职责中逃脱出来。作者对约拿这一人物的描述是充满喜剧效果的揶揄而非讽刺和道德上的严厉指责。作者将凡人的个性赋予这个角色，他易愤怒（"wrathed"，74）、不耐烦（"he nolde Pole" 91）、爱抱怨（"janglande" 90，433）、不服气（"wyÞerly" 74）、愚蠢（"wytles" 113；"vn-war" 115）。但是，约拿的这种对生命安全的"自我关注"没有引起读者的反感，反而使

得读者体会诗人的幽默和对人性的理解。诗歌轻松愉快的口吻、快速的叙述节奏表明作者希望更多吸引读者的注意力，分享约拿滑稽有趣的人性弱点，而非仅仅出于道德说教和道德批评。

纵观高文诗人的作品，我们发现作者具有从他笔下人物的角度看问题的能力。他是如此充满想象力，拥有如此巨大的同情心，对人性的理解是如此微妙和全面，使得他最终能够以关注"生命价值"为中心，突破和超越了主流话语的某些规范性指示，摆脱了理查德时代的那种对主流权利话语"模棱两可"的创作态度，传递出了清晰的人文主义关怀的信号，完成了与即将到来"文艺复兴"的思想上的接轨。

引用作品

[1] Althusser, Louis. *Lenin and Philosophy.* New York: Monthly Review Press, 1971.

[2] Bumke, Joachim. *Courtly Culture: Literature and Society in the High Middle Ages.* New York: The Overlook Press, 2000.

[3] "Cleanness." *The Complete Works of the Pearl Poet.* Eds. Malcolm Andrew, Ronald Waldron, and Clifford Peterson. London: University of California Press, 1993.

[4] Davenport, W. A. *Medieval Narrative: An Introduction.* Oxford: Oxford University Press, 2004.

[5] Everett, Dorothy. *Essays on Middle English Literature.* Oxford: Clarendon Press, 1955.

[6] Hamilton, Ruth. "Chivalry as Sin in Sir Gawain and the Green Knight." *University of Dayton Review* , 18.3 (1987): 113-117.

[7] Kay, Sarah. "Courts. Clerks and Courtly Love." Ed. Roberta L. Krueger. *Cambridge Companion to Medieval Romance.* Cambridge: Cambridge University Press, 2000: 81-96.

[8] Lewis, C. S. *The Discarded Image: An Introduction to Medieval*

Renaissance Literature. Cambridge: Cambridge University Press, 1964.

[9] Loomis, Laura Hibbard. "Sir Gawain and the Green Knight." *Critical Studies on Sir Gawain and the Green Knight*. Eds. Donald. R. Howard and Christian Zacher. Notre Dame: University of Notre Dame Press, 1970: 3-23.

[10] Markman, Alan M. "The Meaning of Sir Gawain and the Green Knight." *PMLA*, LXXII (1957): 574–586.

[11] "Patience." *The Complete Works of the Pearl Poet*. Eds. Malcolm Andrew, Ronald Waldron, and Clifford Peterson. Berkeley: University of California Press, 1993.

[12] Putter, Ad. *An Introduction to the Gawain-Poet*. London: Longman Group, 1996.

[13] "Sir Gawain and the Green Knight." *The Complete Works of the Pearl Poet*. Eds. Malcolm Andrew, Ronald Waldron, and Clifford Peterson. Berkeley: University of California Press, 1993.

[14] Sadowski, Piotr. *The Knight on His quest: Symbolic Patterns of Transition in Sir Gawain and the Green Knight*. London: Associated University Press, 1996.

[15] Strohm, Paul. *Hochon's Arrow—the Social Imagination of 14th Century Text*, Princeton: Princeton University Press, 1992.

[16] Tigges, Wim. "Romance and Parody." *Companion to Middle English Romance*. Eds. Henk Aertsen and Alasdair A. MacDonald. Amsterdam: VU University Press, 1990: 129-152.

[17] Troyes, Chrétien De. *Arthurian Romances*. Trans. W. W. Comfort. London: J. M. Dent & Sons Ltd., 1978.

[18] Ward, A. W. and A. R. Waller eds. *The Cambridge History of English Literature: From the Beginnings to the Cycles of Romance*. Cambridge: Cambridge University Press, 1978.

晨光暮影　似水流年

——析 2011 年德国图书奖获奖作品《光芒消逝的年代》[①]

Remembrance of Passing Time—Analysis of German Book Prizewinning Works in 2011 *In Time of Fading Light*

宋健飞

摘　要：2011 年第七届德国图书奖为欧根·鲁格所获。其成名也是处女之作《光芒消逝的年代》受到专业人士、媒体和读者的广泛好评。小说以编年史的叙事形式，描述了一个知识分子家族半个世纪的坎坷经历。作品以鲜活的人物性格、巧妙的叙事手法、丰富的文学手段，达到了独特的艺术效果，打开了不少人尘封已久的记忆闸门。本文旨在通过对作者及其家庭成员的人生经历和作品内容的分析，介绍其与众不同之处和成功的原因，并尝试对作品的主题做一阐释，从而揭示这部家族史式的长篇小说对折射民主德国兴衰史的文学意义。

关键词：德国图书奖；光芒消逝的年代；欧根·鲁格；民主德国

[①] 此文发表于《外国文艺》2012 年第 4 期。

Abstract: In 2011, Eugen Ruge won the seventh German Book Prize. His debut *In Times of Fading Light*, which received great acclaim of the professionals, the media and the readers, brought him fame. The novel uses the chronological narrative form, in which the author describes the rough experience of an intellectual family for half a century. This novel achieved a unique artistic effect with using vivid characters, clever narrative skills and rich literary techniques, thus let people open their memory gates. This paper tries to discover the life experiences of the author and his family members, analyze the content of the novel, explain its uniqueness and success, interpret the theme of the novel, which reveals the literary significance of this family-history novel to the rise and fall of the German Democratic Republic.

Key words: German Book Prize; *In Times of Fading Light*; Eugen Ruge; the German Democratic Republic

第二次世界大战时期以及战后的德国当代历史,给半个多世纪以来的德国文学打上了难以磨灭的烙印,纳粹的残暴、犹太人的悲惨、肉体的毁灭、心灵的创伤,从浅到深、由表及里,已成为当代德国文学作品中屡见不鲜的题材,在诸多作家的创作构思里挥之不去。然而,全面、客观地反映民主德国社会现实和生活状况的文学作品却不多见。想必是因为生活在西部的作家缺乏切身的真实生活体验,无从下笔;而生活在东部地区的作家则由于那个年代制度上的种种禁忌,当时无法下笔,现在又往事不堪回首,不愿下笔。

历史的长河滚滚向前,洪峰过后被淹没的东西便会浮出水面。事实不容掩盖,具有时代特征的人和事,迟早会被发掘出来,成为独具慧眼、别开生面的文学题材。2011年10月10日,德国作家欧根·鲁格(Eugen Ruge,1954—)便凭借自己以民主德国社会体制为背景的长篇小说《光芒消逝的年代》(*In Zeiten des abnehmenden Lichts*,2011),一举摘得了第七届德国图书奖的桂冠,该小说亦成为继乌维·特尔坎普斯(Uwe Tellkamps,1968—)的《塔楼》(*Der Turm*,

2008）之后第二部故事情节发生在民主德国的德国图书奖获奖作品。

鲁格的家族史式的长篇小说，时间跨度五十载、故事涉及四代人，全景式地展现了民主德国那段让人读来既熟悉又陌生的历史。作者1954出生于俄国乌拉尔索西瓦地区（Soswa），孩提时代随父母一同回到民主德国，曾就读于东柏林洪堡大学数学系，后前往波茨坦，在民主德国科学院地球物理研究所从事科研工作，主要负责建立地震预报模型和核电风险分析。然而，文艺情结浓郁、创作欲望强烈的鲁格并不钟情于数理分析与统计。1986 年他离开了研究所，进入东德德发制片厂工作，主攻纪录片，从而踏上了文艺领域的创作之路。1988年，他离开民主德国前往联邦德国，转而从事广播、电影及舞台剧的编剧、导演等工作，翻译了一系列契诃夫的戏剧作品，其间还偶尔在柏林艺术大学客座任教。《光芒逝去的年代》是鲁格的处女作，创作历时三年，但之前的素材收集工作已长达二十多年。起初，鲁格曾尝试将其写成一部话剧，小说中的部分内容早已被搬上过戏剧舞台，但他最后仍然选择了采用长篇小说这样篇幅较大、分量厚重和景深较远的形式将自己心中酝酿了多年的带有浓厚个人家史色彩的素材诉诸笔端。2009 年，尚未出版的小说手稿就赢得了阿尔弗雷德—德布林文学奖（Alfred- Döblin-Preis）。2011 年，这部小说又获得第 33 届观点文学奖（Aspekte-Literaturpreis）。德国《每日新闻报》评论说，接连荣获三项文学奖项，使得集导演、剧作家、翻译家于一身的欧根·鲁格在小说领域也收获了极高的声誉。

《光芒消逝的年代》讲述的是民主德国的一段家族往事，小说描述了一个知识分子家庭半个世纪的坎坷经历。在这个四世同堂的屋檐下，曾祖父威廉与曾祖母夏洛特是资深而坚定的共产主义者，始终与自己的信仰保持一致。战争时期他们曾流亡墨西哥，后又来到西伯利亚，50 年代初终于进入新成立的民主德国，投身于国家的社会主义建设。他们的两个儿子曾经由于对《苏德互不侵犯条约》持有异议而分别遭到关押，俩人都成了斯大林时期大清洗的受害者：维尔纳死于沃尔库塔集中营，库尔特则被长期囚禁于西伯利亚战俘营。获释后他去了乌拉尔，最终偕俄籍妻子来到民主德国，致力于历史研究。虽然他对在苏联的痛苦经历无法忘却，但也慢慢学会了对现实妥协，以便顺应时局。库尔特的儿子亚历山大对当时的社会体制不抱任何信仰，他憎恶虚伪与妥协，不愿压抑自己的性格，一生循规蹈矩地苟且偷安。而亚历山大的儿子马库斯是家族中最小的一辈，他对政治不闻不问，整日醉心于研究恐龙。于是，在作者冷嘲热讽和细腻入微的笔触下，一幕幕真实感人又荒诞不经的场景交替呈现，宛若一出充满黑色幽默的大戏，让人在啼笑皆非和百感交集之余，去回忆和反省那个一夜之间土崩瓦解的另一半德国所经历的沧桑岁月。

  作者鲁格在书中采取了时空交错、视角变换的叙事手法，让故事情节在轮换出现的时空里绵延成篇，这一点，仅从全书二十个章节的标题上就可以看出：2001，1952，1989.10.01，1959，2001，1961，1989.10.01，1966，1989.10.01，1973，2001，1976，1989.10.01，1979，2001，1989.10.01，1991，1995，1989.10.01，2001。每一章代表一个年份，而小说从现时开篇，然后倒叙至民主德国建国初期，再沿着其发展的轨迹一段一段地渐行渐近，仿佛用望远镜头把历史的画面一点点拉至人们的眼前。而书中反复迭现的标志两德统一和民主德国解体的1989年10月1日以及新世纪伊始的2001年则犹如一条红线，将貌似随心所欲安排的散乱情节，串连成围绕着作品核心思想而展开的一个个主角不同的生动故事。全书在1952年到2001年中的不同时段之间来回跳跃，各个角色犹如演员逐个登场表演，从而将人物的内心世界和人生轨迹淋漓尽致地——展现。这种将类似场景转换、幕开幕闭的舞台效果用于叙事文学创作的手法，充分体现了作者深谙纪录片风格且熟悉戏剧艺术的才能，堪称别具一格。

  小说里的人物塑造得极富特定的时代特征，鲜明的性格使其形象栩栩如生。曾祖父威廉永远生活在党的光辉照耀下，《新德国》报的文章他每日悉数尽读，老布尔什维克面对持续不断的逃亡浪潮义愤填膺，极力主张"必须封锁国界"。而立场同样坚定不移的曾祖母对别人提"斯大林主义"极为反感，也不愿面对儿子丧命于苏联集中营的事实，信仰使她不能容忍任何对组织不利的言行。儿子库尔特有过遭受专制迫害的切身体会，虽对政体的弊端心知肚明，思想上十分向往改革，却在严酷的现实里又循规蹈矩，不敢有犯上作乱的行为。孙子亚历山大离经叛道，不愿随遇而安。他身患绝症但精神不靡，是个敢想敢做的叛逆分子。年幼的重孙马库斯则游离于政治之外，国家的方向路线问题不是他该关心的事，吸引这个花季少年全部注意力的是自然博物馆里的史前动物和家里的阳光房。四代人志向不同，各有所好，整部小说的情节就在对这几个主要人物的描述中逐渐展开。显而易见的是，正统的政治色彩留在他们身上的光斑是一代比一代暗淡。

《光芒消逝的年代》一书的中心场景是1989年10月1日为曾祖父威廉90大寿举行的庆祝活动。这个纳粹统治时期的流亡者，一直以英雄自居，被人捧为革命事业的功臣，而且常在学校给孩子们做报告，吹嘘自己曾跟李卜克内西一起在阳台上喝咖啡，共商建国大事。然而具有讽刺意味的是，就在他倍显德高望重、广受恭维褒奖之时，自己的孙子却逃离了父辈为之尽忠效力的民主德国，投奔了属于西方的联邦德国。

这部充满戏剧性的小说究竟是虚构还是写实，对此可谓众说纷纭。其实，如果详细了解一下鲁格自己的家族历史就不难看出，《光芒消逝的年代》也是他家族几代人半个世纪风雨人生的真实写照。小说中的不少情节都带有其家庭成员的色彩和印记。鲁格的祖母就曾在墨西哥生活过，而主人公历史学家库尔特的身上无疑也有鲁格的父亲沃尔夫冈的影子。后者曾经信仰坚定，在30年代也逃出纳粹德国流亡国外，后在苏联学习历史并经历了斯大林专制时期的恐怖黑暗。1956年，沃尔夫冈偕俄国妻子一道回国，后成为民主德国的著名历史学家。而鲁格本人则犹如作品里性格忤逆、不满社会的亚历山大的原型。作为家族的孙子辈，他出生在战后的和平时代，长在新生的民主共和国，却对当时的政治体制充满怀疑，拒绝接受让他反感的正统思想观念。在他看来，随着时代的转折，父亲写的那些著作必定要销声匿迹，不会留下只言片语。最后，身为戏剧导演的亚历山大也选择了跟鲁格一样的道路：逃离失望之地，投奔新的生活空间。然而，尽管故事情节与真实情况有诸多可以重合的线条，鲁格却认为，这部小说纯属虚构。他援引当代自然科学研究的成果说:"实际上没有什么真正的记忆,那都是我们按照可信度的标准而重新加以编撰的虚构。后现代派的那种一味追根问底和穷究真实的做法已被证明是一大陷阱。所以,即便是真实也是一种虚构。"①

与其他为数不多的以民主德国为主题的文学作品相比,《光芒消逝的年代》的基调显得平淡冷静,朴实无华。鲁格没有把锋芒直指意识形态领域里的陈年旧账,而对笔下的每个角色都倾注了真切的理解和同情,从而使全书充满了人情味。他不想袒护谁,也不想谴责谁,而是只身走进人物的内心,不带成见地展现其各自的人生观和思想变化,通过他们的言行来折射历史的生活画面,使每个角色都得到了公正待遇。也正因为这种不带任何成见和感情色彩的叙事方法,给读者提供了在欣赏故事情节之余回顾和反思那段历史的机会,使小说取得了不落俗套的奇效。用鲁格自己的话来说,"如果这部小说发挥了某种作用的话,那应当是它演练了一次理解异见者的实践。我认为,倘若不去尝试理解别人头脑里和心灵深处可能在想些什么,世界上无论是人际矛盾还是大的政治冲突都无法得到解决。"②

《光芒消逝的年代》不仅是一部反映民主德国的编年史,而且也是一首反省一段令人记忆犹新的过去的哀歌。小说的字里行间于诙谐的语气中也流溢出淡淡的苦涩。尤其是那充满伤感悲情又富于诗意的标题,也形象、生动且恰当地体现了作品的主题:一个体制的日薄西山和逐渐幻灭。作者在书中借景抒情地写道:"她抬头看看天,外面很亮,亮得有些刺眼。白桦林闪着炫目的黄色。娜捷施达想,今年是个暖秋,丰收的好兆头。眼下斯拉瓦那边收土豆的活儿已经开干,地里焚烧土豆残茎剩叶的第一茬烟火也已点燃,接下去那光芒逐渐消逝

---

① 以上为鲁格接受杂志《柏林文学批评》(Die Berliner Literaturkritik)采访时的原话,参见<http://www.berlinerliteraturkritik.de/detailseite/artikel/im-gespraech-mit-eugen-ruge/detailseite.html> (accessed Nov. 6, 2009).s

② 以上为鲁格接受杂志《柏林文学批评》(Die Berliner Literaturkritik)采访时的原话,参见<http://www.berlinerliteraturkritik.de/detailseite/artikel/im-gespraech-mit-eugen-ruge/ detailseite.html> (accessed Nov. 6, 2009).

的时节就来了，不管你愿不愿意，天越来越昼短夜长了。"（Eugen Ruge 139）这里指的时节是夏至，它也是作者鲁格的出生日，不难看出，小说的标题将这一天光日趋虚弱的自然现象和作者的个人隐私融为一体，其深刻的寓意是不言而喻的。

  理科出身的鲁格，虽是初登文坛，却在创作上显得得心应手，下笔自如。他以精通数学的头脑，全方位地构思了小说的布局，像排演一台大戏似的合理安排了人物的出场和剧情的发展，使之一步步凸显作品的主题。对此，评委会赞许道："欧根·鲁格用一部家族史小说，反映了东德的历史。他成功地驾驭了四代人五十多年的经历，将其化为构思巧妙的戏剧性情节。他的书讲述了社会主义的乌托邦，讲述了人们各自为之付出的代价和这一体制的逐步幻灭。同时，这部作品具有极强的可读性和幽默感。"①一个国家的体制，若有悖于社会发展规律，逆反民意，不得人心，即便其初始阶段能拥有光辉灿烂、炫人眼目的一刻，那也只是昙花一现。日月经天，江河行地，晨光暮影，似水流年。随着历史车轮的转动，那虚幻的神圣光环迟早会暗淡无华，直至消失殆尽，而能够留给世人的，仅是其令人反省深思的历史遗迹。想必这就是《光芒消逝的年代》所要告诉人们的一个"虚构"的真实，或者说是一个真实的"虚构"。正如小说主角之一库尔特在晚年的笔记中所记载的心里话："我得到的教训就是，自己的一生只是一个谎言。"

参考文献

Ruge, Eugen. *In Zeiten des abnehmenden Lichts*. Rowohlt Verlag: Reinbek bei Hamburg, 2011.

---

① 2011 年第七届德国图书奖评奖委员会的致辞，参见<http://www.deutscher-buchpreis.de/en/archive/year/2011/#tab-jury> (accessed Nov. 10, 2011)

"倭语"之戏：曹寅《日本灯词》研究[①]

Playing with Japanese Words: A Study of Cao Yin's *The Joyous Japanese Songs*

唐 权[②]

摘 要：曹寅创作于康熙年间的杂剧《太平乐事》是一部包含外国题材的奇特作品。该剧第八折名为《日本灯词》，其中的大部分科白和唱词，是由一些单纯表示读音的汉字所构成，作者本人称之为"倭语"。在这些从未被人解读过的"倭语"里面，究竟包含着怎样的内容？其背后又有怎样的社会背景？本文试图在考察作者生平的基础上，首先利用《楝亭集》所收的诗歌作品，展示曹寅对日本的关注；之后利用日本学者在明代日本寄语方面的研究成果，来解读《日本灯词》的内容。在此基础上，分析曹寅的日本知识以及他对日本的理解。

[①] 此论文的前半部分内容，最早曾以英文发表，题目为"Playing with Japanese Words: A close Reading of Cao Yin's *The Joyous Japanese Songs*"，收录于高等教育出版社编辑出版的英文季刊《中国文学研究前沿》(*Frontiers of Literary Studies in China*，Volume 5-Numbe r3-September 2011)。修改后的全文正式发表于《清华大学学报》哲学社会科学版第28卷（2013年2月）。当时由于字数限制，以及考虑到读者大多不是日本寄语的专门研究者，因此内容上做了颇多删节。此次重新发表，除了正文的文字有所修改，还特别增补了两项内容。一为《太平乐事》刊本中《日本灯词》部分的书影；一为附录的"倭语"一览表，此表收入《日本灯词》及《日本图纂》中相应的日本寄语，同时在备考栏中加入笔者对这些寄语的考证。

[②] 华东师范大学日语系副教授，主要研究方向为中日文化交流史。

最后通过考察曹寅在对日交涉中派遣间谍赴长崎和采办铜斤两方面的活动，为他的创作动机提供一种解释。

关键词：曹寅；日本灯词；倭语；日本寄语；对日交涉

Abstract: The *Joy in the Time of Peace and Prosperity* by Cao Yin （1658-1712）is a drama of uniqueness involving foreign subject matter. Its 8th Act, entitled *the Joyous Japanese Songs,* talks about King of Japan paying tribute to Chinese emperor, and most parts of it are written in Chinese characters carrying only sounds. Cao Yin called them "woyu" (the Japanese language). But what does this kind of unprecedented "woyu" intend to convey? And what is the historical background behind these imaginary "woyu"? This paper attempts to interpret this work based on the research results of Japanese scholars on Chinese-Japanese vocabulary compiled in the Ming Dynasty, studies and to research into Cao Yin's knowledge about Japan through text analysis. In addition, this paper also argues that Cao Yin's dispatch of a spy to Nagasaki and purchase of bronze from Japan account for his motivation for writing the work.

Key words: Caoyin; Japanese Songs; Woyu; Chinese-Japanese vocabularies; exchange towards Japan

《太平乐事》是清人曹寅（1658—1712年）创作的一部杂剧，也是他留给后人的一团谜。该剧的第八折题为《日本灯词》，主要内容为日本歌舞表演。如图版所示，该折戏中的大部分科白和唱词，是由一些单纯表示读音的汉字所构成，曹寅本人称其为"倭语"。在我国传统戏曲中，外国题材的作品本就稀少，而大量使用外来语汇并以之作为一种文学表现手法的作品更可以说是绝无仅有。这些从未被人解读过的"倭语"里包含着怎样的内容，其背后又有着一个怎样的历史世界？本文试图在考察作者生平和时代背景的基础上，一方面利用日本学者在日本寄语方面的研究成果来解读文本内容，另一方面通过考察曹寅在对日交流中的种种活动，为其创作动机提供一种解释。

我国历史上出现使用日语进行文学创作的文人，大致是清代中叶以后的现象。早期知名者有浙江乍浦人孟涵九，他从18世纪后期至19世纪初期曾以商贾身份多次访问过长崎，以精通日语和创作狂歌而知名①。到了近代，更出现了罗朝斌（1881—1902年）这样活跃于日本文坛的人物。罗氏为中日混血儿，自号"苏山人"的他一生中大部分时间辗转于东京和长崎，创作了约400首的俳句以及《灯景》《破幛子》等日语文学作品（周一良 167）。无论是孟涵九还是罗朝斌，其日语文学创作的基础不必说在于他们丰富的日本体验。

相比之下，生活在康熙年间的曹寅则情况完全不同。他既没有学过日语，又不曾东渡过扶桑，甚至也几乎没有可能与日本人有过什么接触。他一生中的大部分时间，是作为深受皇帝宠爱和重用的官僚在北京以及苏州、南京、扬州等城市中度过的。以"倭语"填曲之举，就其创作性质来说，与上述孟、罗等人在日本所从事的文学活动截然不同。因为《日本灯词》并不是写给日本读者看的作品，和《太平乐事》中其他部分一样，它完全是为中国的读者和观众——可能包括清朝皇帝和作者的文人朋友们——创作的。对于曹寅这种独出心裁的尝试，我想只有把它放到具体的时代背景下去考察，才能做出合理的解释。

关于《太平乐事》，我国学界（特别是红学界）自20世纪七八十年代开始对这部作品有所关注。最早的介绍文章，大约是刊于《红楼梦研究集刊》第一辑（1979年）的《曹寅撰〈太平乐事〉》一文，作者红豆在此文中迻录了柳山居士自序及《日本灯词》后面的题记，同时还就柳山即曹寅这一史实提出了若干证据（红豆 432）。其后顾平旦在该杂志第四辑（1986年）发表了《曹寅〈太平乐事〉杂剧初探》一文，不但对这部杂剧做出正面评价，还特别指出大量日语语汇的存在为该剧的一大特色（顾平旦 291—292）。稍后冯佐哲则又从中日文化交流史的角度，指出《日本灯词》产生的背景在于清朝中日间繁盛

---

① 朝冈兴祯在《增订古画备考》卷25中介绍云："孟涵九，善画。久留琼浦，精通邦语，亦懂邦文，巧于狂歌。"（朝冈兴祯 1043）

的经济贸易及人际往来（冯佐哲 135）。尽管这些研究对曹寅的"倭语"皆有言及，不过却没有人尝试从正面去考察其中的含义并分析《日本灯词》的文本内容。据周一良的介绍，冯佐哲氏就《太平乐事》中的日语词汇曾见询于周氏，后者利用1985年春赴日讲学之机请教于东京大学的中国语音学者平山久雄。平山氏立即"根据几种明清时代中国人所编日语词汇，试做解释，结论认为曹氏大约只是堆积连缀日本语词的译音而成，取其声调铿锵，并无任何意义"（周一良 182—183）。平山氏的看法似乎削弱了中国学者在此之后探求《日本灯词》文本意义的热情，而且他本人也未把上述看法发表成文章。

　　作为近代以前中国人接受外来词并应用于文学创作的个案，《日本灯词》中的文字有无具体含义无疑值得讨论。首先需要解决的问题是，此篇作品中大量出现的表音字能否被解读并还原为日语词汇。我想平山氏的尝试已经暗示了这种考察的可行性。如果把《日本灯词》与明人所编的"日本寄语"（一种日语和中文的语汇对照表）相对照，其中的绝大部分文字的根源都可以找到。曹寅在创作这部作品时参考过的"日本寄语"，正如后面所述，实际上只集中于一部著作，即明人郑若曾编著的《日本图纂》。在对照了两书之后，我的结论是，不能把《太平乐事》中出现的"倭语"词汇全部都看作没有任何意义的"堆积连缀"，至少其中有一部分构成了拥有实在含义的语句，而这些语句与剧情展开当然也是有关联的。在本文中，我将追溯《日本灯词》中每一个"倭语"的来源，之后再进一步探讨曹寅的日本知识和日本观。

　　简言之，本文的研究目的有二，一是利用明人编纂的日本寄语来解读《日本灯词》的内容，二是从中日文化交流史的角度来分析作者的创作动机。曹寅创作这部杂剧时，正处于清朝确立了其在全中国的统治之后，对日本的经济交流急剧扩大的时期。这种交流对当时的中国社会究竟影响如何，通过对《日本灯词》文本的考察，也许可以窥视一斑。

一、文化的越境者

作为《红楼梦》作者曹雪芹的先人，曹寅（字子清，号荔轩、楝亭，又号雪樵、柳山居士等）的名字广为人知。自周汝昌发表《红楼梦新证》以来，关于其生平已经有了很多精细的研究①。他是康熙皇帝的重臣，同时与江南的文人圈子关系极为密切；作为一个有成就的文人，他不但在自己的文集《楝亭集》中留下了大量的诗词和散文，同时在戏曲方面也有不少作品传世。不过，曹寅并不是传统意义上的汉族文人，其生活世界中包含着多种异质的文化成分。

曹寅的第一个与众不同之处，是他的包衣身份。借由直接为皇帝效劳的奴仆这种特殊身份和皇帝的赏识，他得以不通过科举而直接进入了官僚特权阶层。正如史景迁指出的那样，曹寅的诗文反映出他身上具有满洲武士和汉族文人的两个不同侧面（史景迁 54—61）。这种文化边缘人的特点，也许是他在接受外来文化方面比其他汉族文人态度更柔软的原因之一。

另一个值得关注之点，是曹寅的官职。他曾长期担任江宁织造，正是这个官职给了他许多接触外来文化的机会。按李丹慧在《清代人物传稿》"曹寅"条中的介绍，曹寅与外国之间颇多联系。他不但与外国商人、外国传教士有过接触，而且还曾经把玫瑰露、鼻烟盒、咖啡等许多舶来品都进呈给过康熙皇帝（李丹慧 363）。关于曹寅府上藏有各种海外珍玩的事实，在《红楼梦》里亦有间接表现。曹雪芹在这部小说里描写了许多舶来的外国玩意儿，如西洋自行船、金镶双星小扁盒儿（里面装着西洋珐琅的黄发赤身女子和两胁长着肉翅的小天使）、暹罗国的茶叶、一种叫"雀金"的俄罗斯服装、西香国的汗巾子，等等，足有 20 余种（方豪 413—496；周汝昌、严中合著 172—173）。小说的描写虽虚实相间，但毫无疑问其中包含着曹雪芹本人的实际生活体验。从《红楼梦》中的这些描写不难推测，在曹氏家族的

---

① 关于曹寅生平的研究，另见史景迁：《曹寅与康熙 一个皇帝宠臣的生涯揭秘》，上海远东出版社，2005 年；井波陵一：《曹寅について》，京都大学文学部编《東方学報》第 59 册、1987 年。

全盛时期曹府里拥有过不少来自海外的物品。

就与外国的关系而言，最值得注意之处，是曹寅对日本的关注。在他的诗词中，虽然海外珍玩极少成为主题，但日本的花草却是其中为数不多的例外。在《楝亭诗钞》里，以"洋茶"为主题的咏物诗共有三首，其中一首为《客馈洋茶半开戏题》，其诗云：

　　浅擘鞓红缬皱开，半含宝气脱珠胎。
　　艳应蛮女咀香去，奇为商胡贩海来。
　　吉了诅春浑不省，唐花纷笑总成堆。
　　谩矜贵种披帷出，还遣当风更筑台。①

诗中显示，雍容如"鞓红"（牡丹的一种）的"洋茶"，乃是由"商胡"——这里指从事海外贸易的中国商人——运入国内的。所谓洋茶，就是产自日本的山茶花，即日本人称之为"椿"（tsubaki）的观赏植物（学名为 Camellia japonica）。大庭修曾在《德累斯顿的山茶》一文里讲到，日本的山茶大约在 17 世纪末被引入中国，其后又多有出口中国的记录。如在《唐蛮货物帐》中，就记录了日本正德元年（1711）十月至年末的几个月间，从长崎起帆的 16 艘唐船中，有 13 艘载有"椿"（大庭脩 254—255）。在上面这首诗里，曹寅在描写日本山茶之美的同时，还让自己的想象力驰骋到更远的地方。他不但让香艳的"蛮女"登场，甚至还特意用日语词作为点缀。这首诗的第三联后面附有一个小注，云：倭称中国花为唐花。曹寅这样写的目的，不必说是想给作品添加几分日本情调。"唐花"在日语中读作"karahana"，指中国之花或是指源自中国的装饰性花草图案。除了这首诗，在《楝亭诗钞》卷四中还收录有两首七言诗，题为《竹村大理寄洋茶滇茶二本，置西轩中，花开索诗，漫题二首》，这里提及苏州织造李煦（曹寅内兄）曾赠予他洋茶②。可以肯定的是，来自日本的山茶曾大大激发过曹寅的诗兴。

---

① 曹寅：《楝亭集》，胡绍棠笺注，北京：北京图书馆出版社，2007 年，第 268 页。
② 曹寅：《楝亭集》，胡绍棠笺注，北京：北京图书馆出版社，2007 年，第 185-186 页。

除了洋茶，在《楝亭诗别集》卷三里面，收有一首题为《洋绣球花》的五言诗。诗中有一联"莫辩唐昌误，宜同卉服观"，亦颇值得注意。因为古人常常以"岛夷卉服"并称，而"岛夷"一词，有时也专指古代的倭人[①]。所以这里的洋绣球花来自日本的可能性也是极大的。所谓洋绣球花，即是今天在日本极为常见的"紫阳花"（学名为 Hydrangea）的中国名（木村阳二郎等 28）。

概言之，曹寅身为江宁织造，身边从来不乏来自各国的珍奇物品。但在他的诗集中，只有对洋茶、洋绣球花以及玻璃杯（《楝亭文钞》中有题为《玻璃杯赋》的骈文）等寥寥几种舶来品的吟咏。因此可以说在他的意识世界中，日本占据着一个特殊的位置。

根据胡绍棠的考证，《客馈洋茶半开戏题》一诗作于康熙四十八年（1709）的暮春[②]。同年九月十五日，曹寅为他的另一部凸显日本存在的作品《太平乐事》题写了自序，并急切将之付梓。有一点是确定的，那就是曹寅关注日本的时期，集中于其官宦生涯后期。他挖空心思用"倭语"来填曲，正可说是其中最突出的表现。

二、《太平乐事》的作品世界

包含《日本灯词》的杂剧《太平乐事》，究竟是一部怎样的作品？该书有署名"柳山居士"的康熙年间刊本传世，现藏于复旦大学图书馆和南京图书馆等国内图书馆。本研究所利用的文本，是南京图书馆藏本的微缩胶片（国家图书馆藏）。此文本的开头部分缺损颇多，包括序言部分、以及第一折《开场》和第二折《灯赋》的部分内容。这部分的内容，我参考的是冯其庸编著《曹雪芹家世，红楼梦文物图录》中所收录的《太平乐事》部分书影。

[①] 曹寅：《楝亭集》，胡绍棠笺注，北京：北京图书馆出版社，2007 年，第 491 页。《洋绣球花》全诗如下："剪玉复裁纨，玲珑不奈寒。细腰熏得醉，碎蝶簇成团。莫辨唐昌误，宜同卉服观。终须寡丰韵，稠叠压阑干。"关于中国古代文献中的"岛夷"和日本的关系，参见张哲俊：《中国古代文学中的日本形象研究》，北京：北京大学出版社，2004 年，第 12—14 页。

[②] 曹寅：《楝亭集》，胡绍棠笺注，北京：北京图书馆出版社，2007 年，第 268 页。

《太平乐事》的刊刻时期，据曹寅自序，当在康熙四十八年九月以后。那么该剧的创作时期又是在什么时候呢？顾平旦认为该剧创作于康熙四十年前后（顾平旦 289），我认为还可以把时间划定得更准确一些。刊本中洪升序言的题写时间是"癸未腊月"，即康熙四十二年（1703）年末。这个时间可以看作《太平乐事》成立的下限。而上限我认定为康熙四十年（1701）十月。在后述《日本灯词》的题记里，曹寅介绍了由一个"洋舶人"提供的若干日本风俗方面的消息。这位身份不明的"洋舶人"，极有可能是曹寅与苏州织造李煦、杭州织造敖福合三人和议派往长崎的密探莫尔森。莫尔森于康熙四十年六月自上海启程赴日，于当年十月返回宁波①。如后所述，曹寅在写上述题记时参考了莫尔森带回的日本情报是无疑的，因此可以认为这部作品大约创作于康熙四十年代初的一两年间。

　从内容上看，《太平乐事》可分为三个部分。首先是序言，共三篇，作者分别是曹寅的友人洪升（1645—1704 年）、朱彝尊（1629—1709 年）及作者本人。其次是正文部分的戏文，共由十折组成。第三部分为题记，分别附于第八、九、十折的戏文之后。其中第八、第十折的题记署名"柳山"，即曹寅本人自题；而第九折的题记则为署名"立亭"的作者所题②。

　《太平乐事》的十折戏，皆是以喜庆祝颂为主题。不过从情节上看，每折之间没有直接的关联。其中第一折《开场》提示全剧主题为歌颂皇朝盛世，其余各折就内容而言大致可分为四个不同的主题。具体来说，第二折《灯赋》第六折《龙袖骄民》第十折《丰登大庆》的内容皆反映与上元节灯会相关的各种习俗；第三折《山水清音》和第五折《风花雪月》则讲述乡村百姓的幸福生活；而第七折《货郎担》和第九折《卖痴呆》又把故事背景设置于都市中的市场，以商品买卖为主题，其中颇多"守本分，毋欺误"之类的人生说教。值得一提的

---

　① 松浦章在论文『杭州織造烏林達莫爾森の長崎来航とその職名について　康煕時代の日清交渉の一側面』（1978 年）中，对此问题有详细考证。
　② 与晚年的曹寅交往比较密切的人物中，有扬州文人王槇夫号琭亭，《楝亭诗钞》里收录有多首曹寅与他的唱和。不过此琭亭是否就是《太平乐事》第九折的题记作者，待考。

是第七折，一个沿街叫卖的货郎出场，其挑担中竟然包括来自日本的漆器（"倭漆"）和来自东南亚的沉香（"番香"）这样的名贵舶来物品。曹寅在这里似乎是间接地向读者展示他的异国趣味。最后是第四折《太平有象》和第八折《日本灯词》，这两折戏主题相同，即朝贡。

第四折《太平有象》的情节如下。先是"青海部落大都护"出场唱一曲《点绛唇》，然后是会同馆驿里的"侍子"们登场自报家门，计有6人，分别是"西海黄台吉""哈密国侍子""乌斯国侍子""八百媳妇""狗西番""藏国侍子"。跟在这些侍子后面的还有一个"西洋舶主"，这大约是欧洲人。戏的高潮部分是一头大象被引上场，众人随之开始"跳舞献宝摆势"共唱一曲《北江水儿》，歌颂万邦来朝的大同景象。而第八折《日本灯词》的内容为日本国王赴中国朝贡以及日本歌舞表演。其中大部分的唱词以"倭语"写成，正文后面并附有题记讲述创作缘起。

从以上剧情梗概可知，《太平乐事》的表演重点，不在于故事情节的曲折动人，而在于营造欢乐的气氛。这部杂剧的特色，首先是它作为"承应戏"的色彩十分浓厚。这一点并不难理解，因为《太平乐事》的创作，与康熙皇帝的南巡在时期上是重合的。康熙帝先后六次南巡，其中最后的四次（康熙三十八年，四十二年，四十四年，四十六年）都驻跸于江宁织造署，由曹寅负责接驾。在记录康熙四十四年（1705）第五次南巡的《圣祖五幸江南恭录》一书中，不乏"织造府进宴演戏"以及"两淮盐院曹进宴演戏"的记载①。既然"进宴演戏"是曹寅接驾工作的一部分，那么他让自己的戏班排演此戏，并呈献给喜好戏曲的康熙帝的可能性是存在的。事实上，在《太平有象》一折里，大象的出现也暗示了这一点。在没有动物园的时代，饲养并拥有如大象这样的大型动物，常被当权者作为其夸示权力和地位的手段。在清朝的皇家大型庆典活动中，大象的身影时有所见。康熙帝在平定三藩之后（1683），为与臣民共宴乐，曾特命梨园演《目莲》传奇，并在舞台上用上了活虎、活象以及真马（杜桂萍 69）。因此，《太平

---

① 《圣祖五幸江南恭录》一卷，作者不详，收入汪康年编《振绮堂丛书》初集，宣统二年（1910）刊，第37页，第45页。

有象》中让大象登台的情节设计，不妨可以看作是曹寅取悦龙心的一种手段。

这部作品的另一个特色，在于它强烈的文人色彩——这也是为之作序的曹寅的两个友人所特别强调的。在明清时代的中国，元宵灯节处于官方庆典和民间习俗的交汇点上，其中不乏鄙俗秽嫚的笑闹演出（陈熙远 309—341）。以此为主题的民间小戏中如《闹灯》《看灯》等曲目，亦多是用戏谑的语言，让有残缺的各类凡夫俗子（如瞎子，丑妇，恶霸等）在舞台上插科打诨（李孝悌 231—236）。在《太平乐事》里，笑闹场面虽然不能说没有，但是老百姓通过元宵节的狂欢颠覆日常生活秩序的性质，则完全被曹寅抹去了。他从乡村的闲适写到都市的繁华，又从国人的欢愉写到四夷的宾服，在作品里他所努力构筑的，是一个能完美体现儒教秩序的、被理想化的和谐世界。朱彝尊在序文里指出，作为点缀升平的曲目，《太平乐事》在元代已经出现，"陈大声、刘仲修、过岁华均有焰段"，但只有曹寅的作品才是"意匠经营，穷工极致"，其中的"变幻"令人观止（《太平乐事》朱彝尊序）。洪升的序文也表达了同样的认识。在他看来，陈大声等前人的作品既"不无猥杂"又"琐亵不雅观"。而曹寅则通过"含风咀雅，酌古准今"，使其作品在精致的程度上超越古人，达到了"传神写景，文思焕然，诙谐笑语，奕奕生动"的新境地（《太平乐事》洪升序）。由这些评论可以看出，曹寅的创作除了有取悦皇帝的用心，同时还有另一个目的，即渴望在词曲创作上超越前人。实际上朱彝尊和洪升在各自的序言中所关注和赞赏的，也正是他在这方面的努力。

《太平乐事》最后一个值得注意之处，是曹寅对日本的有意突出。无论主题、情节还是结构，第八折《日本灯词》实际上类同于第四折《太平有象》。但是曹寅没有把"日本国王"加入第四折中去，而是专设一幕让他单独亮相。不但如此，《太平有象》中的台词基本为中文。而在《日本灯词》里，不但有日本歌舞的表演，而且其中的唱白基本上是以"倭语"构成的。曹寅突显日本的意图在此表现得再明显不过。

对于《日本灯词》，洪升在序文中评论到："至于日本灯词，谱入蛮语，怪怪奇奇，古所未有。"作为度曲大家，"倭语"的使用令其十分惊奇。而在朱彝尊的序文中，则完全没有提及《日本灯词》。此二人皆与曹寅有过深交，遗憾的是他们没有给予"倭语"更多的关注。

在洪升和朱彝尊那里，《日本灯词》的创作意图并没有被看成一个问题。曹寅耗费许多笔墨表现日本的理由，或许可以简单地理解为他想要表现自己对日本的学识之丰富。清代杂剧的一个特点，在于其强烈的个人化倾向。许多作者的创作动机不在于取悦观众，而在于显示才学，或是努力表达自我情志（杜桂萍 25）。令人感兴趣的是，曹寅所选择的对象为什么偏偏是日本呢？江宁织造的衙门就建在一个天主教堂的旁边，曹寅可以很容易地接触到西洋传教士。更重要的是，康熙皇帝本人南巡时也曾经在那里召见过传教士，在"御视西洋语文"后，表现出"天颜大悦"[①]。如果曹寅的目的只是想用某种外语向皇帝献殷勤的话，那么他只要让传教士邻居们帮忙就可以简单地达到目的。曹寅之所以费此心机，显然是另有用意的。

三、"倭语"探源

《日本灯词》篇幅不长，其情节大致展开如下。先是日本国王上场，以一曲混合着日语词汇的唱腔和一段汉文道白，介绍日本国情（如地理位置、人们的信仰等）以及朝贡缘由。在歌颂了一番"中华圣人"的统治之后，国王向"倭家达"（即日语"ワカトウ"，意为"后生"）下令，让他们"就俺本国风俗，演戏闹灯，鼓舞和气"。接着歌舞表演开始，其中的曲子共四支，分别是《倭曲头》《倭曲肚》《倭曲尾》《清江引》，这一部分的歌词完全用日语词汇填写。舞蹈则包括灯舞，扇舞和花篮舞三种。如上所述，就情节展开的方式而言，《日本灯词》（参见附录图片）与前述第四折《太平有象》如出一辙。

不过与第四折不同的是，曹寅在《日本灯词》正文后面附上了一段题记，特意记述创作缘由。这段题记的内容丰富，为理解正文提供了重要的线索，兹引如下：

---

① 《圣祖五幸江南恭录》，四月二十六日记录。《江宁织造与曹家》，第120页。

此曲调寄中吕，依吴昌龄北西游灭火词而作。倭語出万里海防及日本图纂、四译馆译语填合而成。洋舶人云，倭国惟伎女始着彩衣，所唱与粤東采茶歌音调相近，亦溱洧之属也。灯则以布机春盒之类为戏。男以蜡捴须雍顶发，女黑齿着屐，衣食皆仰于官。对馬島接壤高丽，其都会则萨摩州也。前年得曝书亭所藏吾妻镜者，華言东鉴，明弘正间其国所刊书也。柳山记。

引文中"吴昌龄北西游灭火词"云云，则当指北曲《西游记》卷之五中的第二十折《水部灭火》。不过现在一般认为，把北曲《西游记》归于元人吴昌龄乃是万历以后的误传，其作者应该是明初人杨景贤。《水部灭火》讲唐僧师徒借助电母风伯的神力过火焰山之事，其内容包括观音与众神的对白以及众神的五段唱词[1]。就结构而言，《日本灯词》与《水部灭火》确有相似之处。

关于戏中"倭语"之来源，题记里讲到了三部明人著作。关于这几部书，在曹寅的藏书目录《楝亭书目》中，有如下记录[2]：

万里海防　明昆山郑若曾著　（一卷一册）
日本图纂　明昆山郑若曾序著　（一卷　龙溪王畿序　一册）
译语　姓名不著　（一卷）

在四库全书所收的《郑开阳杂著》和《筹海图编》中，均有题为《万里海防》的章节。其内容为各种地图和备倭时论，没有涉及"日本寄语"的内容。我推测曹寅的藏本也应该是如此，所以在这里不做考察。至于《译语》，我想当指《华夷译语》。按渡边三男的介绍，明代编纂的《华夷译语》有三个系统，即明初火原洁等人编的只有蒙古

---

[1]《杨东来批评西游记》，古本戏曲丛刊编刊委员会编《古本戏曲丛刊初集》所收，上海商务印书馆，1954年，第88-90页。相关分析见张继红校注：《吴昌龄刘唐卿于伯渊集》，山西人民出版社，1993年，312页。

[2]《楝亭书目十六卷》，收入林夕主编《中国著名藏书家书目汇刊　明清卷15》（商务印书馆，2005年），第115页，第398页。

语的《华夷译语》，不含日语的四夷馆系统的官撰本《华夷译语》，包含《日本馆译语》的会同馆系统的私撰本《华夷译语》。从上面题记来看，曹寅似乎知道《华夷译语》中《日本馆译语》的存在，不过他是否读过却令人怀疑。因为在比照《日本灯词》与《日本馆译语》后，我没有从前者的文本中发现任何一个收录于《日本馆译语》中的日语词汇[①]。

实际上曹寅手边可利用的日语词汇书，只有《日本图纂》一部。此书为明人郑若曾编著，《楝亭书目》中所记录的，是郑若曾的后人于康熙三十年（1691）重刊的版本。《日本图纂》在内容上大致同于《筹海图编》卷二之日本研究部分，其中有《寄语》一项，收录了总计约363个的日语词汇和短语。这些语汇大部分来自明朝嘉靖年间薛俊编纂的《日本考略》中的《寄语略》。不过也有例外，如"一董"这个词就仅仅只是出现在《日本图纂》中，而在《日本灯词》开头的《金字经》一曲中，也恰好出现了这个词。实际上出现在《日本灯词》中的"倭语"，尽管包含了不少曹寅的恣意改动，但其原型大部分都可以在《日本图纂》中找到[②]。

《日本灯词》中的"倭语"与真正的日语之间尽管有相当的距离，但不能否认的一点是，曹寅在文本中并非是全部单纯罗列这些源自日本的外来词，而是借助它们创造了一些带有具体含义的话语。通过与《日本图纂》中的寄语相比照，这些含义当然也是可以被解读出来的。这一点我认为尤其值得重视，因为这种解读迄今为止还没有人尝试

[①] 宋论文「華夷訳語および日本館訳語について」（『駒沢大学文学部研究紀要』Vol.1 No.19, 1961年3月）对会同馆系《华夷译语》的文本以及其中的日语词汇有详细的分析和介绍。

[②]《日本灯词》中一共包含了86个日语语汇，其中有75个可以在《日本图纂》中找到原型，另外的11个来历不明。曹寅在利用"日本寄语"时，对许多语汇做了改动，具体来说有以下几个方面。一是改变用字。典型的例子如《倭曲头》中的"箇戈路"，《日本图纂》中的原文为"个个路"，俗字被改为正字。二是删减原文，这一类改动最多，如《倭曲尾》中的"俚旦多"，无疑是取自《日本图纂》中"漫陀罗獭俚旦多"的后面三个字。三是改变字的顺序，如《倭曲尾》中的"合子妈多"，在《日本图纂》中的原文是"马多合子"。四是增字，这种改动相对而言不算多。如《倭曲尾》中的"呕呕天"和"埋祖达"，在《日本图纂》中原来分别被记为"呕天"和"埋祖"。作为精通音韵的文人，曹寅之所以有意做出这些改动，其目的或许在于使戏文中的唱腔铿锵押韵。不过这只是一种臆测，有待音韵学研究者的指正。

过。实际上，在20世纪中叶，福岛邦道、滨田敦等日本国语学者在解读日本寄语方面已经留下了许多业绩，特别是京都大学文学部国语学国文学研究室1965年编纂的《日本寄语之研究》堪称这方面的经典性研究。借助他们的解读成果，我把《日本灯词》中出现的每个日语语汇与日本寄语的关系做了梳理，并指出其来源（见附录表格）。在此基础上，以下我将分析《日本灯词》中各个部分的内容。

首先是开头部分，包括《金字经》以及日本国王和众人的道白，其原文如下（文中划线部分为日本寄语）：

<u>金字经</u> <u>杂扮国王上</u> 这壁厢山靠着海。那壁厢海靠着山。<u>虚露熏加生这边。生这边。一董大利天。浮泥贡。密路榻榻的眠。</u> <u>白</u>红云春暖萨摩州、木琢扶桑做枕头、晓起礼天南向望、青山一发对琉球、自家日本国王是也、俺国都称筑紫、形类琵琶、读洙泗之诗书、崇乾竺之法教、向自前明负固、颇肆猖狂、今者中华圣人御极、海不扬波、通商薄赋、黎庶沾恩、俺们外国无以答报、惟有礼佛拜天、顶祝无疆圣寿、今值正月令节、经场圆满、就俺本国风俗、演戏闹灯、鼓舞和气、<u>倭家达、反俚末、得哥巳</u>、<u>杂应介</u>何耶俚慢达、何耶俚慢达。<u>内吹打上花床介</u> <u>灯上舞打鼓介</u> <u>下女乐上舞扇介</u>

这一段的文本特点，是汉文与"倭语"的夹杂混用。毫无疑问，曹寅是想用"虚露熏加"来表示"日东"二字，这是旧时文人对日本经常使用的别称。"一董大利天"即"一家皇帝"；"浮泥贡"即"船贡"，也许曹寅想表达"贡船"这个词吧；"密路榻榻的眠"可翻译成"便去好好睡觉"。至于后面的"倭家達、反俚末、得哥巳"，当然是"后生，拿来"的意思；而众人回答"何耶俚慢達、何耶俚慢達"，即"便来，便来"之意。可以看出，这些"倭语"不但有实际的含义，而且前后意思连贯，与剧情的展开有密切关系。

其次是《倭曲头》，其原文如下：

明哥多得米哥。陀姑移 亚姊吉乃多。哥面乃礼的搭梭。何耶俚

一啜谁　唆啰。达昂个。挨核蒲。漫陀饿。发赖旦躲。何埋俚阿。发獭加。小思奈大。迷见觅都。迷见觅都。个戈路。亦亘水啰。

文中的"得""的""啰"三个字，大约是语尾助词一类，与日本寄语无关。如果撇开这三个字，以《日本图纂》中的寄语为基准翻译上文，就可得到如下的汉语词汇组合：

极好—女婿—那里去—无情—莫怪—谁人—来—喜—好淫—手巾—嬉—去—怪—我—肚—大—看—看—心—痛

把这些词连在一起来看，它们所组成的文字虽然难说通顺，但似乎隐约体现了一个主题，即女子哀叹自己未婚先孕。这种题材的歌谣，在明清时代我国民间各地曾一度极为流行。下面不妨举一个例子：

情哥传下小风流，
罗帐里无郎教我那亨留。
蒲席包来对子荷花池一丢，
思量几遍跌心头。

上面这首歌，见于明人冯梦龙编的《山歌》卷一，是该书以"孕"为题所收集的七首同类歌谣中的一首（大木康 446-447）。另外，乾嘉年间山东文人华广生编辑的《白雪遗音》里，也收有不少这类涉及性爱的曲目（李孝悌 225-226）。与此相关联，在《日本灯词》后面题记的文字中，有两点值得注意。一是曹寅提到了日本的歌曲与"粤东采茶歌"相近，这似乎显示了他对民间歌谣的兴趣。二是他根据"洋舶人"的情报，已经有了一种先入之见，即"倭国伎女"所唱乃是"溱洧之属"（〈溱洧〉是《诗经》中描写男女游春相戏的一首情歌）。因此，曹寅在剧中特意插入以男女情爱为主题的歌谣，或许可以说是此种认识带来的结果。

清初广东文人屈大均（1630—1696）在《广东新语》卷十二"粤

歌"条里，对广东地方唱采茶歌的风习有所介绍。其文云：

> 粤俗。岁之正月。饰儿童为彩女。每队十二人。人持花篮。篮中然一宝灯。罩以绛纱。

> 以絙为大圈。缘之踏歌。歌十二月采茶。有曰。二月采茶茶发芽。姐妹双双去采茶。大姐采多妹采少。不论多少早还家。（下略）①

曹寅在《日本灯词》中的情节设计，与上面记载的粤人风俗颇有相似之处。两者都包含着表演者手持花篮与宝灯，载歌载舞庆祝新年的内容。《广东新语》有康熙三十九年（1700）的版本，曹寅在创作时参考过这部书的可能性是存在的。当然，《日本灯词》中的扇舞表演，是屈大均的文章中没有的内容，它应该属于曹寅个人的创意。

《倭曲头》之后的《倭曲肚》《倭曲尾》和《清江引》，我把它们作为第三部分。以下我在引用原文的同时，在每个寄语词汇下面划线，并标注该词在《日本图纂》中的相应解释，意义不明者则标注"？"。

这三首曲子里，显然也包含了一些喜庆的词语，不过我在此不打算探索其中的内容。原因之一在于我未能读出的 11 个"倭语"词汇都分布在这里，其中《倭曲肚》有 4 个，《倭曲尾》有 6 个，因此现阶段这两首曲子的内容尚无法正确把握。不过更主要的理由是，我认为这部分内容确如以前平山久雄告诉周一良的那样，确实有明显的单纯堆积连缀日语词汇之嫌。这种推测的依据，除了词语之间缺乏内在联系，还可以从语汇的门类中看出一些端倪。如《清江引》一段，除了"何显必"来历不明、"大米米乌野鸡"来自《日本图纂》《寄语杂类》中"人物类"所收"大大乌野鸡"和"大米乌野鸡"之外，其余的语汇全部出自《寄语杂类》中的另一个门类，即"人事类"。而在《日本灯词》其他部分，语汇的来源分布要广泛得多。如在开头部分日本国王的唱白里面，就包含了来自"天文类""方向类""人事类""人物类""器用类"的语汇；而《倭曲头》中的语汇，同样涵盖了五

---

① 屈大均：《广东新语·下》（清代史料笔记丛刊），北京：中华书局，1997年，第360页。

"倭语"之戏：曹寅《日本灯词》研究 | 163

个门类，即"通用类""人物类""人事类""衣服类""身体类"。

【倭曲肚】何埋俚多得这 米哥。何埋俚多得这 米哥。嫌妙报 特梭罗。何嫌鼻。卖溢多。
　　　　我　　女婿　　　我　　女婿　　媳妇　好淫　　多吃酒　老实说话
　　　乌礼加。难皆贺。密枢阿滥 阿将唆。埋骨多 那乌多个。斗岛卖 一个水他。难摸
　　　买卖　　换　　吃饭　　坐　　老实人　？　　财主妻　？　　　？
　　　思骨凉。宽彼计。宽彼计。恶丫拖。
　　　乱说　　骂　　骂　　　？
〔下〕〔灯上舞打鼓介下吹上女乐舞花篮上介〕
【倭曲尾】不哥 合子妈多。难漫阿啰哩旦多。抚了琐。床果果 眉眉失月。地力疴。
　　　　姐夫　要紧　去　　你　　　　主人　生得好　　？
　　　他谁个。乌多哥。科眉眉 失河 也受和。晒乃加。怒怒 达油河。那埋 莫苏眼。
　　　　？　　富　　米盐　？　　饮酒　　肉　鱼　　？　　女
　　　他戈个。呕呕天。邀带那。歪罘 歪罘 俚旦多。密路 密路 明哥饿。歪罘
　　　　？　　唱　　醉　　笑　　笑　　去　　便去 便去 极好　　笑
　　　歪罘 难达大。密路密路 明哥懦。丢多子。丢征（口旦）多。
　　　笑　　？　　便去便去　极好　　　　　　一
　　　乃系松田。赖水高歪。买买的。那慕 埋租。埋祖达。煞鸡倭。
　　　不是　　歪货　慢慢　饮　　等待　等待　　前行
〔下〕〔灯上舞一齐打鼓参拜介〕
【清江引】哥卖哥卖 麻黑煞。发古计 乌里加 大。米米乌野鸡。一啜水挑罗达。
　　　独乐独乐 吃酒　　快去　买卖　　官　　喜
　　　何显必。西孙步 的缘阿达。〔下〕
　　　　？　　游　　起身

曹寅在《清江引》中单纯堆积同一门类的寄语词汇，这个现象或许是他的创作心态已发生变化所导致的结果。在《日本灯词》的创作开始阶段，他尚能花费心思从《日本图纂》中寻找自己所需要的词，并精心地对之进行排列组合。而到了最后阶段，他的耐心似乎已经消失了。《日本图纂》中的寄语毕竟只有300多个，其中名词又占了大部分，而且包括不少固有名词，即日本的地名。以这些少得可怜的语汇去表现一个完整舞台场面的尝试，无论如何是一种很大的冒险。就操作的困难程度来说，成功的可能性几乎没有。我猜测曹寅在写《清江引》一曲时，一定强烈感受到了这一点。

四、曹寅的日本观

曹寅在创作《日本灯词》的时候，所利用的日语词汇基本上来自明代的《日本图纂》。不过，《日本灯词》中所涉及的其他有关日本的知识、信息以及他对日本的理解，则不全是来源于这部书，而是有多个来源。找到它们的源头，当有助于解释曹寅对日本的理解到底是建立在怎样的知识基础上的。

除了日本词汇，在对日本地理的描述上，《日本灯词》也引用了《日本图纂》中的内容。剧中日本国王称自己的国土"形类琵琶"的说法，即来自《日本图纂》中的《日本纪略》。该书的原文是："日本在溟渤之东，其地形类琵琶。东西数千里，南北数百里。"不过，这种认识在明朝的时候，实际上已经被郑舜功在《日本一鉴》中指出有误[①]。

尽管曹寅对《日本图纂》多有引用，但在对日本社会的描述上，并不都是沿袭该书的观点。例如关于日本国都的位置，《日本图纂》中有一幅《日本国图》，明确标明"山城州寿安镇"为"日本国君所居"。而来自"洋舶人"的消息则是"其都会则萨摩州也"。曹寅不采二说而以筑紫为日本国都，这种认识来自中国的正史。《新唐书》日本传云："其王姓阿每氏，自言初主号天御中主，至彦瀲，凡三十二世，皆以尊为号，居筑紫城。"另外，《宋史》日本传亦有类似记载，其云天御中主以下凡二十三世，"并都于筑紫日向宫"（汪向荣、夏应元 65，182）。毫无疑问，曹寅在创作《日本灯词》时曾参考过正史文献中有关日本的记载。

在对日本人的看法上，曹寅也与郑若曾截然不同。后者在"日本国论"一节里，接受《日本考略》中的"倭寇观"，把日本人描述为"狙诈狠贪"的人种[②]。而在《日本灯词》中，曹寅借助日本国王的道

[①] 参见前出《日本寄语之研究》。〈日本纪略〉的原文见文献影印部分第 38 页。郑舜功的评论见同书正文部分的第 45 页。《日本一鉴》的原文是："云类琵琶者，土佐岛夷意画也。若夫赞岐、土佐，厚是毗连地方二国。况既阙赞岐，非本岛夷之所误。疑或传写遗落尔。"

[②] 《日本寄语之研究》，文献影印部分第 38 页。

白,提到日本的国都称为筑紫,日本人的特点乃是"读洙泗之诗书、崇乾竺之法教"(即读儒家著作和崇尚佛教);另外,日本人虽然在前明时代"颇肆猖狂",现在却是"礼佛拜天",对中华圣主恭顺至极,同时还爱好歌舞。曹寅笔下的日本人形象,可以说和郑若曾的描述截然相反。

曹寅借日本国王之口,称赞日本人"读洙泗之诗书、崇乾竺之法教"云云,大约可以说是明人谢肇淛《五杂组》中所云"倭奴亦重儒书,信佛法"的翻版①。此种日本认识,自唐宋以来在中国文人中普遍存在。不过我认为给予曹寅以直接影响的,是元末明初人宋濂所创作的一组歌咏日本的竹枝词,即《赋日东曲十首》。宋濂与入明的日本僧侣多有往来,因此对日本怀有美好的印象(陈小法 67-81)。其所作的《赋日东曲十首》内容广泛,上至天皇公卿等政治人物,下至富士山、杨贵妃祠等山川景致都有相当正面的介绍。而其中第七首和第八首,正是歌咏日本的佛教之盛;最后的第十首,则介绍了日本人对书籍的爱好,强调"中土图书"尽被日本采购和刊行。除了内容之外,在修辞方面曹寅对《赋日东曲十首》有明显的借鉴。如日本国王的开场白中"红云春暖薩摩州"之句,当是脱胎于《赋日东曲十首》中第四首的首句,即"红云起出是蓬瀛"②。

另外,前面引用的《日本灯词》后面的题记文字,还反映出曹寅自中国的典籍之外,通过"洋舶人"直接获得了来自日本长崎的最新消息。文中对日本人剃发黑齿等习俗的描写,大抵符合事实。"倭国惟妓女始着彩衣"之说虽然难说准确,不过长崎妓女的衣着之绚丽华美,在当时确是非常引人注目,是那些出入花街柳巷的游客们所

---

① 谢肇淛:《五杂组》卷四地部二,上海书店出版社,2009 年,第 86 页。
② 这里提到的《赋日东曲十首》中相关的四首诗,引自伊藤松《邻交征书》初篇卷之二,天保十一年刊,国书刊行会影印,1975 年,第 147-149 页。诗的正文如下(除了第四首,其他三首诗的后面原有小注,此处不录)。

〈其四〉红云起出是蓬瀛,十二楼台白玉京。不知秦世童男女,还有儿孙跨鹤行。
〈其七〉佛隆当时谈妙法,一道红光射海东。至今显密二宗学,长伴扶桑出日红。
〈其八〉竺门三典巧缄题,有气横空若彩霓。梵呗动时花气暖,一齐尽看黑伽黎。
〈其十〉中土图书尽购刊,一时文物故斑斑。只因读者多颠倒,莫使遗文在不删。

歌咏的对象。乾隆年间浙江文人汪鹏曾数次到过长崎，亦曾作诗赞叹当地妓女的衣着。其诗云："红绡队队雨丝丝，斜挽乌云应办时。蜀锦尚嫌花样拙，别将金片绣罗襦。"①至于说日本的男女"衣食皆仰于官"，当是指在长崎实行的一种分配制度。自正保四年（1647）以后，江户幕府拿出对外贸易所得的一部分利润，一年两次均分给居住在长崎的每户人家。其中按单位土地面积分给其所有者的银钱，被称为"个所银"（幕府以六十坪为"一箇所"）；而分给每一户寄居者家庭的银钱，则被称为"灶银"（竈銀）。幕府实施这种特殊分配制度的目的，按赤瀬浩的分析，是为了在长崎维持一定数量的劳动力，以保障对外贸易的顺利展开（赤瀬浩 147）。

曹寅获得日本知识的最后一个途径，是通过一部日本的史籍《吾妻镜》。《楝亭书目》外国类中记有这部书的书志信息，内容为"《东鉴》，倭板，前龙山见鹿苑承兑叟序，五十二卷，二函二十册"②。这部书在清朝时被一些文人学者看作海外珍籍，除了朱彝尊传给曹寅的日本刊本之外，尚有数种抄本流传（王宝平 77-87）。虽然在《日本灯词》的正文中并没有涉及《吾妻镜》内容的情节，但曹寅却在题记中特意提到了它。个中的理由，除了有纪念朱氏情谊的含义，大约也不能排除嗜好藏书者的炫耀心态。

总之，《日本灯词》中的信息来源涉及多个方面，其中既包括前代的记录，如明人的日本研究书和正史日本传，同时也包括《吾妻镜》这样来自日本的文献，当然还有直接得自长崎的最新消息。就《日本灯词》中的日本歌舞题材而言，来自长崎的新信息也许最为重要。清初以来，我国商民之赴长崎者，多有流连花丛追求享乐的一面。在唐馆停留期间，招丸山之妓以享声色之娱的种种活动，成为他们中许多人日常生活中的一个方面。因此不难理解，当时的中国人在描述日本

---

① 江户时代日本有俗谣云："京都女郎，长崎衣裳，江户气概，意气风发冶游于大阪扬屋，此谓之通人。""扬屋"为花街中的招妓冶游之处。参见唐权『海を越えた艶ごと　日中文化交流秘史』，東京：新曜社，2005 年，第 99 頁。汪鹏诗见前引《邻交征书》三篇卷之二，第 503 页。

② 前引《楝亭书目十六卷》，第 115 页。

时经常会提到长崎妓女及她们的歌舞（唐权 78-83）。可以说，在整个清朝时期长崎妓女的歌舞在中国人的日本印象中都是很重要的一部分。曹寅的舞台情节设计，正与彼时国人中普遍存在的日本印象相符合。从这个角度来讲，《日本灯词》的题材带有鲜明的时代烙印。

五、派遣间谍赴长崎：曹寅的对日交涉活动（一）

如前所述，创作于康熙四十年代初的《太平乐事》的特色之一在于突显日本的存在。作为皇帝的腹心重臣，曹寅为什么会在这一时期花费大量心思去创作《太平乐事》这样的作品呢？在写于康熙四十八年的自序中，曹寅主要怀念了新故去的两位友人，即酷爱陈大声作品的表兄东皋（甘国基）和击赏己作的武林稗畦生（洪昇），表示把这部杂剧急切付梓的缘由在于"存故人之余意"，但对于涉及日本的有关事宜，则避而不谈。曹寅显然有意隐瞒了一些不欲人知的事实，不过如果我们考察一下他在这一时期的人生经历，也许不难找到答案。实际上，正是在这段时期里，曹寅的官宦生涯与日本发生了相当密切的关系。其具体活动主要包括两件事，即派遣间谍和接办铜斤。以下我将对这两件事做具体考察，并在此基础上推测曹寅创作《日本灯词》的真正动机。

康熙年间清朝向日本秘密派遣间谍之事，是中日关系史上少见的个案。其大致经过见于李煦的三件奏折。最早的一件上奏于康熙四十年三月某日，内容如下：

管理苏州织造臣李煦谨奏：

切臣煦去年十一月内奉旨，三处织造会议一人往东洋去。钦此钦遵。臣煦抵苏之日，已值岁暮，今年正月传江宁织造臣曹寅、杭州织造臣敖福合公同会议得，杭州织造乌林达莫尔森可以去得，令他前往。但出洋例候风信于五月内方可开船，现在料理船只，以便至期起行。

（中略）

俟莫尔森出洋之后，孙岳颁房屋完工之日，再行启奏，伏乞睿鉴施行。

　　朱批：知道了。千万不可露出行迹方好。

　　由此折可知，派遣莫尔森之赴日侦查，是在康熙亲自主持与过问之下，由江南的三个织造奉命具体实施的机密行动，曹寅正是其中的策划者之一。其后就莫尔森出发的具体时间以及利用港口等问题，三织造再次聚会商议，同年六月李煦奏云："臣煦等恐从宁波出海，商舶颇多，似有招摇。议从上海出去，隐僻为便。莫尔森于五月二十八日自杭至苏，六月初四日在上海开船前往矣。"康熙朱批："知道了。回到日即速报。"当年十月莫尔森自长崎回国之后，李煦第三次向康熙上奏："切照杭州织造乌林达莫尔森，于十月初六日回至宁波，十一日至杭州，十五日至苏州，十六日即从苏州起行进京。"朱批："知道了。"①

　　上述经过，在当时属于清廷内部的绝密事项。因此有关派遣的起因以及莫尔森的具体活动、所获情报的内容等重要项目，皆缺乏清晰完整的记录。唯一可以确认的一点，是莫尔森回国后的报告对康熙皇帝的对日认识曾产生过相当大的影响。20多年后，雍正皇帝于1728年在一份奏折的朱批中写道："当年圣祖曾因风闻动静，特遣织造乌林达麦尔森，改扮商人，往彼探视。回日复命，大抵假捏虚词，极言其懦弱恭顺。嗣后遂不以介意，而开洋之举，继此而起。"②由雍正的朱批回推，莫尔森报告的内容主旨似乎是强调国内有关日本的风闻乃是"假捏虚词"，以及日本人"懦弱恭顺"的一面。

　　值得注意的是，《太平乐事》的创作与莫尔森的赴日，在时间上相当接近，前者大致稍晚于后者。作为派遣间谍的策划者之一，曹寅无疑完全掌握了莫尔森赴日的前后经过，同时他也应该了解莫在长崎所获情报的内容。作为结论，我认为《日本灯词》题记中出现的那个

---

　　① 三份李煦奏折的内容，见故宫博物院明清档案部编《李煦奏折》，北京：中华书局，1976年，第15-19页。另外周汝昌在《红楼梦新证》（人民文学出版社，1976年）以及前引《江宁织造与曹家》中，对这些奏折的内容也有简要介绍。

　　② 王之春著，赵春晨点校《清朝柔远记》，北京：中华书局，1989年，第73页。

身份不明的"洋舶人",指莫尔森的可能性最大。曹寅摈弃《日本图纂》中邪恶野蛮的日本人形象,借日本国王之口,着重强调当代日本人"礼佛拜天",顶祝中华圣人"无疆圣寿"的恭顺态度。他对日本人的这种描绘,正与莫尔森报告的主旨相一致。

六、采办铜斤:曹寅的对日交涉活动(二)

把曹寅和日本联系在一起的最为关键的纽带,是一宗日本商品,即红铜(日本出口的红铜为长条状,又被称为棹铜)。清朝前期是以铜钱为通货的时代,在很长一段时期里,由于国内的铜开采量不能达到自给的程度,因此铸钱所需的大量铜材,皆依赖海外进口。安南产的铜在 17 世纪时曾进口我国,18 世纪初英国商船也曾运铜至广东,不过两者皆不长久。实际上只有从日本进口的洋铜,因其产量大且质量佳,才真正起到了填补缺口的作用。举例来说,清代前期仅仅是北京的两处铸钱局(户部的宝泉局和工部的宝源局),平均每年所消费的日本铜就多达 2246000 余斤(山脇悌二郎 176-177)。

曹寅担任江宁织造期间,中国进口日本铜的交易出现了两个值得注意的动向。一是交易量的大幅度提高。按山肋悌二郎的统计,唐船的铜交易量在宽文四年(1664)时尚不足 30 万斤,至宽文十二年(1672)时超过百万斤,至贞享元年(1684)则突破 260 万斤。1684 年即康熙二十三年,众所周知,清朝正是在这一年发布展海令,大开海禁。日本铜的交易在此后十余年间进入全盛时期,其中康熙三十五(1696)、三十六年(1697)为顶峰时期,这两年间的年交易量均超过 700 万斤(山脇悌二郎 51, 219)。交易量大幅提升的背景,一是四国岛上新开发的别子铜山(1690 年)使日本的产铜量增加,二是元禄八年(1695)前后江户幕府为抑制进口商品价格而增设所谓"铜代物替"贸易,放宽了对棹铜出口数量的限制(大田胜也 345-355)。可以说,康熙三十年代后期中国商船从日本进口棹铜已经成为一项金额巨大的商业交易。

第二个重要的动向是内务府的直接参与。清代赴长崎的唐船,最早主要包括台湾郑氏的船队以及三藩中尚氏和耿氏所派遣的商船。展海令发布之后，这些商船转而为清朝服务。不过从康熙三十八年（1699）开始，内务府商人作为新的交易参与者，开始承包采购日本铜的业务。虽然办铜本身几乎无利可图，但承办者既可依靠其他货物交易来弥补损失，又可利用官府预发之铜本钱生息获利。而最重要的一点，则是可以与皇室及各税关监督建立关系，以获得其他特权（刘序枫 97）。

因此就创作时期而言，《太平乐事》正是在洋铜交易急速扩大，同时内务府开始插手经营这项商业活动的时代背景下完成的。这一点很重要，因为曹寅本人一直是内务府属下的官吏，而且在他出任江宁织造期间，曾参与过采办铜斤的交易。

曹寅承办铜斤的前后经过，反映在他本人以及由内务府呈递给康熙皇帝的一系列奏折中。这些奏折主要写于康熙四十年（1701）和康熙四十八年（1709），其中一部分是以满文写成的①。从一份题为《内务府题请将浒口等十四关铜斤分别交与张鼎臣王纲明曹寅等经营本》（康熙四十年五月二十三日）的满文奏折可知，当时京师宝泉、宝源两局的铸钱原料，皆来自浒墅、芜湖等十四个钞关收购的铜斤。而且自本年起，内务府把这十四关的购铜业务分成三份，分别交给员外郎张鼎臣、商人王纲明、郎中曹寅等人经营，期限为八年。在十四个钞关中，曹寅与其弟曹荃得到五关——龙江、淮安、临清、赣关、南新的购铜权，他们的任务是利用朝廷借支的银两（约33000余两）向洋商购铜，规定数额为1011189余斤。由此推算，在康熙四十年之后的八年中，京师两局铸钱所需的铜，实际上有超过四分之一的份额是经由曹寅之手采购的（此期间十四关购铜之总额为3581000余斤）②。

这无疑是一笔巨大的生意。到了康熙四十八年，曹寅上奏说五关

---

① 这些奏折被翻译后收录于故宫博物院明清档案部编《关于江宁织造曹家档案史料》（北京：中华书局，1975年）。最早介绍这些奏折的是周汝昌，他在《红楼梦新证》一书中，已经对曹寅参与购铜交易一事有所介绍。另外，史景迁对此问题也有分析，参见《曹寅与康熙 一个皇室宠臣的生涯揭秘》，第114-116页。

②《内务府题请将浒口等十四关铜斤分别交与张鼎臣王纲明曹寅等经营本》，引自《关于江宁织造曹家档案史料》，第15-20页。

铜斤已经"办完无误",八年间他一共为朝廷节省了312070两白银①。至于在此期间有多少银子可以纳入私囊,他当然不会告诉别人。不过可以想象,这种无须花费自己本钱的大买卖对于许多人来说,是极具吸引力的肥差。在曹寅期满卸任之后,内务府报告说"三旗商人纷纷具呈,请补曹寅之缺,接办铜斤"②。还有一点不可忽视,那就是曹寅在承办五关铜斤期间,其他曹氏家族成员也积极地参与进来。在现存的有关铜交易的奏折中,上奏者不但有曹寅本人,还有他的弟弟曹荃,甚至还有曹荃之子曹顺③。

在接办五关铜斤的过程中,曹寅及其家族成员曹荃、曹顺都表现得十分积极,而曹寅本人的态度尤为张扬。在康熙四十年《内务府题请将湖口等十四关铜斤分别交与张鼎臣王纲明曹寅等经营本》中,记录有曹寅上奏的原文,内容是他向康熙皇帝提出的一项大胆请求。其文云:

奴才承主上慈恩,无时不念高厚之恩,图报于万一也。康熙三十九年上谕,将十四关规定数目之铜,交与张鼎臣、王纲明等采买,每年节省银五万两。奴才曹寅现在情愿将十四关铜斤,完全接办采购,竭力设法节省,以略尽犬马之心。恳请主上施恩,借给本银十万两,以便购铜。八年交本银及节省银总共一百万两,每年交内库银十二万五千两。④

由此文可知,购铜的任务最初是内务府交给其他商人经营的,曹寅可以说是半路杀出的程咬金。不仅如此,他一出场就表现出极大的胃口,以比他人能节省更多银钱为由,企图让皇帝把竞争对手们全部排除出去,由他一个人独占十四关的购铜交易。曹寅的精明算计和野

---

① 《江宁织造曹寅奏办理铜斤八年限满折》,同上书,第64页。
② 《内务府奏议复无关铜斤仍交各关监督接办折》,同上书,第71页。
③ 曹顺的名字见《内务府奏曹寅办铜尚欠节银应速完结并请再交接办折》,《关于江宁织造曹家档案史料》,第68页。
④ 《内务府题请将湖口等十四关铜斤分别交与张鼎臣王纲明曹寅等经营本》,收入《关于江宁织造曹家档案史料》,第16页。

心勃勃，于此文中表露无遗。

对于曹寅的提案，内务府有两种意见。第一种是赞成论，既然曹寅能更多地节省银两，那么"请将十四关铜斤，皆交曹寅承办"。第二种则是慎重论。内务府担心，"京师用钱关系既甚重要，如将十四关铜斤，完全交给曹寅经营，倘若曹寅自身贻误，因无人继续交铜，恐致有误铸钱"。在此情况下，曹荃又上奏替其兄表明决心，其奏文中有"我兄曹寅拟接办十四关铜斤，因绝不致贻误，一定能成，才奏恳主上；设若不能，他亦不敢独自接办。倘因主上钱粮甚为重要，不可交与我兄曹寅一人办理，则奴才曹荃，既蒙主上鸿恩，派出差使，情愿协助我兄曹寅经营，以效犬马之劳于主上"云云。不过康熙皇帝在权衡之后，最终接受慎重论的意见，而没有满足曹寅的请求①。

概言之，曹寅在康熙四十年前后对参与采购洋铜的交易抱有极大的热情和野心。作为晚来的参与者，要获得皇帝的首肯，必须展示超越其他竞争对手的优势。因此他在奏折中，着重强调自己比其他商人有更强的经营能力，能为朝廷节省更多的银两。凭着这篇奏折，曹寅终于在购铜交易中占据了一席之地。

可以想象，曹寅在接办五关铜斤之后的心情应该相当复杂。其中有插手成功后的喜悦，或许还有野心没有完全实现的遗憾。另外，就购铜的份额来说，曹寅分得的1010000余斤实际上少于其竞争对手。其中张鼎臣一方分得六关，铜1152700余斤；王纲明一方分得三关，铜1426900余斤。因此在曹寅的心中，更多的也许是不满足和不甘心。

曹寅《太平乐事》的创作，正是在此背景之下。剧中对日本题材的刻意突出，以及对日本知识的炫耀乃至费力自制"倭语"唱白，毫无疑问，不能看作是他一时的心血来潮，而是有其必然性。我推测曹寅的真正目的，是期待以间接而委婉的手法，在讨取康熙皇帝欢心的同时，展示自己比竞争对手更加了解日本，以此争取在经营铜斤的竞争中占据有利地位。曹寅在创作这个剧本时，或许仍然没有舍弃独占十四关铜斤交易的念头。

---

① 《内务府题请将湖口等十四关铜斤分别交与张鼎臣王纲明曹寅等经营本》，收入《关于江宁织造曹家档案史料》，第17-20页。

完成了《太平乐事》之后，曹寅虽然又写过前面提到的吟咏洋茶的七言诗，显示他对日本继续有所关注，不过他对铜斤交易的执着到底持续了多久却很难说。在负责采办五关铜斤的八年间，康熙三度下江南，都是由曹寅以江宁织造的身份负责接驾。另外，从康熙四十三年（1704）起，他又获得了另一个可以中饱私囊的重要差使，即巡盐御史。一年之后还开始主持一项大型文化事业，即在扬州组织学者刊刻《全唐诗》。很难想象他在承担如此繁重公务的同时，还会有多少精力专注于铜斤交易。实际上曹寅晚年健康状况亦不佳，最后于康熙五十一年（1712）病故于任上。

但是曹寅企图独占铜斤交易的想法，并没有随着他的过世而烟消云散，而是被他的后人继承。曹寅的继子曹頫在出任江宁织造以后，仿效曹寅先前的手段，于康熙五十八年（1719）六月呈送了一道题为《奏为筹画铜斤节省效力事》的奏折，请求皇帝收回已经分给八省督抚的购铜权，全部交给他曹頫来独占经营。对于这个唐突的请求，康熙皇帝的朱批是"此事断不可行"，心情之不悦跃然纸上。毫无疑问，曹家此时已开始失去皇帝的宠幸①。到了雍正年间，随着曹頫被罢官抄家，曹氏家族终于走向了彻底的没落。

尽管在现实世界里曹家两代人的野心先后受挫，但故事仍然在继续。多年之后曹頫之子曹雪芹在《红楼梦》第十六回《贾元春才选凤藻宫　秦鲸卿夭逝黄泉路》描写贾府准备迎接元妃省亲的场面时，插入了赵嬷嬷和王熙凤的一段对话。众所周知，这段对话影射的是康熙南巡以及曹家当年的荣华富贵。不过从下面的引文中，我推测曹雪芹应该还有一个目的，那就是在一个虚构的文学世界里，借助小说中人物之口，让他的先人最终美梦成真。

凤姐笑道："若果如此，我可也见个大世面了。可恨我小几岁年

---

① （台北）故宫博物院故宫文献编辑委员会编：《宫中档康熙朝奏折》第七辑，故宫文献特刊，1976年，第545-549页。史景迁在《曹寅与康熙——一个皇室宠臣的生涯揭秘》中，对奏折有分析介绍。见该书第304-305页。

纪，若早生二三十年，如今这些老人家也不驳我没见世面了。说起当年太祖皇帝仿舜巡的故事，比一部书还热闹，我偏没造化赶上。"赵嬷嬷道："嗳哟哟，那可是千载希逢的。那时候我才记事儿，咱们贾府正在姑苏扬州一带监造海舫，修理海塘。只预备接驾一次，把银子都花得淌海水似的。说起来……"凤姐忙接道："我们王府也预备过一次。那时我爷爷单管各国进贡朝贺的事，凡有的外国人来，都是我们家养活。粤闽滇浙的洋船货物，都是我们家的。"赵嬷嬷道："那是谁不知道的。如今还有个口号儿呢，说'东海少了白玉床，龙王请来江南王'，这说的就是奶奶府上了。（下略）"①

结语：从比较的观点看《日本灯词》

1703年前后，当洪升作为《太平乐事》的第一个读者看到《日本灯词》中那些"奇奇怪怪，古所未有"的"蛮语"时，他肯定不会想到，在同一时期世界的其他地方，同样以外语为文字游戏的作品正在不断涌现。检视一下这些类似作品，也许可以更好凸显《日本灯词》中"倭语"的特色。

在日本，有一首名为《唐人歌》的俗谣正大为流行。这首歌在文字上是以日文假名记录了一些中国话的发音，在内容上完全不知所云②。自《唐人歌》以后，日本后来又出现了不少包含"唐语"的作品。这些作品对中文的使用，按照武田雅哉的分析，可分为两大类。第一类中的作品借助《唐话纂要》等辞书，相当正确地使用了真正的白话文，其中的代表作是唐来三和的洒落本《和唐珍解》（1785年）；第二类作品如恋川春町的《金金先生荣华梦》（1775年），

---

① 曹雪芹：《红楼梦》（戚序本），上海古籍出版社据有正书局本（1911-1912年）影印，1992年，第546-547页。
② 《唐人歌》收录于歌谣集《松之叶》（1703年出版），其歌词为"かんふらんはるたいてんよ、長崎さくらんじゃ、ばちりこていみんよ、でんれきえきいきい、はんはうろうふすをれえんらんす"（武田雅哉 1995 255）。

则不过是故意在日文单词中加些"ka、ki、ku、ke、ko"的发音，是地地道道的假冒中国话。江户的文学创作者们无论是利用真正的还是假冒的中国话来点缀作品，本质上都是在做一种文字笔墨游戏，其主要目的是为了给作品增添喜剧色彩，以吸引那些对异国文化抱有好奇心的日本读者（武田雅哉 1995 262-263）。

在 18 世纪初期，东方和西方几乎同时出现了将外语作为一种文学表现手法加以利用的现象。曹寅的尝试，就对外来语汇的大量使用而言，与他的外国同道们不乏相似之处。从这个角度也许可以说，《日本灯词》正是这种世界性的异国趣味流行的中国版。不过他的"倭语"既非百分之百凭空想象的产物，又和真正的外语相距甚远。其对外语的处理手法，倒是与清代后期出现的"别琴英语"（今人多称之为"洋泾浜英语"）有几分相似，即把外语词汇以中文的文法组合，再以中国人的发音说出。

洋泾浜英语在中西交往的过程中反复被使用，最终成为流行于 19 世纪我国沿海城市的一种通用语言。相比之下，曹寅发明的"倭语"则不走运。出现的时间太早不说，而且根本没有用武之地。因为在中日间的实际交往中，早就存在着一种双方共有的交流工具，即文言文。因此这种"倭语"在中国社会中的命运，只能以纸上空谈结束。《太平乐事》后来最终被人遗忘，后来有很长一段时间里甚至没有人知道那是谁的作品了。

中国社会本来不存在产生"倭语"的风土，但却在一个对外来文化普遍缺乏好奇心的年代里出现了。其创作者曹寅，又是一个从未去过日本、更不曾与日本人打过交道的人物。因此他写作《日本灯词》这件事，本身就极富戏剧性。本文在前人研究的基础上，围绕这个文本做了综合性的考察。作为结论，我想强调以下三点。一是历史的连续性。自明代以来，中国人出于实际需要积累了包括寄语在内的许多日本知识，同时把它们记录于一系列出版物中。曹寅的"倭语"，正是他借助于这些出版物，同时又加入自己的想象创造的。从这个意义上讲,《日本灯词》首先是知识传承的产物。二是时代的影响。清朝自康熙二十三年大开海禁之后,与日本的交流在人际往来和物资交易两方面都达到了新高潮。曹寅的许多活动——向日本派间谍,采购洋铜,写介绍日本歌舞、长崎和日本妓女的文字——皆与这些交流密切相关。因此《日本灯词》同时也可以说是中日间的各种交流带来的副产品。三是个人的经历。曹寅虽然是生活在传统社会中的官僚精英,但他的独特经历使他有别于同时代其他的文学创作者。在这些经历中,包衣的身份使他轻易跨越了汉族文化的界限;江宁织造的官职给了他接触异国文化的机会;而承办铜斤的差使则不但给他带来了财富,更让他精明算计、野心勃勃的性格也有充分的展示。曹寅产生用"倭语"填曲的冲动,正与他的这些个人经历密切相关。

上述几方面的因素,在康熙四十年后的一段时间里因为偶然的机缘而汇合在一起。而一出《日本灯词》也就由此诞生了。

附录

作者按(一览表):为便于对照,下表对语汇的引用皆依照原文字体。备考栏中的解释,主要依据《日本寄语之研究》中滨田敦氏撰写的《日本寄语解读试案》一文,同时也参考了福岛邦道论文《日本寄语语解》。《日本灯词》文本中共出现 86 个"倭语"。其中有些词在文本中重复出现,如"米哥""烏裏加"等词出现过两次,本表中只录为一条;还有一些词,因重复出现时用字不同(如"明哥多"和"明哥懦""明哥餓"),或以重叠的形式出现(如"密路"和"密路密路"),尽管我推测它们是同一个词,但在表中则依然分别予以录入。

《日本灯词》所收"倭语"与《日本图纂》所收"日本寄语"之对照及语义解释一览表

《日本灯词》中的"倭语"		《日本图纂》中的"日本寄语"			备考（日语音读及注释）
原文	出处	日语读音	译语	分类	
虚露	金字经	虚露	日	天文类	ヒル。日语本义为"白昼"。
薰加	金字经	薰加	東	方向类	ヒガシ。假名"シ"脱落。《日本风土記》中、"東"的注音为"薰加失"。
一董	金字经	一董	一家	人事类	难解之语
大利天	金字经	大利天王家里	皇帝	人物类	"大利"为"ダイリ"（内裏），"天王"为"テンナウ"（天皇），"家里"或为"キンリ"（禁裏）。
浮泥	金字经	浮泥	船	器用类	フネ
密路	金字经	密路	便去	人事类	《日本图纂》中 "便去"和"睡"都被记作"密路"。从这里的前后文考虑，大约可取"便去"之意。《日本考略》中"睡"则被记为"蜜路"。又，在日文中"密路"只能读为"ミル"。因此实际上与"便去"之意不合。
倭家達	国王道白	倭家達	後生	人物类	ワカトウ
反俚末得哥巳	国王道白	末低吉反俚末得哥巳	拿来	人事类	"末低吉反俚"即"モッテキタレ"，"末得哥巳"即"モッテコイ"。
何耶俚慢達	众人道白	羊解地何爺俚慢陀的如	便来	人事类	ヤガテオリャレモドッテコイ。现代日语中"いってらっしゃいませ"之意。
明哥多	倭曲头	明哥多	極好	通用类	ミゴト

续表

《日本灯词》中的"倭语"		《日本图纂》中的"日本寄语"			备考（日语音读及注释）
原文	出处	日语读音	译语	分类	
米哥	倭曲头	米哥	女壻	人物类	ムコ
陀姑移	倭曲头	陀姑移姑	那里去	人事类	ドコイク
亞姊吉乃多	倭曲头	亞姊吉乃乃水	無情	人事类	浜田敦氏读作"アヂキナシ"，今西春秋氏读作"アツキノナシ"。
哥面乃禮	倭曲头	哥面乃禮	莫怪	人事类	ゴメンナレ
搭梭	倭曲头	搭梭	誰人	人物类	タソ。"誰そ"即现代日语"誰ですか"之意。
何耶俚	倭曲头	何耶俚吉人	来	人事类	《日本考略》里记录为"何耶俚吉大"。浜田敦氏读为"オリャレキタ"。福岛邦道氏强调"何耶俚"应读"オヤレ"。
一啜誰	倭曲头	一啜水咻羅打歩	喜	人事类	"一啜水"即"イトシ""咻羅打歩"即"ヨロコブ"。
唆囉	倭曲头	梭羅	好淫	人物类	スル。大约可理解为"行房事"之意。
達昂箇	倭曲头	達昂个	手巾	衣服类	テノゴイ
挨核蒲	倭曲头	挨核蒲	嬉	人事类	アソブ
漫陀餓	倭曲头	漫陀羅獺俚旦多	去	人事类	"漫陀羅"即"モドル""獺俚旦多"难解。
發頼旦躲	倭曲头	發頼旦多堅固	怪	人事类	难读之语。"發頼旦多"或许是"ハナハダ"。
何埋俚阿	倭曲头	何埋俚阿傓利	我	人物类	"何埋俚"只能读作"オマエラ"，与"我"之意不合。"阿傓利"即"オノレ"。
發獺	倭曲头	發頼	肚	身体类	ハラ
加小思奈大	倭曲头	加小思姑奈何計	大	通用类	难读之语。"思姑奈"大约是"スクナイ""何計"大约是"オオキイ"。

续表

《日本灯词》中的"倭语"		《日本图纂》中的"日本寄语"			备考（日语音读及注释）
原文	出处	日语读音	译语	分类	
迷見覓都	倭曲头	覓見迷路	看	人事类	"迷路"即"ミル"。"覓見"难读，或可读为"ミテ"。
箇戈路	倭曲头	个个路	心	身体类	ココロ
亦亘水	倭曲头	一輒水	痛	人事类	イタシ
何埋俚多得這	倭曲肚	何埋俚阿儞利	我	人物类	オマエラ・オノレ
嫌妙報	倭曲肚	嫌妙報	媳婦	人物类	"妙報"即"ニョウボウ"，"嫌"字可读作"エエ"或是"イエ"。
特梭羅	倭曲肚	梭羅	好淫	人物类	スル
何嫌鼻	倭曲肚	何賢鼻旦	多喫酒	人事类	难解之语。
賣溢多	倭曲肚	買多溢多	老實説話	人事类	マッタウイッタ。现代日语"まじめに云った"之意。
烏禮加	倭曲肚	烏禮加	売買	人事类	ウリカイ。"ウリカイ"中，发"イ"音的字脱落。
難皆賀	倭曲肚	皆賀	換	人事类	カウ
密樞阿濫	倭曲肚	密黍阿羅	喫飯	飲食类	《日本考略》记为"密黍阿羅俚"，或可读作"メシアガレ"。
阿将唆	倭曲肚	移路阿将梭	坐	人事类	"移路"即"イル"（居る），"阿将梭"读为"オチャンソ"，"お坐り候え"之意。
埋骨多	倭曲肚	埋骨多	老實人	人物类	マコト。意为"诚实之人"。
那烏多箇	倭曲肚				×
斗島賣	倭曲肚	斗島賣	財主妻	人物类	难解之语。
一箇水他	倭曲肚				×
難摸	倭曲肚				×

续表

《日本灯词》中的"倭语"		《日本图纂》中的"日本寄语"			备考（日语音读及注释）
原文	出处	日语读音	译语	分类	
思骨涼	倭曲肚	思量骨多莫話介反俚	乱説	人事類	《日本考略》记为"思量骨多莫話介歹俚"，读作"シランコトモオカタリ"（知らん事もお談り）。"思量骨多"或可读作"シレゴト"（痴言）。
寛彼計	倭曲肚	寛彼計乃俚話鷺腿皮	罵	人事類	难解之语。
悪丫拖	倭曲肚				×
不哥	倭曲尾	不哥迷	姐夫	人物類	《日本考略》作"木哥迷"，可读作"ムコメ"。
合子媽多	倭曲尾	馬多合子	要緊	通用類	《日本考略》作"馬多合手"。读作"モットホシイ"。
難漫阿囉哩旦多	倭曲尾	漫陀羅獺哩旦多	去	人事類	"漫陀羅"即"モドル"，"獺俚旦多"难解。
撫了瑣	倭曲尾	撫哥了梭里	你	人物類	难解之语。
床杲朶	倭曲尾	床杲朶	主人	人物類	难解之语。或可勉强读作"コナタ"。《日本考略》作"床杲朶"。
眉眉失月	倭曲尾	眉眉月失眉眉姚水	生得好	人物類	ミメヨシ
地力疴	倭曲尾				×
他誰箇	倭曲尾				×
烏多哥	倭曲尾	烏多哥	富	人物類	《日本考略》作"烏多姑"。读作"ウトク"，"有德"之意。
科眉眉	倭曲尾	科眉科眉	米	飲食類	《日本考略》作"科媚科媚"。日语"コメ"的同义反复。
失河	倭曲尾	失河收河	塩	飲食類	"シオ"的同义反复。

续表

《日本灯词》中的"倭语"		《日本图纂》中的"日本寄语"			备考（日语音读及注释）
原文	出处	日语读音	译语	分类	
也受和	倭曲尾				×
曬乃加	倭曲尾	晒加乃	飲酒	飲食類	サカノ。这个词的日语原意为"下酒菜肴"。
恕恕	倭曲尾	恕恕	肉	飲食類	シシ。这是日本过去指称"肉"的说法。
達油河	倭曲尾	遊河	魚	鳥獸類	イオ。作为指称"鱼"的名词，曾经与"ウオ"并行通用。
那埋	倭曲尾				×
莫蘇眠	倭曲尾	莫宿眠	女	人物類	《日本考略》作"莫宿眠"，即"ムスメ"。
他戈箇	倭曲尾				×
嘔嘔天	倭曲尾	嘔天	唱	人事類	《日本考略》作"嘔大"，即"ウタウ"也。
邀帯那	倭曲尾	邀帯	醉	人事類	ヨウタ
歪罷歪罷	倭曲尾	歪罷	笑	人事類	《日本考略》作"歪羅"，即"ワラウ"。
俚旦多	倭曲尾	漫陀羅獺俚旦多	去	人事類	"漫陀羅"即"モドル"，"獺俚旦多"难解。
密路密路	倭曲尾	密路	"便去"或"睡"	人事類	ミル。"密路"在前面《金字经》中出现过一次。
明哥餓	倭曲尾	明哥多	極好	通用類	ミゴト
難達大	倭曲尾				×
明哥懦	倭曲尾	明哥多	極好	通用類	ミゴト
丟多子丟徵（咀）多	倭曲尾	丟多子丟徵（咀）多	一	数目類	ヒトツ
乃係松田	倭曲尾	松田乃係	不是	通用類	ソウデナイ
賴水高歪	倭曲尾	不高歪賴水	歪貨	通用類	"歪賴水"为"ワルシ"，"不高"或为汉语。
買買的	倭曲尾	買得買得	慢慢的	人事類	マテマテ
那慕	倭曲尾	那慕	飲	人事類	ノム
埋祖埋祖達	倭曲尾	埋祖	等待	人事類	"埋祖"即"マツ"。

续表

《日本灯词》中的"倭语"		《日本图纂》中的"日本寄语"			备考（日语音读及注释）
原文	出处	日语读音	译语	分类	
煞鷄倭	倭曲尾	殺鷄倭	前行	人事類	サキヲ（先を）
哥賣哥賣	清江引	哥賣	獨楽	人事類	コマ。日语中"獨楽"意为儿童玩具之陀螺。在日本寄语中或许是按照字面意思误解为"独自取乐"了吧。
麻黒煞	清江引	麻黒殺鷄	喫酒	人事類	ノムサケ
發古計	清江引	法古計	快去	人事類	ハヤクイケ。注"イ"音的字脱落。
大米米烏野鷄	清江引	大米烏野鷄	官	人物類	"大米"有读作"ダイミョウ""タミ"或"カミ"的可能性。"烏野鷄"即"オオヤケ"。
一啜水挑羅達	清江引	一啜水咷羅打步	喜	人事類	イトシ・ヨロコブ
何顯必	清江引				×
西孫步	清江引	西孫步	遊	人事類	《日本考略》作"四孫步"，"四"或为"亞"之误写。"亞孫步"即"アソブ"也。
的緣阿達	清江引	倭達的援	起身	人事類	オタチソ。现代日语"お立ちなさい"之意。

前趨〔小兒趕捨介〕小梁州則見他短襖襟襖襖雄子斑。那裏管靴脫落，也鳥鬢斜超畫檻抹雕欄旋風轉儘骨響珊珊，小

么又見他弓腰貼地臂連翻，剗地裏出沒也遮闌。見跌打介

見跌打介一箇物事你們要。小兒舞介白丈旗介算做鴉隊鳳飛單，粉拳撲蹶玉腕，雖不是壓良欺善，郞白汗交流似火燔好把香羅巧疊拴捧定翹翹。小兒曹從來繡褥顚憨慣要得俺老貨侍取

金字經〔雜扮國王上〕這壁廂山靠着海那壁廂海第八齣〔日本燈詞〕

靠着山虛露薫加生這邊一薰大利天浮泥貢密路榻榻的眠。白紅雲春暖薩摩州木琢扶桑做枕頭，曉起禮天南向望青山一髮對琉球自家日本國王是也。俺國都稱筑紫形類琵琶讀沫泗之詩書崇乾竺之法教繑自前明負固顧肆猖

來跳得轉下小兒舞下龍畫桿閃出朱旗北斗殷穩跨長虹渡海山休道這紙條兒障了多多眼則這小圈圈萬古千秋誰

"倭语"之戏：曹寅《日本灯词》研究

（右上）
狂令者中華聖人御極海不揚波通商薄賦黎庶
沾恩俺們外國無以答報惟有禮佛拜天頂祝無
疆聖壽令值正月經塲圓滿就俺本國風俗
演戲開燈鼓舞和氣倭家達反俚末得哥巳雖應
介何耶俚慢達何耶俚慢達〔內吹打上花床介燈
上舞打鼓介下女樂上舞扇介〕
倭曲頭　明哥多得米哥陀姑移亞姊吉乃多哥面
乃禮的搭梭何耶俚一哫誰唆羅達昂箇挨挍蒲
漫陀餓發賴旦躲何耶俚阿發撒加小思奈大迷
見覓都迷見覓都箇戈路亦亘水囉（下）

（左上）
倭曲肚　何哥俚明多得這米哥何耶俚明多得這
米哥嫌妙報特梭羅何嫌鼻賣溢多禮加難皆
賀密樞何濫阿嗘埋骨多那烏多箇斗烏賣一
箇水他難摸思骨涼寛彼計寛彼計惡丫拖〔下燈
上舞打鼓介下吹上女樂舞花籃上介〕
倭曲尾　不哥合子媽多難漫阿囉哩旦多撫了瑣
床泉朵眉眉失月地力疴他誰箇烏多哥眉眉
失河也受和曬乃加恕達油河那埋莫蘇眼他
戈箇嘔嘔天邀帶那歪罷歪罷哩旦多密路密路
明哥餓歪罷歪罷難達大密路密路明哥懦丢多

（右下）
子丟徵咀多乃係松田賴水高歪買買的那慕埋
祖埋祖達煞鷄倭（下燈上舞一齊打鼓叅拜介）
清江引　哥賣哥賣麻黑煞發古計烏裏加大米米
烏野鷄一哫水挑羅達何顯必西孫步的緣阿達
此曲調寄中呂依吳昌齡北西游滅火詞而作
倭語出萬里海防及日本圖纂四譯館譯語塡
合而成洋舶人云倭國惟倭女始着緑衣所唱
與粵東采茶歌音調相近亦溱洧之屬也燈則
以布機春盒之類爲戲男以蠟撚鬚薙頂髪女

（左下）
所刊書也柳山記
第九齣　〔賣痴獃〕
吳小四〔丑扮歕上〕敲響杖滾窩毬兒時百不愁我
此兒童大幾週苦拋歡喜覓煩憂昨日看打春牛
都會則薩摩州也前年得曝書亭所藏吾妻鏡
考之無異吾妻鏡者華言東鑑明弘正間其國
黑葛着辰衣食皆仰于官對馬島接壤高麗其
〔百〕陰陽懷懂沒安排虫螺誰論材不材漫把黃金
買身賣立標還欲賈餘歕自家長安城中一箇獃
子是也則俺上承遺蔭下衍繁枝有鴉飛不過

康熙年間刊《太平樂事》第八折《日本燈詞》影印圖片

引用作品

（中文文献）

[1] 曹雪芹：《红楼梦（戚序本）》．上海：上海古籍出版社，据有正书局本（1911—1912年）影印，1992年。

[2] 曹寅：《楝亭集》．胡绍棠笺注，北京：北京图书馆出版社，2007年。

[3] 陈熙远．中国夜未眠——明清时期的元宵，夜禁与狂欢，蒲慕州主编《台湾学者中国史研究论丛 生活与文化》，北京：中国大百科全书出版社，2005年。

[4] 陈小法：《宋濂与日本》，收入王宝平主编《中日文化交流史研究》，上海：上海辞书出版社，2008年。

[5] 杜桂萍：《清初杂剧研究》，北京：人民文学出版社，2005年。

[6] 方豪：《从红楼梦所记西洋物品考故事的背景》《方豪六十自定稿一》，台北：台湾学生书局，1969年。

[7] 冯其庸编著：《曹雪芹家世，红楼梦文物图录》，北京：三联书店，1983年。

[8] 冯佐哲：《从〈日本灯词〉看清初的中日文化交流》，中国中日关系史研究会编《日本的中国移民》，北京：三联书店，1987年。

[9] 故宫博物院明清档案部编：《李煦奏折》，北京：中华书局，1976年。

[10] 顾平旦：《曹寅〈太平乐事〉杂剧初探》《红楼梦研究集刊》第四辑，上海：上海古籍出版社，1986年。

[11] 红豆：《曹寅撰〈太平乐事〉》《红楼梦研究集刊》第一辑，上海：上海古籍出版社，1979年。

[12] ［英］史景迁（Jonathan D. Spence）：《曹寅与康熙：一个皇帝宠臣的生涯揭秘》，上海：上海远东出版社，2005年。

[13] 李丹慧：《曹寅》，收入王思治主编：《清代人物传稿》上篇第5卷，北京：中华书局，1988年。

[14] 李孝悌:《18世纪中国社会中的情欲与身体——礼教世界外的嘉年华会》《恋恋红尘:中国的城市、欲望和生活》,上海人民出版社,2007年。

[15] 刘序枫:《清康熙—乾隆年间洋铜的进口与流通问题》,收入汤熙勇编:《中国海洋发展史论文集》第7辑,台北:中山人文研究所,1999年。

[16] 屈大均:《广东新语下》(下册)(清代史料笔记丛刊),北京:中华书局,1997年。

[17] 汪向荣、夏应元:《中日关系史资料汇编》,北京:中华书局,1984年。

[18] 张哲俊:《中国古代文学中的日本形象研究》,北京:北京大学出版社,2004年。

[19] 周汝昌、严中:《江宁织造与曹家》,北京:中华书局,2006年。

[20] 周一良:《中日文化关系史论》,南昌:江西人民出版社,1990年。

[21] 作者不祥:《圣祖五幸江南恭录》一卷,收入汪康年编《振绮堂丛书》初集,1910年。

(日文文献)

[22] 朝岡興禎:『増訂古画備考』,東京:吉川弘文館,1912年。

[23] 赤瀬浩:《株式会社长崎出岛》,東京:講談社,2005年。

[24] 伊藤松:《隣交徴書》初篇卷之二,天保十一年刊。東京:国书刊行会影印,1975年。

[25] 井波陵一:「曹寅について」,京都大学文学部編『東方学報』第59冊,1987年。

[26] 大木康:『馮夢竜「山歌」の研究 中国明代の通俗歌謡』,東京:勁草書房,2003年。

[27] 大田勝也:『鎖国時代長崎貿易史の研究』,京都:思文

閣，1992年。

　　[28] 大庭脩：「ドレスデンの椿」，收入『日中交流史話　江戸時代の日中関係を読む』，大阪：燃焼社，2003年。

　　[29] 王宝平：「中国における《吾妻鏡》の流布と影響」，日本古文書学会編『古文書研究』55号，2002年5月。

　　[30] 京都大学文学部国語学国文学研究室編集：『日本寄語の研究』，京都：京都大学文学部国語学国文学研究室，1965年。

　　[31] 木村陽二郎監修、植物文化研究会・雅麗編集：『図説　花と樹の大事典』，東京：柏書房，1996年。

　　[32] 武田雅哉：『倉頡たちの宴　漢字の神話とユートピア』，東京：筑摩書房，1994年。

　　[33] 武田雅哉：『桃源郷の機械学』，東京：作品社，1995年。

　　[34] 唐権：『海を越えた艶ごと　日中文化交流秘史』，東京：新曜社，2005年。

　　[35] 福島邦道：「日本寄語語解」，《国文学》Vol, NO. 36，1959年3月。

　　[36] 松浦章：「杭州織造烏林達莫爾森の長崎来航とその職名について　康熙時代の日清交渉の一側面」，財団法人東方学会編『東方学』第五十五輯，1978年。

　　[37] 山脇悌二郎：『長崎の唐人貿易』，東京：吉川弘文館，1995年。

中国现代文学中的俄罗斯侨民文学[①]

An Exotic Work of Chinese Modern Literature History
—On the Harbin Russian Immigrant Literature

王亚民[②]

摘　要：哈尔滨俄罗斯侨民文学是指 20 世纪初至 50 年代，由流亡到哈尔滨的俄罗斯人在中国大地上用俄语创作的文学作品，其作品既保留了鲜明的"白银时代"的文学特征，又刻有深深的中国烙印，包涵着其他文学对象少有的特殊性，本身既是特殊地域文学现象，也是跨国、跨民族、跨文化现象。本文论证了哈尔滨俄罗斯侨民文学作为一种特殊的交叉、边缘研究在中国现代文学中的特殊地位，为多元格局的文学史理论概念全貌的科学描述提供新的思考，为重新描绘中国现代文学的"版图"提供新的学术成果和依据。

关键词：俄罗斯侨民文学；中国现代文学史；哈尔滨

Abstract: Harbin Russian Immigrant Literature refers to the literary

---

[①] 本文为国家社会科学基金项目"哈尔滨俄罗斯侨民文学研究"（06BZW053）后续成果、2010 年上海市浦江人才计划项目阶段性成果。本文入选上海市社会科学界 2010 年学术年会，并刊登在《上海师范大学学报》，2010 年第 6 期。

[②] 作者简介：王亚民，女，汉族，1964 年 9 月生。中国现当代文学博士，俄罗斯语言文学硕士，教授，任教于华东师范大学外语学院。主要从事俄罗斯侨民文学研究、俄罗斯经典文化论丛翻译。

works written in Russian by the Russians exiled to Harbin from the 1900s to the 1950 s. Those works reserve the typical literary characteristics of "silver age", and carry the flavor of Chinese culture. Therefore they possess the peculiarity seldom found in other literary objects. This literature which is peculiar to a specific area is also cross-national and cross-cultural. The essay aims to expound that Harbin Russian Immigrant Literature, as a part of intersectional and marginal research, enjoys a special place in Chinese Modern Literature. Thus the essay provides new academic results and evidence for the re-description of the map of Chinese Modern Literature.

Keywords: Russian Immigrant Literature; Chinese Modern Literature History; Harbin

笔者关注哈尔滨俄罗斯侨民文学始于 2000 年在乌克兰作访问学者之际，至今已有十年时间。其间完成了博士论文《20 世纪中国俄罗斯侨民文学研究》和国家社会科学基金项目"哈尔滨俄罗斯侨民文学研究"。关于哈尔滨俄罗斯侨民文学是中国现代文学的特殊构成这一观点的论证，既是笔者对这一特殊文学现象思考过程的梳理，也是对文学格局发生突破时所产生的困惑寻求答案的过程。陈思和教授曾说："现代文学史研究要在理论建设上有较大的突破，才能使我们的文学史研究从以往的战争文化心态下的片面性和局限性中摆脱出来，完成一个多元格局的文学史全貌。"（陈思和 202-206）哈尔滨俄罗斯侨民文学这一特殊的现象或许能为这种多元格局的文学史理论概念全貌的科学描述提供一种新的思考和学术成果与依据。

一、被遗忘的历史存在

俄罗斯侨民文学曾在我国存在 50 余载，然而，中国现代文学界对这一存在于我国长达半个世纪之久的特殊文学现象的关注和研究几乎还是零。

俄罗斯的侨民作家现象远在十月革命之前就存在（Шевченко Л.И 3）。哈尔滨成为俄国人在华的聚居中心始于1898年沙俄在我国东北修建中东铁路，1912年在哈尔滨7万居民中有三分之一是俄国人（孙凌齐 31）。1917年十月革命后，大批知识分子纷纷逃离，已经形成的"俄国小氛围"哈尔滨便成为这些人理想的避难地之一。1922年前后，整个黑龙江省的俄侨人数剧增到20万，仅哈尔滨一地的俄侨就有15万余人，俄侨人数曾一度超过当地中国居民人数。然而，随着1932年日本侵占东北，中东铁路的出售，大批俄侨失去工作，有的南下去了上海，有的去了澳大利亚、加拿大、巴西、欧美等国。特别是第二次世界大战后，苏联开始号召侨民回国，从"1947年第一批上海和天津的俄侨回国"开始（Таскина E. 91）到"20世纪50年代中期，几乎所有的俄侨都离开了中国，一部分回到苏联，一部分去了其他国家。中国的哈尔滨、上海等地成为除俄罗斯以外的俄罗斯人生活的最后一片绿洲"（Райан H. 121）。

俄罗斯侨民在哈尔滨的生活稍稍安定后，由于国内国际形势的关注和对本民族文化的需求，他们对报纸、杂志、图书的需求不断提高。俄国人在这里创建图书馆，从1901年在哈尔滨建成第一座俄文图书馆到1927年，图书馆的数量已达27家，先后开办过69所中小学校。曾"开办的7所高等院校都有自己出版的报纸、杂志和论文集"（Михайлов О.Н. 466）。"1918—1945年期间哈尔滨出版俄文报纸115种，275种杂志，190种每日出版物"（Михайлов О.Н. 469）。哈尔滨的俄侨新闻、图书业颇为发达。根据《风雨浮萍——俄罗斯侨民在中国》1997年课题组的调查，仅仅通过查阅4家大型图书馆（哈尔滨图书馆、上海图书馆和北京两家图书馆）的馆藏资料，俄侨当时在华出版的图书目录有908种，这包括500多种定期刊物，近千种出版的图书（孙凌齐 31）。文艺刊物更是不胜枚举，仅《边界》杂志就存在了整整18年，到1945年为止该杂志总共发行了862期（Александр Лобычев 215）。该杂志为"周刊，每期30页左右，每年出版52期。内容包括现代文学和对国际时事的分析"。（Светлана Г.Х. 24）"对于一个在国外发行的出版物来说，10年是一个很长的期限，它几乎相当于一个普通刊物在正常条件下存在的100年"（佚名，李延龄主编100）（本文多处引自李延龄主编的《中国，我爱你》，以下不再一一列出）。另一份《丘拉耶夫卡》文学月报仅在1932年12月到1935年春解散这不到三年的时间内，出版诗集竟达40余部。他们还建立自己的文学团体，其中尤其引人注目的是"丘拉耶夫卡"文学社团，参加人员过千人。他们定期聚会，讨论自己的作品，讨论现代文学和艺术的发展道路，创作生活异常活跃，不少成员后来都走上了职业的创作道路，并成为著名的俄罗斯侨民诗人和作家。俄侨在华曾出版过的数以百计的刊物中，大都倡导自由、民主、平等思想。然而，从民主性和对俄罗斯社会产生的影响来看，文学毫无疑问地占据绝对第一的位置。究其原因，首先，这些流亡海外的人员中始终有作家队伍相随；其次，也是最主要的，旅居国外的侨民普遍具有较高的知识水平和思想水平，这为文学的生长繁荣提供了适宜的土壤，俄罗斯侨民文学的种子就这样撒播在了哈尔滨。按照《风雨浮萍》开列的书目和正文的统计，"共有120位俄国作家，平均每万名讲俄语的人中就有3～6名作家。作家在读者中占有这么高的比例，足以列入吉尼斯纪录。"（孙凌齐 32）

哈尔滨俄罗斯侨民文学是指20世纪初至50年代，由流亡到哈尔滨的俄罗斯人在中国大地上用俄语创作的文学作品。俄侨作家、诗人们创作十分活跃，内涵相当丰富，他们写下了令人难忘的历史，留下了一大笔宝贵的文学遗产。他们的创作体裁十分广泛，长篇小说、中篇小说、短篇小说、戏剧、诗歌、日记、回忆录、历史传记、儿童文学，无所不有。特别是诗歌，无论是创作人数、创作数量、创作题材，还是艺术特色和社会影响力，都明显占据主导地位。应该说，哈尔滨的俄罗斯侨民文学是俄国国内"白银时代"的文学特点与中国的文化相结合创作的结果，是俄国"白银时代"的文学在中国时间上的延续和空间上的拓展。

俄罗斯侨民作家在创作中苦苦探寻人生哲理，抒发个人的内心感受。他们以细致入微的观察和精湛的艺术笔触，写出了侨民的复杂内心世界，勾勒出发人深思的生活画面。从对祖国的思念、对家乡的回忆、对美好浪漫爱情生活的渴望、对现实生活的窘迫与苦闷、对未来前景的迷惘到对祖国命运的担忧，以及对养育他们的第二故乡的热爱与眷恋和战争的残酷、哈尔滨土匪的猖獗、日本人赤裸裸的侵略行径等，内容几乎涉及那一时期哈尔滨俄侨生活的每一个角落以及思想的所有细微深处。而这一切的创作却都是发生在中国大地，也正是由于俄侨身处中国的哈尔滨等地，远离当时俄罗斯的社会意识形态的控制和影响，这一切思想内容才在宽松的、比较自由的环境和氛围中得以表达，这也是中国俄侨作家不同于俄国本土作家创作的最大区别之原因所在。因此，他们的作品便自然具有了俄罗斯文学和中国文学的双重特征。哈尔滨俄罗斯侨民文学是中俄合璧的文学，是俄罗斯精神气质与中国乡土文学相结合的产物，这种中俄合璧的文学在世界上是独一无二的、绝无仅有的。随着 20 世纪 50 年代中期最后一批俄罗斯人的离去，曾经由流亡到哈尔滨等地的俄罗斯人在中国大地上用俄语创作的文学现象也就自然消失。

由于哈尔滨俄罗斯侨民文学处于中俄文学边缘的特殊性，由于其特殊的地域文学类别和作为一种特殊的交叉、边缘研究，从而决定了哈尔滨俄罗斯侨民文学在俄罗斯文学史和中国现代文学史中独特的艺术魅力和价值所在。另外，从哈尔滨俄侨的出现、形成、发展、消亡的轨迹；从哈尔滨俄罗斯侨民作家特殊的身份及其特殊的生存地域；从哈尔滨俄罗斯侨民文学思想意蕴及其艺术特色来看，哈尔滨的俄罗斯侨民文学都是特殊时代中俄文化交流的特殊产物，哈尔滨俄罗斯侨民文学不仅是俄罗斯侨民文学中一道独特的风景线，也是中国现代文学的特殊构成。

二、特殊的少数民族文学

中国文学，不仅仅指汉语文学，它还可以用其他语言写成，例如藏语、蒙语、维吾尔语等等。哈尔滨俄罗斯侨民文学的作者是指 19

世纪末、20 世纪初流亡到我国哈尔滨等地的俄国人用俄文创作的文学作品。从历史资料的考证上来看，这些俄国人相当一部分是属于当时持有中国公民证的中国公民，从我国现有俄罗斯族的来源、形成以及构成历史上看，这些人正是我国少部分俄罗斯族的前身之一。

2008 年第 1 期的《俄罗斯研究》刊登了一篇题为"二战后期中苏关于中国俄侨问题的交涉与斗争——以苏联恢复俄国侨民苏联国籍为中心"的文章。文章中大量的历史资料和档案文献资料显示，第二次世界大战之后，当时的国民党政府与苏联政府在苏联恢复中国的俄国侨民的苏联国籍的斗争，恰好证明了在中国的俄侨的中国公民身份："在国民党政府意图按照管理无国籍侨民的常规方式处理关内俄侨问题之时，苏联最高苏维埃主席团于 1946 年 1 月 20 日再度发布了恢复中国俄侨国籍的命令。该命令规定：凡在 1917 年 11 月 7 日以前曾为前俄帝国人民，无论服务于白俄军队者或脱离苏联侨居他地者并彼等之子孙以及从前系属苏联国籍而后又丧失此种国籍而现居于中国东三省、新疆、上海及天津等地者，均得回复苏联国籍。"（张在虎 63）"按照国际法，苏联也有权按照国内立法来断定谁是其国民，然而问题却在于，苏联要恢复国籍认定为其国民的这些俄侨，早已被它通过国内立法剥夺了国籍，抛弃后成了苏联的弃儿"（张在虎 64）。"后来，随着时间的流逝，他们中有很多人逐渐适应了中国的生活与习惯，并归化中国成了中国公民。在此情况下，苏联竟无视这一现实、不顾中国国籍法的实际，事先又不与中国政府协商，竟突然要将他们全部召唤回去，尽管表面上不加逼迫，但这无论如何都是与国际法的基本精神相违背的"（张在虎 64）。而且"那时生活在中国境内的广大俄国人，已有很大一部分归化中国：或已取得中国国籍而成了法律上的中国公民，或虽未取得中国国籍但已成为事实上的中国公民的"归化族"（张在虎 63）。"他们一直由中国政府发给公民证，这些人也已自认为是中国人民"（张在虎 63）。

当时剩下的部分俄侨因各种原因没有离开中国，这些人在中华人民共和国建国时期被划归为我国 56 个民族中的俄罗斯族。有关这一民族的形成与构成，中华人民共和国中央政府网是这样描述的："俄罗斯族是从18世纪后逐渐从沙皇俄国南迁到中国新疆等地的少数民族。在封建军阀盛世才统治新疆时期，被称为"归化族"。中华人民共和国成立后，改称俄罗斯族。主要散居在新疆的伊犁、塔城、阿勒泰、乌鲁木齐等地，内蒙古、黑龙江等地有少量分布。人口1.35万（1990年第四次人口普查）。……中国俄罗斯族的风俗习惯与苏联的俄罗斯族基本相同，多信东正教，使用俄罗斯语和俄文，也用汉、维、哈等语言。（http://www.gov.cn/test/2006-04/17/content_255746.htm）

"中国的俄罗斯族早在18世纪初从沙皇俄国迁来，18世纪后期，由于不堪忍受沙皇俄国的残酷统治，大批俄罗斯人迁来中国，尤其是在19世纪末和俄国十月革命前后，更多的俄罗斯人从西伯利亚等地涌入我国新疆北部地区、东北各地和内蒙古东北地区。俄国十月革命后，又有一些人为躲避战争，进入中国。

由于俄罗斯族迁来我国的时间不长，他们当中有不少人在苏联国家还有自己的亲友。新中国成立后，他们之间又恢复了关系，不少人要求返回家乡与亲人团聚。50年代，经中苏两国政府协商同意、并帮助他们陆续迁回家乡。此外，也有部分俄罗斯族迁往澳大利亚和加拿大等地，因为那里也有他们的亲族，因此，中国现有俄罗斯族的人口数量已经不多了。"（http://baike.baidu.com/view/4245.htm）

从上述资料中不难看出，俄罗斯侨民作为一定时期特殊的历史产物在中国的独特存在和他们独特的中国公民身份。正因如此，由这部分特殊人群创作的文学构成了那一时期我国特殊少数民族文学创作的极其特殊的一个部分。

除此之外，俄罗斯侨民与中国有着亲情的联系。中国的俄罗斯侨民大多数都热爱中国，这一点我们在他们的作品中有明显的体会：第一批俄侨曾在中国的东北修路，对这里有一种特殊的情感；第二批俄侨曾在这里避难、工作，并在这里繁衍生息，他们都为哈尔滨的建设付出过自己的心血。其中，不少俄侨的子女出生在中国，自然也就有一种情系故里的感觉。因此，许多俄侨将中国视为"第二祖国""我的国家""我的城市"。又由于第一批、第二批俄侨长期生活在中国，他们的子女出生并在中国成长，在中国接受教育，许多俄侨都多少懂点汉语。因此，他们将中国看作是他们成长的摇篮，与中国自然有了一种亲情的关系和联系。有资料显示，"由于热爱中国而取得中国国籍的俄侨曾达到一万人"（李兴耕 104）。

三、独特的地域文学和民俗文化

对于地域文学研究，不管是对地域作家的研究还是对地域文学的研究，都离不开地域环境、地域文化。2007 年出版的《现代东北的文学世界》（春风文艺出版社）中，作者高翔从作家身份确认的角度，将作为区域文学的"东北文学"分为三种类型："其一是出生和生活在东北的作家所创作的反映东北历史与现实生活的作品；其二，非东北籍作家但长期生活在东北的作家创作的以东北为题材的文学作品；其三，非东北籍路经东北的作家创作的反映东北社会生活的作品。"（宋剑华 120）哈尔滨俄侨作家至少完全符合这三种类型中的后两种，那么，他们创作的文学自然属于"东北文学"。

从地域与文学的相关性来讲，哈尔滨俄罗斯侨民文学印证了"一方水土养一方人"。哈尔滨俄罗斯侨民文学描写的对象大都发生在我国东北地区。东北的原始森林、哈尔滨的城市面貌、哈尔滨的政局变化、1932 年发生在黑龙江的洪灾、1910 年的东北鼠疫的蔓延、齐齐哈尔郊区的农村生活、东北森林里的老虎、山民生存的自然法则、"红胡子"土匪、东北的民俗传统与习惯、小脚女人、卖苦力的黄包车夫、小酒馆里跑堂的、骨瘦如柴抽大烟的、东北的庄稼汉、走街串巷的破烂王、穿长袍拿烟袋的中国男子、穿长袍的和尚、细腰肢的中国女子、哈尔滨春天的大风、大连的城墙和塔楼、马家沟的冻柿子和冻梨、哈尔滨的煎饼、冰糖葫芦、街角的茶馆、乡村小客栈、昏暗的大烟馆，等等，这些存在于东北、发生于东北的人和事、自然现象与人文景观、生活习性与民俗特点无一不是哈尔滨俄罗斯侨民作家笔下创作的素材，正是中国东北这一方水土孕育出了哈尔滨俄罗斯侨民文学既不同于俄罗斯本土文学，又不同于中国本土文学这一特殊的文学。

从民俗文化的角度来看,哈尔滨俄侨文学是发生在中国大地且存在了相对较长时期的一种特殊的文化现象,是对中国区域民俗文化不同角度的记录和另一种认识与传承,它不仅对当地的文化发展产生了极其深远的影响,也为我们当今对东北地域民俗文化的研究提供了鲜活的资料。哈尔滨城市的建设和变化、老街区的记录与描写、老百姓的生活状况与习惯、风沙、水灾等自然现象的记录、多国侨居区的同时存在与分布区域等,这都为哈尔滨城市的发展研究提供了另一种可供查证的资料。那么,由这一特殊群体中的一部分人创作的文学自然也应该属于那一时期中国民俗文学的一部分。

除此之外,哈尔滨俄罗斯侨民作家们描写中国东北地区自然特色与民俗风貌的视角,不仅丰富了中国的民俗文学,对我国东北地区的民俗研究和文学创作也具有一定的参照价值。我们知道,从19世纪末开始,西方文化人类学、民俗学的研究已经采用实地调查与客观描写相结合的方法。20世纪初以来,越来越多的研究者借助文学创作的手法,描述地域民风、社会结构与文化特征。除此之外,俄侨作家对当时东北文学也有明显的影响,如"拜阔夫(现常见的译名为巴依阔夫、巴依科夫——本文作者注)的作品对当时的东北作家颇有影响,疑迟的小说和睨空的山林秘话都有拜阔夫的笔法。尤其是睨空的山林秘话,融故事、传说、掌故、知识、小说于一体,这种文体和拜阔夫的博物小说有许多相似之处"(刘晓丽 2008: 185)。当时"拜阔夫描写满洲密林动植物的作品在三四十年代曾风靡全世界,受到高度评价"(王劲松 140)。

哈尔滨俄罗斯侨民文学从创作的时间上来说,几乎涵盖了中国现代的每一个时期,这其中包括了清末时期,民国与军阀统治、伪满洲国乃至抗日战争、解放战争时期。我们有幸通过他们的作品,欣赏到20世纪初的中国东北的自然风光、原始森林、风土人情、生活场景,重温当时中国百姓的生活与习惯,感受那个年代中国人民艰苦的生存状态,了解他们愚昧和混沌的情感世界,目睹日本军国主义对中国东北的侵略和人们的精神磨难。可以说,哈尔滨俄罗斯侨民文学是对20世纪上半期中国东北自然、生活、民俗、政治文化生活的反映,是那一时期中国地域文化和民俗文化的写照，是中国现代文学中十分特殊的地域文化创作现象。

四、别具一格的中国写作

哈尔滨俄罗斯侨民文学创作的题材与俄罗斯本土文学的创作题材有着鲜明的差异，与中国本土文学的创作也有着明显的不同。除了许多思乡等俄罗斯及俄罗斯生活的描写外，哈尔滨俄罗斯侨民文学包括大量的中国题材和主题的写作。有描写发生在中国重大历史事件的：哈尔滨城的修建、1910年鼠疫在东北的蔓延、"满洲国"的建立、1932年日本人的入侵、1932年哈尔滨的大洪灾等；有描写中国各地景色的：东北森林的浩瀚与神秘、北海荷花的美丽、碧云寺庙宇的巍然壮观、"天下第一关"山海关所历经的战火、北方秋天的红叶、哈尔滨春天的风沙、文昌阁中考生供奉的香火、松花江春天的恬静、湘潭城诱人的美丽、杭州西湖湖心亭的幽静、上海酒吧诱人沉沦的魔力、田间坟丘的默默守护、贵州山间小路的崎岖艰险、几何田地里高耸的锥形麦垛、小脚女人的步履蹒跚、上海租界中国人坟冢的悲惨命运、搪瓷画儿的呼之欲出、运河的碧绿、竹丛的青翠等；有描写中国不同阶层、不同地域人物的：执政的"凤凰"慈禧、诗仙李太白、"满洲国"的官吏、面朝土地背朝天的北方农民、出苦力的黄包车夫、卖杂货的小商贩、捏面人的卖艺人、抽大烟的丧门星、北方长辫子姑娘的干练、苏州姑娘的秀美腼腆、少数民族的粗犷、中国老百姓的热情等；有反映中国文化的：千手观音的圣洁、颐和园长廊上书画的意蕴、中国山水画的巧夺天工、名刹古寺香火的旺盛、中国四合院大家庭的其乐融融、方块字的左右勾连、中国人取名的传统习惯、中国民族器乐特有的哀婉、中国诗歌的韵律、中国的丧葬习俗、中国传统节日的丰富、胡同里百姓生活的常态、中国普通百姓的婚姻爱情观、中国文字中蕴含的独特意象、阴历新年民俗传统的奇异，等等。这些内容的写作是俄罗斯本土作家根本不可能涉及的。

由于哈尔滨俄侨作家来自异国，他们对中国大地以及发生在中国大地上的一切现象感到新奇，因而，他们从不同的视角和感受，记录和描写了中国人习以为常的，或者是已被忽略了的景观和现象，虽然同为中国写作，哈尔滨俄罗斯侨民作家的创作却与中国本土作家的创作有着明显的不同，他们之间既存在着潜在的对比，又互为补充。以萧红、萧军、端木蕻良等为代表的东北作家的小说创作为例，由于他们创作时段的特殊，他们大多通过自己的小说创作，向我们展示"九一八"事变及东北沦陷区人民的生活惨状，同时从生命的角度出发剖析北方农民生存之艰辛，挖掘生死轮回间人生的无奈，揭示人生的悲哀以及人性的扭曲。他们的作品笔调冷峻，充满强烈的爱国主义情感，有着一种原始野性的力量，他们的作品从心底里喷发出了对生命的热爱与赞美。由于全民抗日的特殊历史条件和独有的地域风情，他们的文学创作更多的是反映在悲壮、粗犷的生活土壤上的悲情之美、野性之美。而哈尔滨俄侨文学除了反映东北百姓生活的艰苦外，更多反映的是东北地区的自然之美、民俗之独特。例如，流亡华北的东北作家的作品"有一种共同的指向：'思乡'情结，并在这种惆怅的思乡情绪关照下的故乡，温暖而美好，全然不是离开时要诅咒的对象"（刘晓丽 2008:119）；如果说东北作家是怀着忧郁的心情眷恋故乡的土地，是为人民所遭受的苦难而愤怒的话，那么哈尔滨俄侨作家则是怀着同病相怜的心理书写百姓生活的艰苦，是为自己悲惨命运的哀号，是为自己不公命运的呐喊，是为同处社会底层人民基本生存权益的抗争。如果说东北作家以东北农村为背景，以血淋淋的现实无情地揭露日伪统治下社会的黑暗，反映旧社会农民的悲惨遭遇，表现东北农民的觉醒与抗争，赞扬他们誓死不当亡国奴、坚决与侵略者血战到底的民族气节，那么，尽管哈尔滨俄侨文学同样蕴含着强烈的反侵略思想，他们则从第三方的角度揭露日本入侵中国的蓄谋已久、用心险恶和肆意制造事端的挑衅行为，揭露日本帝国主义赤裸裸的侵略行径，痛斥日本入侵的天理不容，预言这种侵略行为必遭报应的同时，也描写中国在面对日本入侵东北时的反应迟钝、武装设备的落后、面对日本入侵的不抵抗和软弱，以及中国面对"一丘之貉"的国际联盟的无奈和束手无策。20世纪三四十年代流亡上海的犹太难民也曾创办了大量的报刊，构成了中国现代文学史上的一个特例。但是，与犹太移民的"无身份就是身份本身"（范劲126）的心态不同，哈尔滨俄罗斯侨民文学反映了20世纪前半期中国现实的某些侧面，从创作题材、创作内容和创作视角上丰富了我国的东北文学。其中，不乏高水平的、超越流亡生活意义的杰作。

五、中俄合璧的艺术结晶

哈尔滨俄罗斯侨民作家的创作尽管用的是俄文，但创作内容和创作手法却明显受到中国文化和中国文学的影响。许多哈尔滨俄罗斯侨民作家的作品都被认为像中国人写的一样，其中，像阿列克桑德拉·巴尔考的《阴历新年》《逃难》《哈尔滨的春天》《几世纪前的故事》充满浓郁的中国东北乡土气息；叶列娜·伏拉吉的《搪瓷上的小画儿》《煎饼》《蓝色的节日》几乎可以认为是中国人写的；韦涅季克特·马尔特的《傅家甸近郊》《算命先生》《小手指》等作品近乎东北乡土文学；有的则深受中国民俗文化和民间艺术的熏陶和感染，如：尼古拉·斯维特洛夫的《中国的新年》《大街上》《给苏州姑娘》《千手观音》；有的则被认为是最具中国创作特点的作家，像基里尔·巴图林的《妞儿》《途中》《宁波姑娘》等作品深受中国文学与文化的影响；米哈伊尔·谢尔巴科夫的《人参》《抽鸦片的人》《喷泉——中国刺绣》蕴含着丰富的中国异域风情和文化；被称为中国俄罗斯侨民最杰出的诗人之一的别列列申的许多作品：《迷途的勇士》《我，一定回中国》《湘潭城》等被认为最具中国诗歌情趣和神韵，这些作品都具有极高的文学价值。他们的作品除了对中国景物、风光、民俗的描写外，作品中不时会出现一些东方特有的词汇、意象、中国人名和地名，像观音、水牛、龙、蜻蜓、蝴蝶、荷花、松柏、翠竹等等；更有作家的创作几乎完全都是以中国东北及少数民族地区的中国民俗的记录和阐释为其创作的内容和主题。他们对中国"迷信"中的鬼体附身、托梦,对佛祖神奇力量的描写,以及中俄两个民族对婚姻关系的不同的理解和不同的解决办法的对比等,无不看出中国文化对俄侨作家们创作的影响。即便是对俄罗斯人民所走过道路的反思,对俄罗斯命运的牵挂,对俄侨生存状态与精神状态的反映,他们也都依托中国而描写。当俄侨作家们对国内拆毁教堂的行为感到痛心疾首的时候,是借对中国庙宇的破坏、对菩萨的亵渎必将遭受报应来对这一疯狂的行为进行预言和批判。对俄侨的精神与生存状态的描写也是通过中国百姓苦难的生存状况与沉重的精神枷锁来反映的。正因如此,他们的作品富有独特的东方异国情调,使其作品中俄罗斯民族的精神气质与中国乡土文学的特点完美地结合在了一起。俄侨作家以这种别具一格的创作题材和创作手法,赋予哈尔滨俄罗斯侨民文学以独特的思想意蕴和艺术魅力,从而大大丰富了中国文学创作的题材和风格。可以说,哈尔滨俄罗斯侨民文学是对中国文学的丰富,是对中国现代文学研究范围的扩大。

哈尔滨俄罗斯侨民作家通过自己的创作活动还将中国文化形象地传播到俄罗斯以及有俄罗斯侨民居住的世界其他各国。他们在从事文学创作的活动中,自觉不自觉地将中国写入自己的作品。无论是单纯的景色描写,还是借景抒情;无论是对中国民情风俗的好奇,还是对神秘独特的中国文化的探究;无论是对中国古典文学的喜爱,还是对中国文学中所颂扬的文化精神的崇拜,他们用自己独特的理解和阐释将其融入自己的作品。同时,一些哈尔滨俄侨作家还专门从事中国文学作品的翻译,通过他们的翻译作品,更加直接地对中国文化给予阐释,使更多的非汉语读者了解中国文化,从而使得中国文化得到更广泛的传播。这一点哈尔滨俄罗斯侨民作家完全不同于欧洲等地的俄罗斯侨民作家,哈尔滨俄罗斯侨民作家是将中国文化传播出去,带到俄罗斯以及世界各国,而欧洲等地的俄罗斯侨民作家则是将俄罗斯文化带到他们所居住的国家。哈尔滨俄罗斯侨民作家不仅积极接受中国文化的滋养和影响,同时,他们还将他们喜爱的中国文化主动介绍给其他国家的不同民族。从这一点上讲,哈尔滨俄罗斯侨民作家对中国文化向世界的传播做出了他们积极的努力和贡献,是对中国文学和中国文化的发扬光大。

哈尔滨俄罗斯侨民作家的创作不仅大大充实和丰富了20世纪前50年我国东北文学的创作,而且作为一种特定时期下的特殊地域文学和特殊少数民族文学现象,其创作为中国现代文学以及中国现代文学的研究增添了特殊的内容。由于"哈尔滨俄罗斯侨民文学作者的特殊性、时代的特殊性、体验的特殊性,他们所奉献出的作品兼及多种文化、多种风格、多种情感"(王亚民 59),其中包含着其他文学对象少有的特殊性,本身既是特殊地域文学现象,也是跨国、跨民族、跨文化现象。哈尔滨俄罗斯侨民文学是在俄罗斯和中国不同文化模式、背景上特殊群体情感的物化,深层蕴涵着不同的文化精神,体现着不同的民族意识。由于中俄作家在同样背景、环境下的不同艺术理解与表现,中国作家与俄侨作家笔下不同的中国及中国形象、不同的人文关照、不同的民族心理和思维方式以及对生命、生死、爱情、故乡的不同理解等,也为中国现代文学的研究提供了一种参照。

哈尔滨俄罗斯侨民文学,虽然是俄罗斯侨民用俄语写作的,但是,它的创作背景、题材范围、描写对象、创作风格都有着鲜明的中国特色和中国烙印,它的精神特质蕴涵了中国的文化和中国的情感,它既是俄罗斯文学的特殊部分,也是20世纪前50年整个中国文学宝库中极有特色的组成部分。

参考文献

[1] 陈思和:"东北殖民地文学的初步探索——读刘晓丽《异态时空中的精神世界》",《中国现代文学研究丛刊》,2009年第1期,第202-206页。

[2] 范劲:"上海犹太流亡杂志《论坛》中的文学文本与文化身份建构",《上海师范大学学报》(哲学社会科学版),2008年第3期,第121-127页。

[3] 李兴耕:《风雨浮萍——俄罗斯侨民在中国(1917—1945)》,

中共中央编译局出版社，1997年。

[4] 刘晓丽：《异态时空中的精神世界——伪满洲国文学研究》，上海：华东师范大学出版社，2008年。

[5] 刘晓丽："流寓华北的东北作家的'满洲想象'"，《上海师范大学学报》（哲学社会科学版），2008年第3期，第116-120页。

[6] 孙凌齐："俄《真理报》文章评《风雨浮萍——俄国侨民在中国一书》"，《国外理论动态》，1998年第10期，第31-33页。

[7] 宋剑华，陈丽红："现代文学的'地方味'——评高翔著《现代东北的文学世界》"，《中国图书评论》，2009年第3期，第120-121页。

[8] 王亚民："论俄侨作家阿尔弗雷多·黑多克的短篇小说"，《兰州大学学报》，2007年第3期，第54-59页。

[9] 王劲松："流寓伪满洲的白俄'虎人'作家拜阔夫"，《新文学史料》，2009年第4期，第139-146页。

[10] 佚名：《文章和评论》，载《中国，我爱你》，李延龄主编，北方文艺出版社，黑龙江教育出版社，2002年。

[11] 张在虎："二战后期中苏关于中国俄侨问题的交涉与斗争——以苏联恢复俄国侨民苏联国籍为中心"，《俄罗斯研究》，2008年第1期，第60-69页。

[12] АлександрЛобычев."Рубеж:Тихоокеанский альманах(Владивосток)", *Знамя*, 12(2005):215.

[13] Михайлов О.Н.*Литература русского зарубежья 1920-1940*. ИМЛИ РАН, 2004г.

[14] Райан Н.*Россия—Харбин—Австралия* . Русский путь,2005г.

[15] СветланаГ.Х. Сюй,*Литературная жизнь русской эмиграции в Китае (1920-1940-е гг.)*.ИКАР.

[16] Таскина Е., И. Мухин. "Русские из Китая. Судьбы репатриантов 40-50-х годов XX века".*Проблемы Дальнего востока*. 2(2009):91-99.

[17] Шевченко Л.И., Мережинская А.Ю. *Литература русского зарубежья*. Киев,2003г.

[18] http://www.gov.cn/test/2006-04/17/content_255746.htm.
[19] http://baike.baidu.com/view/4245.htm.

日本古代诗歌文学中的"采诗制"

——以《古今和歌集》序的"献和歌"为中心[①]

"The Poem Collection System" in Japanese Ancient Poetry Literature: An interpretation of "Waka Contribution" in The Two Prefaces of *Kokin Wakasyu*

尤海燕[②]

摘　要：日本《古今和歌集》两序有"从侍臣献上的和歌中，能够辨别他们是否贤能，并能了解人民的欲望"的表述。这个表述超越了纪长谷雄诗序中的老子"以百姓心为心""不出户，知天下"的政治思想，是重视民情和辅佐的儒家政治思想的体现。侍候在天皇身边奉献和歌的侍臣，与将天下百姓的心声上达于天子的采诗官（献诗者）有着相通之处。"献和歌"并不是对本朝诗宴或科举赋诗的模仿，而是源于以民情和讽谏为基础的采诗制。

[①] 本文发表在《外国文学评论》2015年第2期。
[②] 尤海燕，女，1973年2月生。华东师范大学外语学院副教授，博士（东京大学比较文学比较文化专业）。专业方向为日本古典文学、中日比较文学·文化。近年发表的主要学术成果有：专著《古今和歌集与礼乐思想》（日本 勉诚出版，2013年）、译著《日本的诗歌》（安徽大学出版社，2010年）、论文《〈古今和歌集〉的崇古主义》（《外国文学评论》2012年第4期）、《〈古今和歌集〉编纂思想中的孔子意识》（《东方论坛》2012年第4期）、《十世纪前的日本礼乐思想史》（《文史哲》2014年第4期）、《日本古代诗歌文学中的"采诗制"》（《外国文学评论》2015年第2期）等。

关键词：采诗；古今和歌集（古今集） 两序；献和歌；献诗

Abstract: By investigating The Two Prefaces of *Kokin Wakasyu* for their illustration of "waka contribution" (to judge, from wakas contributed by the officials, the virtue of the contributors and to know about the people's needs and wishes), this thesis analyzes the essence of poem contributing and collecting practices, clarifies the association between these policies and the ideological foundation of the imperial collections.

Key Words: Poem Collection; The Two Prefaces of *Kokin Wakasyu*; waka contribution; poem contribution

日本最初的敕撰和歌集——《古今和歌集》（*Kokin Wakasyu*，编纂完成于醍醐天皇延喜五年（905），以下简称《古今集》）的两序（真名序和假名序）中，有着这样的表述：从侍臣献上的和歌中，能够辨别他们是否贤能，并了解人民的欲望。这个表述在日本近世以来，被认为是建立在中国古代采诗官制度的基础之上的。但是，日本的"献和歌"和中国的"采诗"之间有着怎样的关系？这两者又是在怎样的思想基础上联系在一起的？①纵观古代以来的《古今集》注释，对此并没有详尽和深入的解释。本文首先介绍和梳理此处表述的研究史，引出"献和歌"的背景——中国古代的采诗制；其次，将此

---

① 8到10世纪初日本对于中国思想文化（以儒家经典为首的中国古典典籍）的大量吸收，构成了其国家政治思想和官僚知识分子修养的基础，可以说当时整个东亚文化圈是一种对大陆先进思想文化的"共享"状态（神野志隆光『文字の文化世界の形成—東アジア古典古代』，東京大学教養学部国文・漢文学部会編『古典日本語の世界』，東京：東京大学出版会，2007年，第8页）。藤原佐世編《日本国現在书目录》，仿照《隋书》经籍志分类，将约1580部1万7000卷书籍，分为易家、尚书家、诗家等40家，几乎占了到唐末为止的中国典籍的一半。本文引用的中国典籍都是确定传入日本并备受重视的。因此，笔者在论文里并不刻意区别"中国的"或"日本的"，而是重视凸显东亚文化共享的环境中概念和言说所依据的共同的思想类型和框架，以及它们相似相通的必然性。

处表述与纪长谷雄（Kino Haseo，842—912）的两篇咏菊诗序对照阅读，指出两者虽然在文字表现和构思上有相似之处，但在思想方面，《古今集》两序则超越了后者中老子的圣人观，指向儒家政治思想；最后，分析《古今集》序中的"侍臣"与采诗官（献诗者）本质上的一致性，指出表述的根据在于古代圣帝为构建"不出户、知天下"的理想政治而实行的采诗制。

一

　　古天子，每良辰美景，诏侍臣，预宴莚者，献和歌。/君臣之情，由斯可见。贤愚之性，于是相分。所以随民之欲，择士之才也。（真名序）
　　古代帝王，每逢春花之朝，秋月之夜，召侍臣，使之寄物兴叹，奉献和歌。/人或恋花误入花丛深处，或思月不知何去何从。目睹如此种种苦吟，帝即知其贤愚。（假名序）①

　　《古今和歌集》有真名序和假名序两篇序文。真名序即汉文序，作者纪淑望（Kino Yosimochi，?—919）；假名序即日文序，作者纪贯之（Kino Turayuki，868?—945?）。两位作者是交往甚密的同族，纪淑望是当时的大学者、汉诗人纪长谷雄之子。以上引用部分是《古今和歌集》两序关于古代和歌理想的叙述——通过侍臣献上和歌，达到君臣和乐的目的，更进一步分辨臣下的贤愚并据此授予官位。此部分自古以来被看作是缺乏事实根据的表述，一直被认为是难解之谜。
　　我们可以分别以"君臣之情"和"人或"为界，将真名序和假

---

① 日本古典文学大系本《古今和歌集》东京：岩波书店，1989年，第4页，第342页。假名序由笔者翻译成中文。以下除《律令》《经国集》《本朝文粹》《本朝文集》和《日本书纪》《续日本纪》《日本三代实录》《类聚国史》的引文（原文皆为汉文）之外的日文原文，均由笔者翻译。

名序划分为前后两部分。关于前半部分,早在奈良时代的宫廷正式宴会上,就出现了柿本人麻吕(Kakinomotono Hitomaro,生卒年不详,大约活跃在7世纪后期)等宫廷歌人,而进入平安时代,从嵯峨朝开始直到《古今集》完成的宇多、醍醐朝,作为宴飨的余兴,君臣共享和歌之乐的场面在史书中屡见不鲜,因此这部分还可以说是有事实依据。但是,到了后半部分,纵观至《古今集》编纂完成为止的日本历史,都没有任何以和歌鉴别人才、判断民情的记载,这段表述因此成为极其理念化的虚幻之语。如先学们一致指出的那样,它的确是违反了史实的记述,①但是在《古今集》的编纂者们看来,他们不过是描述了"律令社会的理想"②,想象了和歌应该具备的价值而已。

《古今集》两序虽说是站在本国和歌发展史的基础上写成的,但有着自己独特的理论,即沿着"礼乐"的框架进行增减和润色,从而构建起了一部两序独特的和歌史,③因此其表述未必都有历史依据。从这个意义上来说,在解读两序时,时刻都要结合史实进行考证的方法并不正确。

在古注释类中,最早给我们提供线索的是《亲房卿古今集序注》(*Chikafusakyo Kokinsyujyotyu*,1346—1370年)的"从汉朝以来有课试及第。使之作诗,若能及第,即任官。此为仕途之初"④,举出了在中国实际存在的科举之例。《两度闻书》(*Ryodokikigaki*,1472)也有类似的解释:"汉土也有使有才之士写诗属文,若及第则使之

---

① 滝川幸司『宇多醍醐朝の歌壇と和歌の動向』,増田繁夫等編:古今和歌集研究集成①『古今和歌集の生成と本質』,東京:風間書房,2004年,第231-268頁;山口博:『王朝歌壇の研究 宇多醍醐朱雀朝篇』,東京:桜楓社,1973年,第二篇第三章『殿上侍臣歌人たち』等。

② 奥村恒哉《古今集の精神》,《文学》(東京)43—8,1975年8月,第23-31頁。

③ 详见拙稿《〈古今和歌集〉的崇古主义》,《外国文学评论》(北京)2012年第4期,第115-125页。

④ 大约完成于室町时代正平年中(1346—1370)。収入『神道大系・論説編十九・北畠親房(下)』,東京:神道大系編纂会,1992年,第313頁。

进京处理政事，此处应是此意。"①江户时代贺茂真渊（Kamono Mabuchi，1697—1769）的《古今集序别考》（Kokinsyu jyobetuko，1765）说："此处并非我朝古代之事实，而是借鉴中国唐代以诗文及第之事而写成"②、明治时代金子元臣（Kaneko Motoomi，1868—1944）的《古今和歌集评释》（Kokin Wakasyu hyosyaku，1908）也指出"其源头在于汉土课诗赋而登用人才的科举制"。③

当代学者工藤重矩（Kudo Sigenori，1946—）则将这些注释做了进一步的发挥：

> 实际上，我国也有模仿科举的拟文章生和文章生试，对策文理所当然是用汉文写作。就像汉诗曾经主张的那样，和歌也必须强调自己是"听民之欲""择士之才"的手段。④

他指出此处的根据在于日本本国的汉诗，强调和歌是汉诗的模仿，主张《古今集》序将汉诗文曾被赋予的效用和价值写进和歌的历史，是为了打出其敕撰之特色，取代昔日权威的汉诗的地位。持同样看法的学者在今天仍不在少数。《古今集》两序所论的和歌真的就只是汉诗的亚流或复制品吗？纪贯之等描绘和歌理想的豪情壮志，就只是硬要让人承认和歌也有汉诗价值的"强辩"吗？

《古今集》的敕撰是律令制再编的一环，从以儒家思想为基本进行文化治国这一点上来说，和歌集的敕撰和汉诗集的勅撰在本质上是相通的。但是，就因如此，便将《古今集》序中古代和歌理想的依据说成汉诗，把和歌看作具有和本朝汉诗同等价值和效用的"亚汉诗"，这种看法是否过于合理化？追根溯源，和歌自古以来延绵不

---

① 作者东长缘，成书于室町时代文明三—四年（1471—1472）。收入片桐洋一『中世古今集注释书解题』（三），京都：赤尾照文堂，1981年，第826页。
② 贺茂真渊『賀茂真淵全集』第十一卷，東京：続群書類従完成会，1991年，第405页。
③ 金子元臣『古今和歌集評釈』，東京：明治書院，1908年，第62页。
④ 工藤重矩『古今集の成立—和歌勅撰への道—』，古今和歌集研究集成①『古今和歌集の生成と本質』，第167页。

绝，是深深扎根于人们生活和内心的日本固有的文学形式。即使是在汉诗独步天下的时期①，和歌也顽强地活了下来。不仅如此，在与汉文学的接触和由此而来的刺激中潜滋暗长出来的、对本国和歌的自觉意识，也成为国风文化（日本本土文化）形成的契机。因此，10世纪初开始形成的国风文化，并不是新的国风文化被创造了出来，而是古已有之的和歌自身的"触底反弹"，或是改变了形式的"卷土重来"。

并且，《古今集》是乘着汉文学衰落与和歌复活的时代大潮，进而高声宣言和歌正式复兴的敕撰和歌集。这样，我们就可以想象，比起汉诗文曾经有过的事实和价值，其理论依据应该在更加本质和根源的地方。它的敕撰意图并不在于取代本朝汉诗文的地位，而是在于面对汉诗等唐风文化显扬"本国文化""日本文化"。史上最初的和歌敕撰集的指向，是利用和歌教化人民、统治国家的礼乐思想，绝不可能有沿袭本朝汉诗的意识。②

另一方面，关于文章得业生、文章生试的前身——秀才、进士试，《考课令》中有如下规定：

> 凡秀才，试方略策二条。文理俱高者，为上上。文高理平，理高文平，为上中。文理俱平，为上下。文理粗通，为中上。文劣理滞，皆为不第。（中略）凡进士，试时务策二条。帖所读，文选上帙七帖，尔雅三帖。其策文词顺序，义理惬当，并帖过者，为通。事义有滞，词句不伦，及帖不过者，为不。帖策全通为甲。策通二，帖过六以

---

① 指日本8—9世纪全盘接受大陆文化的"唐（汉）风讴歌时代"，又称"国风暗黑时代"。
② 日本汉诗文是作为一种文学修养和男性知识分子参与政治的手段而被创作和繁荣的，从中国传来之初就已经失去了古代诗歌的原始性、民间性和音乐性。而和歌之所以被称作"歌"，就源于其咏唱的本性。它具备中国古代诗歌的所有特性，本质上是和"乐"相通的。《古今和歌集》两序中很多理论性表述，都来自《礼记·乐记》和《毛诗》大序。汉诗文的依据则是"文章经国思想"。详见拙稿《〈古今和歌集〉的崇古主义》及《日本和歌敕撰与儒家礼乐思想》（姜振昌、刘怀荣编：《东亚文学与文化研究》第一辑，北京：中国社会科学出版社，2010年，第15-26页）。

上，为乙。以外皆为不第。①

在文章生考试中，对于拟文章生及接受了登省宣旨的学生还需要课以赋诗。诗题由式部大辅从古典诗句中选定，并指定韵字、贯韵、字数和句数等。之后由文章博士和几位学者进行打分,评价等级分为甲・乙・丙・丁・不第五级，丁以上为合格。②无论对策还是诗文试，都要求考生具有高度的作文技巧。强调诗文技巧，并把它作为合格的标准，这从古代和歌的"古质之语"和"教诫之端"（《古今集》真名序"但见上古歌，多存古质之语。未为耳目之玩，徒为教诫之端"）的特征来看，无疑过于近代化和实用化。不得不说，日本"科举"中的诗文试和以真心和至德作为评价基准的和歌之间，存在着本质性的差异。

在古代，科举所考的经书教养和诗文能力，与其说是专业的实务能力，不如说是对人格的综合测试。因此，科举在实行之初，是被规定为重视传统道德的人才评价的手段。③但是，一旦根据诗文的完成程度（文和理、形式和内容两方面）来决定是否合格之后，诗就不可避免地开始远离真情吐露的原始性和古代性，逐渐带上了按照某种规范制作诗文的世俗的实用性和功利性。④而以已经近体化的汉诗文作为学习对象的文章生、拟文章生的考试更加注重诗文的外在形式。因此，在考场吟咏的诗文，不必说，是与古代和歌有着根本差异的。

因此，像以诗文的优劣来作为合格标准的科举制以及文章生试那样，把和歌作为出人头地的仕途之道，不是古代和歌的理想。两

---

① 『日本思想大系3・律令』，東京：岩波書店，1976年，第300-301頁。
② 桃裕行『上代学制の研究』，東京：吉川弘文館，1947年，第260頁以下。
③ 汉代的"察举"（孝廉・茂才和贤良・方正）和"辟召"、魏晋的"九品中正制"以及隋炀帝以"十科"举人都是如此。参见《中国思想文化事典》，東京：東京大學出版会，2001年，《選举》项，第424頁。
④ 宫崎市定在『科挙史 科挙の沿革』（『宫崎市定全集・十五・科挙』，東京：岩波書店，1993年，第23-24頁）中指出，六朝以降，科举的性质由德行本位变成了才能本位。

序只不过是描绘了和歌应该具有的价值和效用,而并没有要将本朝汉诗曾有的东西强加于和歌的意图,本来也没有这个必要。这是因为,《古今集》两序是以和歌自身所包含的音乐性为基础,构筑了自己独特的理论(以儒家礼乐思想为基础的和歌音乐论,包括和歌本质论、起源·发生论、效用论和"六义")和历史(以礼乐思想的崇古主义为理想构建的和歌史),旨在确立以和歌为标准的审美意识和文化典范的缘故。

除了以科举制为依据的学说之外,江户时代著名学者契冲(Keichu,1640—1701)的《古今余材抄》(Kokinyozaisyo,1692)还提供了极具启示性的新视点:

<u>古代中国有采诗官,采集各国诗歌献给天子</u>,之后又有试诗赋及第,皆是此意。①

契冲的学说也被当代学者所继承和阐发。特别是山口博(Yamaguchi Hirosi,1932—)和增田繁夫(Masuda Sigeo,1935—),极力主张《古今集》的编纂与采诗制乃至《诗经》编纂的关联。山口博在指出《古今集》和歌的民谣性之后,进一步论道:

作为王道象征的民谣的收集,这不是《诗经》的再现吗?……古代政治家以诗作为了解政治得失、判断民风好坏、辨别士大夫贤愚的材料。周朝有采诗官负责将民间传承的民歌收集起来献给朝廷,太师为之谱曲作成祭祀歌曲。……(《古今集》)收集"古来旧歌",再将其发展为《古今集》的意识,对于儒学官僚来说,不就是儒学圣典《诗经》的再现吗?②

而增田繁夫则指出:

---

① 成书于元禄五年(1692)。契冲『契冲全集·八』,東京:岩波書店,1973年,第34頁。
② 笔者译。山口博『王朝歌壇研究 宇多醍醐朱雀朝篇』第四章『古今集の形成』,第398頁。

"君臣之情，由斯可见。贤愚之性，于是相分"（真名序）、"知其贤愚"（假名序）的表述，也是站在中国采诗制基础上的发言。采诗官是"王者所以观风俗知得失，自考正"（汉书·艺文志）的官职，从各诸侯国的歌谣得知其民情，从而作为政治的参考，古今序中的"知侍臣之贤愚"也是此种思想的发展。即使有附会的成分，从民谣诗歌考察民情，了解民心，就是在现代也是有效的。因此在当时，更不可能是单纯的文字修饰。①

诗歌是人心的表现，因此各地的歌谣能够反映人心风俗的善恶和世间的治乱，通过采诗官采集而来的民间诗歌，为政者就可以知道天下的情况。如"闻其声知其风，察其风知其志，观其志知其德。盛衰、贤不肖、君子小人，皆形于乐"（《吕氏春秋·音初》）、"传曰：'不歌而诵谓之赋，登高能赋可以为大夫'。言感物造耑，材知深美，可与图事，故可以为列大夫也。古者诸侯大夫交接邻国，以微言相感，当揖让之时，必称诗以谕其志。盖以别贤不肖而观盛衰焉"（《汉书·艺文志》）中所明确的那样，都是基于诗歌是"从内心发出"、是真心至德的表露这一理论。

采诗官是指周朝为收集各诸侯国的民谣而设置的官职，采诗制就是指的这种国家派遣官吏采集歌谣以供朝廷的制度。采诗制既是制礼作乐所必需的、极其具体的诗歌采集活动，同时也是用以了解民情的举措，是儒家重视民情的政治学、帝王学的理论支持。

和歌是人心真情的吐露，所以天子倾听侍臣的和歌，可以察知其内心，辩其"贤愚"，了解其德行。而如何能借以得知"民之欲"呢？事实上，正如山口博所说的"收集'古来旧歌'"，《古今集》在编纂过程中有收集流传在各地的"咏人不知"（无名作者）和歌的过程，那时的和歌也被称作"国风"（即各地民谣之意）。《古今集》和《诗经》的编纂，无论是在理念上还是在实际上都有着一致

---

① 笔者译。增田繁夫「天皇制と和歌—勅撰集をめぐって」，『国文学』（東京）34—13，1989年11月，第54-60页。

性。因此，对于开头所引《古今集》两序的表述，应该汲取山口、增田的观点，站在以采诗官为媒介、天子察知世间民情的采诗制的理论基础上来考虑。但是，当代最主流和权威的观点，就是藤原克己（Fujiwara Katumi, 1951—）关于此处表述是出于纪长谷雄的两篇诗序（《本朝文粹》〈Hontyomonzui，11 世纪中叶成书〉卷十一，署名纪纳言）的主张。

二

1 惜秋玩残菊各分一字应制　　纪　纳言（宽平四年九月十日残菊宴）

晚秋九月，夜漏三更，圣皇诏于侍臣，令各献诗。……当时侍者，皆相语曰：凡情之难堪者，莫过于秋天；感之至切者，莫深于岁暮。况复孤丛之将尽，寒花之才残，岂止可惜于俗眼之下，亦知被玩于叡襟之中。<u>所谓圣人者，不私其心，以百姓心为心。无常其思，以四海思为思者乎</u>。

(《本朝文粹》卷十一·三三一)

2 九月尽日惜残菊应制　　纪　纳言（延喜二年九月二十八日九月尽宴）

……况复明王用心，自然合理。<u>不出户而知一天下之思，不下席而明四海内之心</u>。故人皆送秋，所以赐送秋之宴；人皆惜菊，所以降惜菊之恩。岂只天意乎，抑亦人望也。

(《本朝文萃》·三三五)①

根据藤原的主张，纪长谷雄的诗序是出于以下理论：皇帝之所以向侍臣赐宴，是因为欲将四海万民的心作为自己的心，侍臣之所以献诗，是因为欲代言天下万民的四时之情，而此理论被其子纪淑望用在

---

① 『日本古典文学大系·本朝文粹』，東京：岩波書店，1992 年，第 316、317 頁。

了《古今集》真名序上。①的确，我们可以想见从长谷雄到淑望的这种家学的继承关系。但是，考虑到两序形成的复杂过程②、以及真名序作者未必是纪淑望③等问题，真名序的主张与其说是仅从纪长谷雄诗序那里得到的启发，不如说是平安时代初期一般性的思想和观念更为妥当。另外，即使真名序的作者就是纪淑望，两者是否是在相同的文脉中、以相同的意味来使用的，还需要深入探究。其实，对比阅读一下纪长谷雄的诗序和真名序，就会发现这两者之间存在着微妙的差异。

纪长谷雄的文章，是将对圣主明王的称扬放在最重要的位置，自始至终保持着臣下仰望君主的姿势。与此相对，真名序的文章虽然有赞美当代的部分，但是关于理想的古代，基本上是从第三者的立场比较客观地进行表述的。这种基本姿态的差别，造成了文章表达上的差别。

《惜秋玩残菊各分一字应制》中的"以百姓心为心……"，是侍臣们在交口称赞当今圣上（宇多天皇）的美德。群臣之所以会想到"圣人者，不私其心，以百姓心为心。无常其思，以四海思为思者乎"，是因为天子体恤天下百姓的心情而设了送秋之宴的缘故。这里"不私其心，以百姓心为心。无常其思"的表述，典据在

---

① 关于这一点，藤原克己在《菅原道真论集》（和漢比較文学会，東京：勉誠社，2003年）"总说"第10—11页、氏著《菅原道真与平安朝汉文学》（東京：東京大学出版会，2001年）第257–258页、《共同討議　古今集序再考》（『文学』（東京）6—3, 2005年5-6月特集）第2-23页中均有论述。

② 一般认为真名序在先，但有学者指出为统一两序的内容和表述而事先进行了讨论（寺田純子「和歌観について」，『国文学解釈と鑑賞』（東京）44—2, 1979年2月，第73-80頁）。还有学说认为是假名序草稿率先完成，真名序是在它的基础上写成的（村瀬敏夫『古今和歌集の基盤と周辺』，東京：桜楓社，1971年，第121-127頁）。

③ 主张真名序也是纪贯之所作的，有上田秋成（「『古今和歌集打聴』仮名序末　識語」，『上田秋成全集』五，東京：中央公論社，1992年，第139頁）；藤冈作太郎（『国文学全史・平安朝篇Ⅰ』，東京：平凡社，1971年，第200頁）；吉田幸一（「古今和歌集両序の前後問題に就いての新考察」，『国語と国文学』（東京）19-5, 1942年5月，第60-81頁）；萩谷朴（「紀貫之」，『国文学』（東京）2-7, 1957年6月，第63-67頁）；片桐洋一（『古今和歌集全評釈』上，東京：講談社，1998年，第315頁）等。

《老子》：①

圣人无常心，以百姓心为心。善者吾善之，不善者吾亦善之，德善。

（《老子·任德第四十九》）②

在此，以百姓之心为心，无论善恶都接受，讲的是得道的圣人将道的广大无边作为己心的广大无边，尊重和包容百姓的心意，因此这句话被认为是老子民本思想的典型体现。③

实际上，《老子》的这句话也的确被儒家积极地解读为君临天下的圣王所应有的姿态（当然与其原意有所偏离），广泛运用在展开经世济民之说的文脉里，甚至被经书的注释所引用。如刘琨《劝进元帝表》中的"愿陛下无常心，以群心为心。忘其身，以万物为公"、《贞观政要》中的"古之帝王为政，皆志尚清净，以百姓之心为心"（卷一·政体第二）均为此例。经书注疏中，有"皇天无心，以百姓之心为心。此经大意言，民之所欲，天必从之"（《尚书正义》卷四·皋陶谟"天聪明，自我民聪明"的疏）；"老子曰：圣人无常心，以百姓心为心"（《周礼注疏》卷十二"此谓使民兴贤，出使长之。使民兴能，入使治之"的注）。还有，与儒家意义上的"以百姓心为心"相关联，还可见"民惟邦本，本固邦宁"（《尚书·五子之歌》）、"天下非一人之天下也，天下之天下也"（《吕氏春秋·贵公》）、"食者民之本也，民者国之本也，国者君之本也"（《淮南子·主术训》）等儒家民本思想的表述。

同时，在日本方面，"其天之立君，是为百姓。然则君以百姓为本"（《日本书纪》（*Nihonsyoki*，720）仁德天皇七年四月一日条）、

---

① 柿村重松『本朝文粹注釈』（新修版），東京：富山房，1968年，第553頁。
② 王卡点校《老子道德经河上公章句》，北京：中华书局，1993年，第188-189页。
③ 陈霞在《屈君伸民：老子政治思想新解》《哲学研究》，北京，2014年第5期，第45-51页）中，指出老子的这句话体现出"对'民'主体性的承认"，是其"屈君伸民"政治思想的重要表现。

"民为邦本，本固邦宁"（《经国集》（*Keikokusyu*，827）卷二十·菅原清公《治平民富》策问）、"以天为大，则之者圣人。以民为心，育之者仁后"（《续日本纪》（*Syokusnihongi*，797）天应元年正月一日条·改元诏）、"东山道观察使正四位下兼陆奥出羽按察使藤原朝臣绪嗣言。云々。国以民为本，民以食为命"（《日本后纪》（*Nihonkoki*，840）卷十八逸文、《类聚国史》（*Ruijyukokusi*，892）八十四公廨、《日本纪略》（*Nihonkiryaku*，12世纪末）大同五年五月十二日条）、"昔尧舜以百姓为心，禹汤以万方罪己"（《日本三代实录》（*Nihonsandaijituroku*，901）贞观十一年七月二日公卿奏言）等，均是儒家民本思想的表述。其中特别引人瞩目的是贞观二年十一月十六日清和天皇（Seiwatenno，850—880，在位858—876）发出的诏书。

<u>皇天无亲，以万物为刍狗。圣人无心，以百姓为耳目</u>。是以资生无涯，不言之化克隆。乐推不厌，无为之业长逸。朕以眇々之身，托万民之上。涉道已浅，乘奔危怀。但赖群公卿士尽力黉翼朕躬。

（《日本三代实录》贞观二年十一月十六日条）①

下划线部分基本上是以《老子·虚用第五》"天地不仁，以万物为刍狗。圣人不仁，以百姓为刍狗"为典据。"刍狗"是指祭祀时用稻草扎成的做祭品的狗，祭祀完后就被扔掉。此句意为，天地无所偏爱，对待万事万物就像对待刍狗一样，任凭万物自生自灭。圣人无所偏爱，也像对待刍狗那样对待百姓，任凭人们自作自息。老子所谓的"道"就是无为自然，超越了一切人类感情的东西，所以这段话可以说是表现了"取法于天地之纯任自然"②的超越者——圣人的处世态度。但是，在清和天皇的诏书中，如果照搬典据"圣人不仁，以百姓

---

① 『新訂增補国史大系4·日本三代実録』，東京：吉川弘文館，1966年，第59頁。
② 陈鼓应《老子注释及评价》，北京：中华书局，1984年，第80页。

为刍狗"的话，明显与诏书的性质不符。"皇天无亲，以万物为刍狗"袭用了原典，而下一句的"圣人无心，以百姓为耳目"为了和上句形成对仗，虽然沿用了"圣人不仁，以百姓为刍狗"的句法和字数，但却将"不仁"换成了"无心"、将"刍狗"换成了"耳目"，从而将后句的出典转移到了同为《老子》、却意义迥异的"圣人无常心，以百姓心为心"（任德第四十九）之上，实现了意义上的巧妙转换。不过，这样诏书中所说的"圣人"就与《老子》中所谓的"圣人"完全重合了吗？事实并非如此。因为诏书又把"以百姓心为心"改成了"以百姓为耳目"。

　　读过纪长谷雄的第二篇诗序后就会发现，第一篇诗序所刻画的"以百姓心为心"的圣人形象，在这篇中更被具体描绘为"不出户而知一天下之思，不下席而明四海内之心"。出典仍然是《老子·鉴远第四十七》"不出户，知天下。不窥牖，见天道。其出弥远，其知弥少。是以圣人，不行而知，不见而名，无为而成"，河上公注为"圣人不出户，以知天下者，以己身知人身，以己家知人家，所以见天下矣"①，即得道者的神秘力量。换言之，圣人所拥有的真正的智慧，"并不是求诸外在对象的、来自经验的知识，而是内在的、超感性超经验的直观性睿智"②。这种主张圣人内在的神秘精神（能力）的《老子》的言说，也被儒家发展为人君南面之术。《淮南子·主术训》"人主深居隐处以避燥湿，闱门重袭以备奸贼。内不知闾里之情，外不知山泽之形。帷幕之外，目不能见十里之前，耳不能闻百步之外。天下之物无不通者，其灌输之者大，而斟酌之者众也。是故不出户而知天下，不窥牖而知天道。乘众人之智，则天下不足有也。专用其心，则独身不能保也"，意思是君临天下的君主也不是全知全能，必须依赖众人之智才能知天下万事，强调辅佐的必要性。虽然都用了"不出户，知天下，不窥牖，知天道"的描写，但这里君主的形象与《老子》中的全知全能的圣人形象明显是相异的。

---

①　王卡点校《老子道德经河上公章句》，第183页。
②　福永光司『老子』，東京：朝日選書，1997年，第311页。笔者译。

与道家主张的"求诸向内"的倾向相反，依靠众人或臣下之力的儒家是"求诸于外"的。

因此，"人主者，以天下之目视，以天下之耳听，以天下之智虑，以天下之力争。是故号令能下究，而臣情得上闻。百官修通，群臣辐凑"（《淮南子·主术训》）、"以天下之目视，则无不见也。以天下之耳听，则无不闻也。以天下之心虑，则无不知也。辐凑并进，则明不塞矣"（《管子·九守》）等，都是阐述这样一个理论：如果将世间人们的耳目作为自己的视听工具（依靠众人之智）进行统治，天下自然就会太平无事。这也就是孔子所谓的"无为之治"（如《孔子家语·王言解》中的"昔者帝舜，左禹而右皋陶，不下席而天下治"、《论语·卫灵公》中的"无为而治者，其舜也与"）。与《老子》所主张的"无为而无不为"的自然之道不同，儒家主张的"无为之治"是为政者最大限度地利用臣下的辅佐和天下人的力量，实现最为理想的统治效果，从而达到自身"无为"的统治哲学。从这个意义上，可以说道家是"顺其自然的""放任的"无为之治①，而儒家则是"孜孜以求的""积极的"无为之治。

有了以上的认识，再回头看看前面清和天皇诏书中的"以百姓为耳目"，把它和之后形容天下太平、社会安定的"不言之化克隆""无为之业长逸"、强调辅佐重要性的"但赖群公卿士尽力贪翼朕躬"等结合起来考虑，就会得出以下结论：之所以使用"圣人无心，以百姓为耳目"，不但是为了避开出典《老子》的"圣人不仁，以百姓为刍狗"这种不适合诏书的表述，还通过与"皇天无亲，以万物为刍狗"的对照，更加鲜明地突显出为政者的伟大，特别是欲借群臣之辅佐、百姓之力量治理国家的积极姿态。这当然也和孔子所言"无为之治"的舜一脉相通，是圣主明王的理想状态。

再回到纪长谷雄的文章上来。在第一篇诗序中，"岂止可惜于俗

---

① 杨国荣指出："无为之'为'的特点，在于利用对象自身的力量不加干预，以最终达到人的目的"。杨国荣《庄子的思想世界》，北京：北京大学出版社，2006年，第268页。萧公权说："'圣人无常心，以百姓心为心'。放任宽容之极，则君位等于虚设，威势无所施用。"萧公权《中国政治思想史》，北京：新星出版社，2010年，第168页。

眼之下，亦知被玩于叡襟之中"，是对"以百姓心为心"的诠释；而在第二篇诗序中，"赐送秋之宴"和"降惜菊之恩"是"不出户而知一天下之思，不下席而明四海内之心"的具体表现。两者都刻画了天子作为全知全能的圣人形象，即赞美天子能洞察天下人心的伟大和灵妙（"明王用心，自然合理"），十分贴近《老子》"不出户，知天下。不窥牖，见天道。其出弥远，其知弥少。是以圣人不知而知……"的原义。在此，我们可以推断，天皇自然尽知天下事，并不需要通过侍臣的献诗来了解天下人心。即，侍臣们献诗并不是代言天下四海之情，而是在天皇体恤天下人心情而设的宴会上助兴，共同构筑一个君臣和乐的理想世界而已。至少，在纪长谷雄的文章里，重点是在于赞美的天皇全知全能，而不是突显侍臣辅佐君王的作用。平安朝同时代的汉文中，与纪长谷雄的表述相似的还有"所谓上智者，居高堂之上，知日月之次序。见瓶水之中，知天下之寒暑"（《本朝文集》（Hontyobunsyu，17世纪后半）卷六·藤原广嗣《上文武天皇劾僧正玄昉等表》），"于是摄深思于一指，跨鲲海而无居。骋幽情于万物，据蚁垤而有余。信夫不出户牖而知矣，何必历览山水而尚诸"（《经国集》卷一·石上宅嗣《小山赋》）等，都是对于天皇（或圣人）的神圣智慧的赞美。这无疑是一种道家的思想倾向。但是如前所述，在体现国家层面政治思想的语境中，基调还是儒家的民本主义。作为第一部敕撰集的《古今集》，其两序在"良辰美景、君臣和乐"的构图上是从纪长谷雄的文章得到了启发，但在思想上更应与清和天皇诏书等保持一致，而不是继承纪长谷雄文章中老子的圣人观，事实上也是如此。

"诏侍臣，预宴筵者，献和歌。君臣之情，由斯可见。贤愚之性，于是相分。所以随民之欲，择士之才"，就是天皇从臣下所献的和歌中可以知其人格，更进一步了解民众的欲求。这个表述一方面体现了对民情的重视，一方面则体现了辅佐的重要性。因此，这句话就要站在以采诗官为媒介、天子察知世间人民心情的采诗制的理论基础上来考虑。这样，守候在天皇的侧近奉献和歌的侍臣的形象，就和将天下百姓的心声上达于天子的"采诗官（献诗者）"有着相通之处。实际上，不仅此处，从《古今集》两序的多处都可以读到强调侍臣的存在、突显其作用的意图。可以说，《古今集》两序所描绘的侍臣像，无处不带有采诗官的影子。

三

在《古今集》两序关于"古"①的叙述中，"侍臣"一词数度出现。在本文开头引用的中古时期"古天子，每良辰美景，诏<u>侍臣</u>，预宴莚者，献和歌"（真名序）和"古代帝王，每逢春花之朝，秋月之夜，召<u>侍臣</u>，使之寄物兴叹，奉献和歌"（假名序），以及描述万叶集编纂的近古时期"昔平城天子，诏<u>侍臣</u>，令撰万叶集"（真名序）和"遥想御时，<u>正三位柿本人麻吕</u>为歌仙。可谓<u>君人合身</u>。……编集古歌合为歌集，名曰《万叶集》"（假名序）中，均可见"侍臣"的表述。

以上的"侍臣"，是指侍奉在天皇身边的侍从官。据古濑濑奈津子研究，平安朝前期天皇的侍从官，基本上都是"次侍从"（含"侍从"）②。次侍从的主要职责是，参列宫中时节宴会及各种临时飨宴、随从天皇行幸·游猎等③。次侍从这个官职是作为侍从的辅佐而被任命的，所以其律令上的意义和职责就等同于侍从的"常侍·规谏·拾遗补阙"（《养老令·职员令》）。《新唐书·百官志二·侍从》为"补阙·拾遗·掌供奉讽谏"），即常侍君主，讽谏君主之过失。菅原道真（Sugawarano Michizane，845—903）吟出"为是微臣身职拾遗"（《菅家文草》（kankebunso，900）卷五·三八四《春惜樱花应制一首》），就是因为他当时身兼侍从一职。藤原定家（Hujiwarano Teika，1162—1214）的家集《拾遗愚草》（Syuiguso，1216）的集名，也表明他曾任侍从。

另一方面，对《古今集》序中的律令语、特别是律令官职有深入

---

① 关于《古今集》两序所述和歌史的时期划分，详见前揭拙稿《〈古今和歌集〉的崇古主义》。
② 古濑奈津子『日本古代王権と儀式』，東京：吉川弘文館，1998年，第327頁-332頁。
③ 古濑前揭书，第331頁。

研究的新井荣藏①（Arai Eizo，1931—），指出"正三位柿本人麻吕"的"正三位"在令制上相当于"大纳言"，其职责就是"王者喉舌之官"，即"宣旨、宣上言于下""敷奏、纳下言于上"以及"侍从・献替"②。

正三位柿本人麻吕作为天皇的喉舌，与天皇合为一体，这就和下文的"君人合身"（君臣合体）形成了的呼应。"君臣合体"是儒家政治思想中的常见概念，是律令官僚秩序的理想化前提。

对于君主来说，臣下的辅佐就像自己身体的一部分，必不可少。作为儒家政治论的"身体隐喻"③，"君臣合体"被广泛使用于互相依存、整体性的君臣关系上。如"夫君臣合体，谅自古来，丰俭同分（《三代实录》清和天皇贞观十一年七月二日公卿奏言）、"君臣相须，其犹一体"（同贞观十五年十一月十五日公卿奏言）、"至夫君臣合体而种恩，远近同心而薰德"（《本朝文粹》卷十一・三二八、大江匡衡"九日侍清凉殿同赋菊是花圣贤"）等，无疑是《古今集》序的"君人合身"表述的有力支撑。

并且，"侍从"是大纳言职责的一部分，所以正三位（大纳言）柿本人麻吕也是侍奉在皇侧近的侍臣。如此看来，在两序所述和歌史的中古和近古时期，君臣之道象征性地表现为天皇和侍臣（侍从）之间的关系。而侍臣主要的职责就是"讽谏、补阙"，所以通过吟咏和歌谏君过，以补时政，就是两序所规定的侍臣的作用。"讽谏"，无需

---

① 新井荣藏主要论文有：「仮名序・真名序読様の事——古今和歌集攷」（『国語と国文学』57—11，1980 年 11 月，第 24-35 頁）、「賢愚之性——古今和歌集攷」（南波浩編『王朝物語とその周辺』，笠間書院，1982 年，第 493-503 頁）、「王朝官人紀貫之の職務」（『文学』54—2，1986 年 2 月，第 141-150 頁）、「『侍臣』攷——古今和歌集歌人の官職と律令」（和漢比較文学会編『中古文学と漢文学』Ⅰ，汲古書院，1986 年，第 3-26 頁）等。

② 新井荣藏『仮名序・真名序読様の事——古今和歌集攷』，第 26-29 頁。『令集解』："納言，王者喉舌之官也。言納下言于上，宣上言于下也。……古記云，左伝中帙文，納言，喉舌之官也。听下言，納于上，受上言，宣于下"（『職員令』「大納言」条，『新訂増補国史大系・令集解』，東京：吉川弘文館，1966 年，第 45 頁）。

③ 黄俊杰《古代儒家政治中的"身体隐喻思维"》，收入《东亚儒学史的新视野》，上海：华东师范大学出版社，2008 年，第 281-300 页。

赘言是"献诗以风"（《国语》晋语"献诗"注）、"人怀五常，故知谏有五：其一曰讽谏、二曰顺谏、三曰窥谏、四曰指谏、五曰陷谏。（中略）孔子曰：谏有五，吾从讽之谏。事君去而讪，谏而不露。故曲礼曰：为人臣不显谏"（《白虎通》谏诤）等所言，不直言其过，而是借用诗歌等形式暗示，令其领悟。在两序和歌史中的上古时期，还有被尊奉为"歌之父母"的难波津歌和安积山歌。前者是侍奉在天皇身边的王仁（Wani，生卒年不详，古代百济渡来人）为了劝谏当时还是皇子的仁德天皇（Nintoku Tenno，生卒年不详，5 世纪上半叶在位）顺应天时早日即位而吟咏的和歌，后者也是侍奉葛城王的采女献上的平息其怒气的讽谏之歌。[①]综合上古、中古和近古的情况，我们可以断定，《古今集》两序所描绘的古代理想的侍臣像，就是"风"之精神的缩影。就是在六歌仙时代和撰者时代，也不乏像文屋康秀（Funyano Yasuhide，生卒年不详，9 世纪后半叶在世）借春雪表达怀才不遇的苦闷（卷一·春·8）、纪贯之借梅花抒发人心易变的感慨（卷一·春·42）等委婉讽喻的例子。

在古代儒家政治理念中，讽谏来自民情，采诗是为了补政治之阙。即讽谏是在听取民情的基础上成立的，采集民风与否和廷臣是否讽谏有着直接的关系。白居易的"采诗官，采诗听歌导人言。（中略）欲开壅蔽达人情，先向歌诗求讽刺"（《新乐府·采诗官》）、"今欲立采诗之官，开讽刺之道，察其得失之政，通其上下之情"（《策林 69·采诗以补察时政》）、"天子之耳，不能自聪，合天下之耳听之，然后聪也。天子之目，不能自明，合天下之目视之，然后明也……圣王知其然，故立谏诤讽议之官，开献替启沃之道。俾乎补察遗缺，辅助聪明……设敢谏之鼓，建进善之旌，立诽谤之木"（《策林 70·纳谏上封章广视听》）和"庶乎采诗之官，补朕之阙"（《旧唐书·崔日用传》，玄宗答崔日用诏书）等，阐述采诗和讽谏密切关系的例子俯仰皆是。日本方面则体现为广采民情、征集讽谏的"征意见封诏"。如"朕闻：明哲之御民者，悬钟于门而观百姓之忧，作屋于衢而听路行之谤。虽

[①] 参见尤海燕《〈古今和歌集〉的崇古主义》，《外国文学评论》2012 年第 4 期，第 115—125 页。

蒭荛之说，亲问为师。由是朕前下诏曰，古之治天下，朝有进善之旌，诽谤之木。所以通治道，而来谏者也。皆所以广询于下也"（孝德天皇征意见封诏，《日本书纪》大化二年二月十五日条）、"诏。一人之耳，不能尽听天下。一人之目，不得广视域中。是以古之王者，或问谤誉于途，有邪必正。或采旷言于市，有善则行。……下情不上通，此患之大者也。……宜令公卿大夫及京官外国五位以上职居官长，秀才明经课试及第，名为儒士者，各上封事，匡朕不逮"（《本朝文粹》卷二·庆滋保胤《令上封事诏》）等，都是天皇为了解下情而向群臣征集意见的诏书。

《古今集》收载的1100余首和歌中，民间歌谣（咏人不知歌）占450首，超过4成，广泛分布在"春""夏""秋""冬"（自然）和"贺""离别""羁旅""恋""哀伤""杂"（人事）等卷，虽然限于文体不够直接和深入，但也相当全面地反映了从9世纪到《古今集》编纂成书一个世纪间的民间风俗和情感。这种广采古今和歌的编纂过程，其实就是向天子汇报民情、将各地风俗汇入首都的行为①。并且，包含撰者在内的署名作者大多是律令制各级官吏（其余是僧侣和女性），他们也从民间和歌中吸收了大量的养分，其作品体现了社会各个阶层的思想和精神状况。这样，《古今集》真名序中"诏侍臣，献和歌……随民之欲，择士之才"的表述，自然就可以理解为"侍臣献上体现民情的和歌以谏天子，天子由此判断官吏的才干"了。

并且，在关于采诗官的描述如《汉书·食货志》"孟春之月，群居者将散，行人振木铎徇于路，以采诗（师古注：……采诗，采取怨刺之诗也）献之大师，比其音律，以闻于天子。<u>故曰王者不窥牖户而知天下</u>"、《春秋公羊传》何休解诂"男女有所怨恨，相从而歌，饥者

---

① 西村さとみ在《唐風文化と国風文化》中指出，平安时代初期日本国风文化的形成机制是首都引入各地的土俗，使之成为"日本"表象的同时将其秩序化，升格为"雅"的"和俗"（日本国家层面的风俗），再向地方辐射和浸透，而其中最典型的体现就是《古今集》的编纂。《日本の時代史 5 平安京》，東京：吉川弘文館，2002年，第305-306頁。因此，虽然日本并没有作为史实的采诗制度，但可以说《古今集》的编纂本身模仿和实践了中国的采诗制。

歌其食，劳者歌其事，男年六十，女年五十无子者，官衣食之，使之民间求诗，乡移于邑，邑移于国，国以闻于天子，故<u>王者不出牖户尽知天下所苦，不下堂而知四方</u>"（卷十六·宣公十五年"什一者，天下之中正也。什一行而颂声作矣"），白居易《採诗以补察时政》"<u>将在乎选观风之使，建采诗之官，俾乎歌咏之声，讽刺之兴，日采于下，岁献于上者也。……故政有毫发之善，下必知也。教有锱铢之失，上必闻也。……若此，而不臻至理，不致升平，自开辟以来，未之闻也。老子曰：'不出户，知天下'，斯之谓欤？</u>"中，"王者不出户而知天下"皆是儒家意义上的用法，与前面所引出典《老子》"不出户，知天下"的原义"内在直观自省"（即纪长谷雄诗序中的用法）①迥异。在采诗官收集而来的民众之声的基础上献诗讽谏，是公卿侍臣们的职责。王者在这些采诗官和献诗者等疏通上下的群臣的辅佐下，才能够身居皇宫深处而能尽知天下事，实现以天下之目视、天下之耳听。这样，致力于上情下达、下情上达的谏臣自然就成为天子的耳目喉舌，到达"君臣合体"的理想境界。

采诗、献诗、民情、讽谏、君臣合体等古代儒家政治思想的诸概念，相互交错、重合乃至融和，共同塑造出"采诗官·献诗者"这种古代理想的人臣形象，建立了理想的政治模式。《古今集》两序则通过对中国原典及日本受容例的吸收和活用，塑造出了献和歌以讽谏天皇、传达民心，更进一步成为天皇耳目口舌、实现"君臣合体"的终极侍臣形象。

因此，《古今集》序中关于侍臣献和歌，向天皇传达或代言天下人心（情）的叙述，应该是从纪长谷雄的诗序得到了启示，但又超越了它，将自己的理论放到了其背后更加深广的思想基础之上。这个思想基础就是为了了解民情，将明王和贤臣联系在一起的采诗制。采诗制的两个要素——采诗和献诗相结合，构建了王者"不出户，知天下"的儒家理想政治。《古今集》序中的"献和歌""随民之欲，择士之才"，既不是对本朝汉诗文诗宴的沿袭，也并非对文章生试中赋诗的模仿。

---

① 陈鼓应：《老子注释及评价》，北京：中华书局，1984年，第249页。

如上所述，它是对自身广采古今和歌的编纂行为的思想照应，其根据在于古代圣帝为建立理想政治而实行的采诗制。

卢梭、自我与中国的启蒙[①]

Rousseau, Revelation of Self and Enlightenment of China

袁筱一

摘　要："自我"是卢梭主义的中心词，在某种程度上，以"自我"为出发点，对人进行政治的、社会的和文学的解读，这也是卢梭主义形成的过程。卢梭主义的这个根本特点决定了卢梭在全世界范围内的接受，包括卢梭在中国的"启蒙时代"的接受。本文旨在通过中国启蒙时代的两个阶段——政治启蒙和文学启蒙——的分析，探寻卢梭之所以成为中国启蒙知识分子的"宝幡"的原因。

关键词：卢梭；自我；启蒙

Abstract: "Ego"is the key word of Rousseauism. To some extent, start with the Ego and learn people from the political, social and literary aspects is the process of the birth of Rousseauism, which also determines the worldwide reception of Rousseauism, including Rousseau's reception in the age of Chinese Enlightenment. This article aims to analyze two stages (political and literary enlightenments) of the age of Chinese Enlightenment and tries to find out the reason why Rousseauism became

---

[①] 本论文原载《跨文化对话》第 31 辑（2014 年 5 月）。

the "Po Banner" for enlightening the Chinese intellectuals.

Key words: Rousseau; Revelation of Self; Enlightenment

一、导论

作为最早得到译介的法国哲学家之一，卢梭（Jean-Jacques Rousseau，1712—1778）与19世纪末、20世纪初中国知识分子所经历的"启蒙运动"之间有着不解的渊源。这种渊源甚至到了一种令人难以理解的地步。在《对于五四的再认识答客论》中，王元化就曾经谈道："与民主问题关系密切的国家学说，过去我们往往只知道一家之言，这就是卢梭的社约论。"（王元化 9）虽然这句话本身涉及王元化对于五四的一种反思，但却无意中道出了卢梭的启蒙与中国的"启蒙"之间的独特关系：法国的启蒙思想家远远不止卢梭一人，而同时代的英国和苏格兰也都有相应的民主学说，但卢梭却是声名最大、对中国知识分子影响也最大的一个。

《社会契约论》（*Du Contrat Social*，1762）的中译本在1898年就已经在中国面世①，与严复翻译出版《天演论》（*Evolution and Ethics*，1893）是同一年，因此，卢梭的"公意论"与赫胥黎（Thomas Henry Huxley）的"进化论"很快演变成为中国知识分子铸造民主概念的两大理论武器。而卢梭的思想经过康有为、梁启超、陈独秀、李大钊等人的诠释与演绎，更是直抵中国20世纪初思想变革、政治变革力量的核心。经历了新文化运动之后，卢梭的影响终于从思想、政治领域扩展到了教育、文学领域，一举成为中国"启蒙时代"知识分子"全

---

① 1898年，日本人中江兆民所译的《民约通义》在中国面世，这就是卢梭《社会契约论》的第一卷，算是其在中国的第一个译本。而中江兆民用古汉语译成的《民约译解》早在1882年就已经出版。中国人杨廷栋所译的《路索民约论》1902年在文明书店刊印，这是中国人译的第一个全译本，译文依据的是《社会契约论》的日译本。关于卢梭《社会契约论》在中国的翻译历程，可以参见赵稀方《〈天演论〉与〈民约论〉》，载《现代中文学刊》2012年第5期，第87页—99页。当然，1916年马君武参照法文和英文版本译出的《民约论》还是对五四时期知识分子影响最大的一个版本。

方位"的导师。

事实上,对于卢梭这种"奇怪的崇拜"并不仅限于中国。即便是在欧洲,这位"日内瓦公民"在身后迎来的声名也让人觉得有些不可理解:叔本华(Arthur Schopenhauer)、阿尔都塞(Louis Pierre Althusser)、德里达(Jacques Derrida)、斯塔罗宾斯基(Jean Starobinsky)等恐怕都与他脱不了完全的干系,更不要说在文学领域,雨果(Victor Hugo)、巴尔扎克(Honoré de Balzac)、司汤达(Stendhal)、乔治·桑(George Sand)、拉马丁(Alphonse Marie Louis de Lamartine)等,多多少少都继承了他的衣钵。甚至于影响至深,已经产生了要"去卢梭化"的焦虑。

由此我们可以想到的是,卢梭与中国的独特关系的形成,并不仅仅在于他在中国得到介绍的时间要早于其他启蒙思想家。而这个命题,对于卢梭在中国今后的命运走向,可能也是至关重要的。

二、自我:"卢梭主义"的中心词

卢梭对于中国19世纪末20世纪初的知识分子最大的触动究竟在哪里?他究竟为他们打开了一扇怎样的窗户?这可能是我们要问的第一个问题。

中国知识分子对于卢梭的了解是从他的"公意论"开始的。全体人民的集合体才是真正的"主权者",这是卢梭"公意论"的根本思想。"公意论"让二十多年之后积极投身到大革命中的法国人感到兴奋,也让19世纪末20世纪中国的知识分子感到兴奋。邹容在当年流传很广的《革命军》一书中就明确提到"吾请执卢梭诸大哲之宝幡,以招展于我神州土"(韦莹 86)。而在陈独秀的理解中,卢梭的政治思想也是法国大革命时期《人权宣言》的理论基础。在陈独秀早期的著述中,都包含有类似"天赋人权"的提法。例如在《说国家》中,他提出"主权原来是全国国民所共有,但是行这主权的,乃归代表全国国民的政府。……上自君主,下至走卒,有一个侵犯这主权的,都算是大逆不道"（韦莹 89）——我们不难看出，这与卢梭《社会契约论》中的提法几乎是完全一样的。

中国 19 世纪末 20 世纪初的知识分子对卢梭的偏好并不难以理解，只是，值得玩味的是，一个世纪以前，如果说卢梭也是法国大革命的"宝幡"——甚至大革命者"必须手执《社会契约论》前行"，颇有一番中国文化大革命手执红宝书的意思——他却也并不为"反革命派"所拒斥。站在大革命反面的约瑟夫·德·迈斯特（Joseph de Maistre）以及波纳德（Louis Gabriel de Bonald）同样能够将卢梭视为"自己人"。

的确，"公意论"只是在反对专制的前提下，对于"权力"的思考，它并不提供民众实践这种"权力"的解决方案。与很多同时代的哲学家不同，卢梭一生动荡，在没有稳定住所的同时也没有稳定的社会地位。加之没有接受过系统的学院教育，他并没有一个可以贯穿始终的政治思想体系，也不忧虑自己的政治思想是否需要经得起实践的验证。这就使得卢梭的政治思想可以为政治实践中各种不同的力量所用。卢梭的"好"是显而易见的，并且迅速被后来的革命者——法国的或者中国的——捕捉到了，那就是：卢梭笔下的"人民"不是一个抽象的集体名词的概念，而是所有个体的"总合"，用陈独秀的话来说，就是"上自君王，下至走卒"。换句话说，在卢梭的政治思想中，最富有价值，并且最容易得到认可的，是塑造了政治中的个体概念，从而创造了政治中的"自我"概念。

不用第三人称，而是用第一人称来思考、分析、阐述"个体"，这是卢梭主义中最具价值的部分，同时也是卢梭主义的中心思想。如果说他的政治思想未必有一个贯穿始终的体系，作为其思想的集合体——文学的、政治的、伦理的、心理的等等——却是有其中心的。在几个世纪以来欧洲诸多的政治思想中，正是"政治自我"的概念让卢梭成为一个前无古人后无来者的"政治理论家"。正如热拉尔·麦雷（Gérard Mairet）在《"政治自我"的创造》（*L'invention du moi politique*，1992）中所指出的那样，在卢梭的政治思想中，"政治是第二位的，自我才是第一位的。但是，这才是政治问题的要旨所在，我们只有通过政治，或者换句话说，只有通过国家，才能够抵达这个自我"（Mairet 8）。卢梭对于"自我"的追寻无意——抑或有意？之中创造了表面上看起来有悖于西方理性推理的传统，使政治成为一种途径，而不是目的，也不是出发点。

我们都知道，一直到四十岁左右，卢梭或许还在犹豫，在音乐、文学以及政治的领域不断地尝试自己成功的概率。但他早已是一个漫步和遐想的爱好者，也幸亏他不是——而且从来没有成为过社会的宠儿。他有机会不受任何束缚地漫步、遐想，不断在"自然的状态"中挖掘"自我"的真实想法。在不断变迁的环境中，"我"，而且是作为"让-雅克"的"我"，是唯一真实的出发点。这也就是为什么，虽然卢梭早在1743年的威尼斯之行时就已经发现"所有一切都完全是政治的"（Rousseau 84），但是我们却要等到1950年才能够读到他的《论科学和艺术》（*Discours sur les Sciences et les Arts*，1749）。而且，在他为数不多的著述中，政治性的论述和文学性的作品在时间上一直彼此交错。卢梭并没有因为在第戎科学院的获奖就专心于政治写作，而他的文学作品也与前人的文学作品有着天壤之别，究其根本就在对于"自我"的态度上。

因此，是"自我"让卢梭具有独特同时又具有普遍的意义。也是"自我"这个概念让卢梭在一个世纪之后，为中国的知识分子普遍接受，尽管和一个世纪之前法国对于这位日内瓦公民的接受一样。他们当中有革命派，也有"反革命派"，有"革命家"，也有纯粹的"文学家"。启蒙的意义正在于对"自我"的认识，而且是脱离了后天社会塑造的，完全出于本性的"自我"。革命者，不论是政治意义上的，还是文学意义上的，针对的都是当下的社会。在这种情况下，剥离"自我"的社会属性，对自我进行真空审视，这也可以成为反抗社会的一种途径。

当然，卢梭主义中的"自我"中还有一点成就了他的"永恒性"，以至于一个世纪之后，仍然可以为中国的启蒙知识分子所用：和同时代的启蒙思想家不一样，他并没有为科技的进步而欢呼，没有认为科技的进步带来的是人类的进步。相反，在卢梭看来，因为科技进步远离了"自然状态"的人是很让人忧虑的，而为了想尽办法还人以幸福，必须"用合法的方式将人限定在自由的状态"（Mairet 7）。这也是卢梭政治思想的根本出发点。虽然 20 世纪初的中国还远没有体会到科技对人的威胁——陈独秀就对卢梭所谓应当还人以"自然状态"的教育观很不以为然。但是，对于科技进步的反动毕竟意味着对人的关注，这也连接上了上现代社会中文学的使命，亦即质疑伏尔泰曾经欢呼过的"钢铁时代"。在《论科学和艺术》中，卢梭猛烈抨击了科学的起源，认为科学的起源都是"卑劣"的，甚至一切带上"社会的人"的痕迹的东西，包括道德和艺术在内，都是源自"我们的罪恶"。这种近乎偏执的否定却反过来证明了卢梭的前瞻性。事实也的确如此，在未来的一个世纪里，卢梭给了浪漫主义灵感，也给了文学以新的使命。

三、自我、自由与浪漫主义

应该说，对"自我"的发现很契合 20 世纪初中国知识分子的心境：因为直到那时为止，中国的文化与思想传统还没有产生从"自我"入手获得"人"的自由的可能。将"自我"的种种矛盾状态——所谓的自然状态——予以升华，承认这种矛盾的合法性，这就是卢梭"用合法的方式将人限定在自由的状态"的方式。压抑了将近两千年的中国知识分子突然发现还有这样一种接近"自我"的可能——曾经暗自引以为耻的东西在"自然状态"中都得到了解释。既然"自然状态"的"自我"才是真实的，因而是好的、合理的，那么，受到社会限定与扭曲的一切则都是"非人"的。

和中国 20 世纪初的知识分子一样，卢梭比同时代的任何一位哲学家都迫切地需要自由。而自由只有在想象域，而不是实践域才能够完全和充分。这使得卢梭作为一个政治思想家在中国得到接受之后，又作为一个文学家得到了肯定和效仿。中国 20 世纪初的诗人和小说家们在译介西方文学时，对浪漫主义的偏好也是他们不可能放过卢梭的一个重要原因。和他们接受卢梭的"政治自我"如出一辙，他们也接受了卢梭在文学中的"自我"。因为文学中的"自我"更具有自由的空间。果然，革命者们渐渐有了新的方向而不再只停留在卢梭身上之后，到了20世纪的二三十年代，是小说家和诗人接过了卢梭的"宝幡"：20年代，在法国拿到哲学博士的张竞生就已经翻译了卢梭的《忏悔录》（Les Confessions，1789）。张竞生早年在法国留学期间，做的博士论文就是关于卢梭的教育理论。而他在20年代翻译的《忏悔录》也极大程度地影响了中国当时包括巴金、郁达夫等人在内的文艺青年。《忏悔录》中对于自己"真实想法"的袒露吸引了无数浪漫地向往"真"，希冀用"寻真"的名义来完成自己人生的中国诗人和小说家。卢梭的勇气、卢梭凭借勇气得到的声名，都是能够推动他们沿着卢梭这条道路前行的动力。

我们都知道，卢梭的一生都在遐想和漫步中度过，开始的居无定所在某种程度上是被迫的，后来则是一种习惯和带有主动意义的人格建构。而这种习惯与他对于音乐、写作和社会理想的追求渐渐成为一体，无法分割。20世纪初中国知识分子所面临的社会动荡与人生苦闷，似乎也与卢梭如出一辙。例如在阐述郁达夫与卢梭之间的渊源时，朱洁就指出两者之间的相似之处在于"反对一切压迫、争取人性解放的先锋意识；奋斗之后的失望和对庸俗环境的仇视；精神长期压抑之后近乎神经质的宣泄"（朱洁89）等等。"失望""仇视"和"压抑"这类词固然不足以概括卢梭的精神实质，但至少也描述了卢梭在一生中的大部分境遇。而中国知识分子——或者说，中国的诗人和小说家们——在卢梭身上所能够学到的就是，将被动的动荡转化成为主动的孤独，将被动的流浪转化为富有诗意的、以"自我"为中心的遐想，将被动的"世界与我为敌"转化为主动的"我与社会抗争"。卢梭的这种转换过程应该被中国的启蒙知识分子看在眼里：如果说在别的领域——例如政治或是教育——卢梭没有，也不可能有实践的机会，那么唯一能够完成这种转换的就只有建立在虚构和想象之上的文学领域。卢梭深谙此道，因而，即便开始时与其他的启蒙思想家们一起分享对于"知识"，对于"百科全书"的喜好，但不久之后，卢梭就抛却了无法令他享有殊荣的"知识"（特别是音乐和化学的），转向了虚构。

在现实生活中得不到"合法的自由"("合法的",这是一个启蒙主义者的语汇),于是只有到想象域中找寻。这应该是文学中"自我虚构"的由来,也是"自我虚构"的本质。卢梭对于文学的重要贡献之一就是人为地混淆了"真实"(自传性写作)与"虚构"之间的关系,从而用虚构的方式将"自我"充分地解放出来。很有趣的是,在卢梭真正的写作体验之前,有一部通常会为读者所忽略的小"作品",题为《新代达罗斯》(*Le Nouveau Dédale*,1742)。在这部作品中,受到当时本克威尔飞行试验的启发,卢梭记录了人类古老的梦想之一:用自己的翅膀飞翔(Marchand 123)。除了多少受到那个科学大踏步前进的时代的影响之外,卢梭希望用自己的翅膀完成什么呢?逃离这个让他感到没有出路的社会,得到完全的自由?或者,在上空,满怀获得自由之后的信息,俯视这个处处为自己制造障碍的社会?

不管怎么说,这里已经有浪漫主义的所有关键词:怀旧、逃避、孤独,还有对未来的、非现实的向往。有一个更为美好的世界,它是可推导、可描述的,但它是除了"自我"在语言世界之外所不可实现的。卢梭在后来的《忏悔录》和《一个孤独漫步者的遐想》(*Les Rêveries du Promeneur Solitaire*,1817)中,充分展现了一个"孤独漫步者"统领虚构世界的勇气和霸气。卢梭用浪漫主义的手法将"自我"凸现出来,首先需要在虚构的世界里将"我"与其他人隔离开来——"我就这样在这世上落得孤单一人,再也没有兄弟、邻人、朋友,没有任何人可以往来,人类最亲善、最深情的一个啊,竟然遭到大家的一致摒弃"(Rousseau 1)。卢梭就这样自己划断了与世人的联系,将自己彻底置于孤独的境地,除了"华伦夫人"那个充满温情的角落,将其余的一切都置于"我"的反面,置于"人"的反面。

浪漫主义于是找到了一个独特,但却不乏攻击力的文体:忏悔文体。这也给了中国的诗人和小说家以灵感。谁能完全撇清《沉沦》与《忏悔录》之间的关系呢?甚或影响如此深远,以至于又一个世纪过去,到了 20 世纪末,这种忏悔文体又重新出现在中国文人的笔下。巴金也从来没有否认过他的《随想录》与《忏悔录》之间的关系。1927

年,对法国大革命产生了浓厚兴趣的巴金就曾经写过一系列以大革命为题材的短篇小说,其中有一篇即为《卢梭和罗伯斯庇尔》。而到了文革结束之后,巴金更是重提卢梭对他的影响,认为卢梭是他的"启蒙老师",认为他从卢梭那里学到的是"讲真话,讲自己心里的话"(巴金 53)。无论我们怎么定义"真话",总之,探寻自己的内心,尤其是探寻心灵在崎岖的社会中走过的道路,这成了中国一代深受西方浪漫主义文学影响的诗人和小说家言必称卢梭的一个重要原因。

但是卢梭远远不是为中国 20 世纪初的文化新青年所借鉴、所描绘的卢梭。尽管在华伦夫人的影响下皈依了天主教,在《忏悔录》中,卢梭恰恰没有像奥古斯丁那样借助自身的软弱和渺小而颂扬神的伟大,他探求的是"内心的真实",并且力求赋予这种真实以伦理上的合法性。无怪乎在卢梭去世后不久出生的叔本华称卢梭是"最道德的人"——更确切地说,卢梭是最早从人的伦理而非社会伦理的角度去定义人的人。建立"人"的伦理,唯一的出发点就是"自我",而且是文学的"自我",亦即不具有任何抽象意义的"自我"。

四、多面的卢梭?单面的卢梭?

从"政治自我"到文学中的"自我",卢梭终于借助浪漫主义手法完成了对于"自我"的虚构。在卢梭诞生三百年后的今天,"自我虚构"已经成为一个非常时髦的话题:从哲学的角度而言,这里有"他者"与"自我"之间、"真实"与"表现"之间的悖论关系;从文学的角度而言,"自我虚构"则完全打乱了叙事者、作者与人物的关系,给濒临死亡的文学带来了新的机会。卢梭应该没有料到,在他出生三百年后,世界归于荒诞,文学不再能够维护既定的真理,他所创下的"自我虚构"无意间又在后现代的荒诞社会教育了成千上万的文学青年。

卢梭可以成为很多领域的"先驱"——政治学、社会学、民族学、心理学、艺术批评以及精神分析等等。此外,人类的古老事业他也没有放过：音乐、文学、植物学、博物学和哲学。他得自钟表匠祖父与父亲的真传，还是个镂刻家，甚至他对炼金术也产生过浓厚的兴趣。尽管卢梭已经出生在科学技术逐渐昌明的18世纪，但是他的身上还有尚处在"自然状态"的学者的特征，亦即集各个领域之大成于一身。这一点对于20世纪初的中国启蒙时代知识分子也还非常重要：如果说启蒙就在于对"自我"的认识，那么，对于"自我"的认识牵涉的是各个领域的知识：心理的、政治的、社会的、民族的、艺术的、文学的和哲学的。同时，这些仍然处在发展中的"人文社会科学"尚未能够体系化，它们都还在等待着诸如卢梭这样的"人"学家充满攻击性的"真知灼见"和"自我破坏"。

除了"跨学科"这一时髦的特征之外，卢梭对于后世的影响恐怕还在于他所肯定的自身的诸多"矛盾"之处。矛盾的人是真实的，真实的人亦是矛盾的，这是卢梭对于文学的"自我"所下的一个重要判断。在诸多对于卢梭的研究中，很多学者都注意到过卢梭的矛盾，并且将卢梭的这种矛盾与他在全世界各个时代的接受有意无意地联系在一起。瓦莱尔-玛丽·马尔香在《卢梭：一个预言家的七段生命》（*Rousseau: Les sept vies d'un visionnaire*，2012）中，就曾经用一系列的反义词来定义这个不无矛盾的卢梭，说他"既是游牧的，又是定居的；既是厌恶人类的，又是博爱的；既是乌托邦的，又是现实的；既是进步的，又是反动的；既是成熟的，又是幼稚的；既是浪漫的，又是浪荡的；既是笃信宗教的，又是一个无神论者；既是一个业余爱好者，又是一个完美主义者；既提倡民主，又喜欢贵族的生活；既是君主世界的支持者，又倡导一个既没有神也没有主人的世界……"（Marchand 9-10）

卢梭的矛盾为他身后的接受留下了一个广阔的空间。无论在什么样的文化背景与文化图景下，我们都可以像接受一个兄弟一样地接受他。他从来不曾高高在上，也没有特定的社会身份，甚至对于大革命的这位思想之父来说，他还是个"外国人"！纵使骨灰迎进了先贤祠又怎么样，他不是被安排和早已交恶的伏尔泰毗邻而居吗，多少也是个讽刺吧……中国的启蒙知识分子自然也可以放心地接受他。只是放到卢梭在中国20世纪初的接受中来看，另一个悖论仿佛又要产生了：这个患有迫害妄想症、极度自恋、以自我为中心的躁郁狂，这个焦虑、对恶有着非正常的喜好、总是夸夸其谈的暴露狂参与了中国的启蒙时代之后，却自然而然得到了净化，被滤去了另一面。然而他不是因为他的矛盾、反复、善恶交织才之所以为人的吗？他不是因为说了一辈子谎言才真实的吗？他不是因为想方设法地与社会为敌才成为这个世界上"最亲善、最深情的一个"吗？

或许时至今日，在"真"已经被历史的荒诞解构之后，我们需要重新审视关于真的问题：卢梭不是在"说"真话，而是在"创造"真话。那个"让-雅克"是在一步步创建自我的过程中才慢慢成为卢梭的，而且这个卢梭，又在不同的接受时代和接受环境中得到了新的创建。

卢梭在中国的启蒙时代走过的路程可以说是这个命题的完美例证。李华川曾经在《晚清知识界的卢梭幻象》中为我们勾勒了从晚清到中国的"启蒙时代"，卢梭进入中国，被滤去其复杂性，为"我"所用的过程，认为"晚清知识界的卢梭幻象，是特定语境下，文化、政治、情感因素压倒客观因素的结果"，"知识界在诠释卢梭这个异国形象时，抛弃了卢梭的原形，显现的是诠释者主体的精神期待，也就是说在言说他者的时候，言说了自我"（李华川 127）。非常有意思的是，卢梭如此"真实"，以至于真实到了可以直接成为虚构人物的地步。1905年，甚至有一本名为《卢梭魂》的小说在中国流传，小说主人公卢梭是法兰西国的一个"名儒"，死后来到地府，与黄宗羲等人交换过思想之后，又成为凡人返回中国，与侵占中国国土的统治者抗争。虽然故事极为荒诞，但还是能够说明卢梭在当时中国特殊的历史文化语境下的接受①。而从卢梭的《社会契约论》到《爱弥儿》《忏悔录》和《一个孤独漫步者的遐想》，或许我们不难发现，虽然早先那个可以直接挽救中国于水火之中的革命理论家的"幻象"已经破灭，

---

① 李华川在《晚清知识界的卢梭幻象》中也提到了这部署名怀仁的小说，而很多研究卢梭在中国接受的专家对此小说也多有提及。虽然主人公卢梭完全出自虚构，但的确可以说明卢梭当时在中国的地位。

但另一个"说真话"的卢梭的幻象又已取而代之。这个"说真话"的卢梭在中国启蒙知识分子的笔下已经成了勇敢追求真理的浪漫化身。而诚实、浪漫和勇敢,即便不能说是卢梭的反面,却也至少可以说是卢梭并不看重且有意无意破解摧毁的"品质"。

诚如翻译研究者所指出的那样,"接受环境不是一个真空"(夏天85),何况对于20世纪初卢梭在中国的接受而言,早已超出了单纯的翻译的范畴。在当时中国的文化大环境中,启蒙知识分子对于西方文学和思想的借鉴怀有极为实用的目的。他们寄希望于在西方文学和思想中找到中国文化传统中的匮缺,并且希望借此改变中国文化和民众心智,从而挽救中国的命运。而卢梭为后人留下的宽广的阐释空间使得他在第一时间成为西方文学和思想的代言人之一。

五、结论

一个有趣的对照:借"言说他者"之名,行"言说自我"之实,这是我们可以为卢梭下的一个定义。然而同时,这也可以用来定义卢梭在中国早期的接受。

反过来也同样成立:借"言说自我"之名,行"言说他者"之实。抑或他者与自我之间本没有这么大的区别?将近两个世纪之后,法国精神分析学派的代表人物拉康(Lacan Jacaueo)的确是这么说的。

借助卢梭与中国的启蒙之间的关系,我们能够非常清楚地看到在20世纪初的中国从政治启蒙到文学启蒙的过程。而卢梭之所以能够成为这个过程中一个不可或缺的人物,除却他本人是法国启蒙思想家中的代表人物之外,更是因为他与其他启蒙思想家的不同之处:即对"人",或者说对人类的普遍命运的关注。这一点,中国启蒙时代的知识分子在提炼之后,充分地运用到了自己的"启蒙运动"中。而在中国的第一个启蒙时代,卢梭主义的中心词"自我"也的确非常适合陪伴中国这一代知识分子完成从政治启蒙到文学启蒙的历程。

从接受的角度来说,卢梭在中国的路当然还没有走完。在"文革"

之后，如果我们同意李泽厚的定义，中国又进入了第二个启蒙时代，亦即"新启蒙"时代。"新启蒙"同样谈论的是"人"，人的"自由"，"新启蒙"也同样有一个从政治启蒙到文学启蒙的过程。在"新启蒙"中，除了在继承第一个启蒙时代传统的巴金笔下，似乎卢梭有些淡出了。

在卢梭的墓碑上，镌刻着这样的字句：
在平静的杨树下，安息着
人类和真理的朋友。

卢梭能够安息吗？他是因为"自我"，亦即因为"人"而被迎进先贤祠的。他会因为过于"人"而永远停留吗？或者正好相反？

引用作品

[1] Mairet, Gérard. *L'invention du moi politique*. Paris： Gallimard, 1992.

[2] Marchand, Valère-Marie. *Rousseau : Les sept vies d'un visionnaire*. Paris : Editions Ecriture, 2012.

[3] Rousseau, Jean-Jacques. *Les Confessions,* dans *Oeuvres complètes*, Tome I. Paris : Gallimard, 1964.

[4] Rousseau, Jean-Jacques. *Les écrits politiques*. Paris : Gallimard, 1992.

[5] 巴金：《随想录·探索集》，北京：人民文学出版社，1981年。

[6] 李华川："晚清知识界的卢梭幻象"，《中国比较文学》，1998年第8期，第118-127页。

[7] 卢梭：《一个孤独漫步者的遐想》，袁筱一译，上海：上海人民出版社，2007年。

[8] 王元化："对于五四的再认识答客论"，《当代作家评论》，1999年第4期，第4-12页。

[9] 韦莹："陈独秀早期思想与法兰西文明"，《清华大学学报（哲

学社会科学版)》，1999年第3期，第85-97页。

[10] 夏天："《猫城记》1964年英译本研究"，《外语教学理论与实践》，2012年第2期，第82-88页。

[11] 朱洁："郁达夫所受外国文学影响探源"，《淮阴师范学院学报》，1998年第3期，第89-93页。

艾丽丝·门罗：南安大略的哥特城堡①

Alice Munro: Ontario Gothic Style of Writing

朱晓映

摘　要：艾丽丝·门罗（Alice Munro，1931—）荣获2013年诺贝尔文学奖，被誉为"当代短篇小说大师"以及"我们的契诃夫"。她自1950年发表第一个短篇小说起至今六十多年的创作生涯中出版了十四部短篇小说集，成为一个完全意义的短篇小说作家。门罗短篇小说中的故事以加拿大安大略省为背景，以她的家乡——温厄姆小镇上的女性为主人公，她将现实生活中那些无法言说的、难以掌控的瞬间细致描摹，展现普通女性的双重生活状态。读者在她独具特色的女性哥特书写中震惊、顿悟。

关键词：艾丽丝·门；女性哥特；顿悟

Abstract: Alice Munro (1931-) was awarded the Nobel Prize for Literature in 2013, addressed as "the master of contemporary short stories" and "our Chekov". Since her first short story came out in 1950, she has been devoting all her life to short story writing, getting altogether fourteen collections of short stories published in the past sixty more years. In her short stories, Munro has set the background in Ontario, Canada,

---

① 原作发表于2014年第1期《外国文艺》。

with her female characters from her hometown Winham. Writing the unsayable and uncontrollable moments of relationships, Munro explores human complexities of double life with her special female Gothic style, which has both shocked and enlightened readers as well.

Key words: Alice Munro; Gothic; women's writing

2013 年的诺贝尔文学奖最终被加拿大女作家爱丽丝·门罗收入囊中，这位曾经被美国著名犹太作家辛西娅·奥兹克（Synthia Ozick, 1928— ）称为"我们的契诃夫"的八十二岁的女作家，这一次被瑞典诺贝尔文学评奖委员会授予"当代短篇小说大师"的称号。她在毫无争议地成为第一位获得诺贝尔文学奖的加拿大作家、第一位获得诺贝尔文学奖的短篇小说作家、第十三位获得诺贝尔文学奖的女作家的同时，也被认为是一个"区域性作家"——一个总是将故事的发生地设定在安大略地区的作家、一个诺贝尔获奖者中最不具政治性的作家——一个只写记忆、轶事、闲聊和生命中的暗流而从不写时政的作家。所有这些元素叠加在一起，使得门罗成为全世界关注的焦点，人们对这个看起来玲珑轻盈、笑容可掬的老太太充满了好奇：她的力量究竟隐藏在哪里？

1950 年，当门罗还是西安大略大学英语和新闻专业的一名学生时，她就创作发表了第一个短篇小说《阴影的维度》（*The Dimensions of a Shadow*），但这篇小说并没有让她一举成名，而是直到十八年以后的 1968 年，她的第一部短篇小说集《快乐影子之舞》（*Dance of the Happy Shades*）面世，她才以一个作家的身份被一些读者所认识。此时，她已经三十七岁，是三个孩子的母亲。所以，就门罗开始出版书籍的时间而言，她不算是一个"成名早"的作家。再从她的出版数量看，她算不上一位多产作家。从 1968 年的第一本短篇小说集《快乐影子之舞》到 2012 年的新书《亲爱的生活》（*Dear Life*），门罗在四十多年的创作生涯中，以每三至四年一本书的速度写作并出版，先后出版了十四部短篇小说集，除了上面提到的两本小说集外，还有《女孩与女人的生活》（*Lives of Girls and Women*, 1971）、《我一直想告诉你的事》(*Something I Have Been Meaning to Tell You*, 1974)、《你以为你是谁》(*Who Do You Think You Are*, 1978)、《木星的月亮》(*The Moons of Jupiter*, 1982)、《爱的进程》(*The Progress of Love*, 1986)、《年轻时的朋友》(*Friend of My Youth*, 1990)、《公开的秘密》(*Open Secrets*, 1994)、《好女人的爱情》(*The Love of a Good Woman*, 1998)、《恨，友谊，追求，爱情，婚姻》(*Hateship, Friendship, Courtship, Loveship, Marriage*, 2001)、《逃离》(*Run away*, 2004)、《岩石城堡上的眺望》(*The View from Castle Rock*, 2006) 和《幸福过了头》(*Too Much Happiness*, 2009) 等。如果从门罗写作的主题去考量，她的作品似乎更无法达到"宏大"的标准，她只关注生命本身，关注小镇、女人、顿悟、以及平静生活表面之下的潜流。只写小事，就像她只写短篇一样，成就了她的特色。虽然她笑称自己对于短篇小说的偏爱是由于自己无能驾驭长篇小说，但事实上，她四十多年在短篇小说领域里心无旁骛地坚持，毫不顾忌人们对于长篇小说的青睐胜过短篇的现实，以独树一帜的风格赢得了英语小说领域的认可，形成了她所特有的"南部安大略女性哥特式"文风。所以，在全球化渗入我们生活的每一个角落之时，当一些读者和评论者想当然地认为门罗身上所显现的"区域性"和"去政治性"会夺走她的诺贝尔奖获奖可能时，她却赢了，并且，她早已赢了。1968 年，她的第一部短篇小说集《快乐影子之舞》被授予加拿大总督小说奖[①]。1978 年，她出版的小说集《你以为你是谁》再次得到总督奖。1986 年，她携《爱的进程》一书第三次登上总督小说奖的领奖台。后来在 1998 年和 2004 年，她又分别以《好女人的爱情》和《逃离》这两部作品获得加拿大吉勒文学奖[②]，

[①] 加拿大"总督文学奖"（"Governor General's Literary Awards"）设立于 1937 年，是加拿大最高的年度文学奖项之一。该奖项分七类用英、法两种语言颁奖，包括小说、非小说、诗歌、戏剧、儿童文学和翻译，其中儿童文学分为文本和绘图两项。

[②] "吉勒奖"（Giller Prize）设立于 1994 年，是加拿大多伦多的一位名叫杰克·罗宾诺维奇（Jack Rabinovitch）的商人为纪念他的亡妻多丽丝·吉勒（Doris Giller）而设立，用来奖励加拿大英语小说创作，每年 11 月颁奖。

于 2009 年她摘得了曼布克国际奖①，并长期以来被认为是诺贝尔文学奖的有力竞争者。自从 20 世纪 80 年代以来，门罗的多个短篇小说被选入英国、美国以及加拿大所编的小说集，成为女性写作、加拿大写作以及后殖民写作的代表作品。鉴于门罗在文学创作方面的成就和贡献，2005 年她被《时代》杂志评选为全球最有影响力的 100 位人物之一，并于 2010 年再次入选该名单。评论界普遍认为，门罗此次获得诺贝尔文学奖是短篇小说的胜利。诺贝尔评奖委员会秘书长彼特·英格兰德（Peter Englund）先生在宣布门罗获奖时说：短篇小说一直隐身于长篇小说之后，门罗将这种小说形式发挥到极致，几近完美。BBC 艺术总编威尔·高佩兹（Will Gompertze）对于门罗的评价则更为直接：很少有人能够与门罗相提并论，她直击人心。②在得知获奖后，门罗接受采访时也回应道："希望我的获奖能够激发更多读者对于加拿大文学的兴趣，也希望有更多的人认同短篇小说创作这种形式。"③

门罗的名字对于大多数中国读者相当陌生，甚至国内一些知名作家和评论家也发出了"不了解门罗""没有读过门罗"的声音，然而，在过去三十年间，门罗还是引起了我国学界的一些关注。早在 1981 年 6 月，门罗便随加拿大作家代表团访问了中国，她在广州度过了她的五十岁生日，并与中国一些知名作家有过交流，包括丁玲、王蒙等人，引起了《世界文学》杂志的关注。1983 年第 3 期《世界文学》刊发专文《加拿大七作家出版访华回忆录》，其中有门罗的一

---

① "曼布克国际奖"设立于 2004 年，用于表彰世界各地用英语创作优秀作家和翻译人士，每两年颁奖一次。2004 年，阿尔巴尼亚作家伊斯梅尔·卡达莱（Ismail Kadare, 1936-）成为该奖项的第一位得主，此后，获得该奖的作家有尼日利亚作家钦努阿·阿契贝（Chinua Achebe, 1930-2013）(2007 年)、加拿大作家爱丽丝·门罗（2009 年）、美国作家菲利普·罗斯（Philip Roth, 1933-）(2011 年) 和莉迪亚·戴维斯（Lydia Davis, 1947-）(2013 年)。

② "Alice Munro wins Nobel Prize for Literature", 10.Oct.2013. http://www.bbc.co.uk/news/entertainment-arts-24477346.

③ 'Canada's Alice Munro wins Nobel literature prize', *By HILLEL ITALIE and MALIN RISING | Associated Press–Thu, Oct 10, 2013* http://news.yahoo.com/canadas-alice-munro-wins-nobel-literature-prize-110632774.html.

篇记录中国之行的散文《透过玉帘》。这应该是门罗在中国的最早影响。同年，第 5 期《世界文学》刊发了《加拿大作家爱丽丝·门罗出版新作》一文，介绍了门罗于 1978 年获得加拿大总督奖的小说《你以为你是谁》（其实，在当年，《你以为你是谁》已经不是门罗的新作，她当时的新作应该是《木星的月亮》）。1998 年第 6 期《世界文学》杂志刊登了庄嘉宁翻译的门罗的短篇《好女人的爱情》，并配以门罗的半身肖像作为该期杂志的封面。2005 年，苏童编选《一生的文学珍藏——影响了我的 20 篇小说（外国小说读本）》时收入了门罗的短篇小说《办公室》。2007 年第 1 期《世界文学》再次选编了门罗小说特辑，刊发了何朝阳、陈玮翻译的门罗作品《逃离》与《激情》，还配发了澳大利亚记者罗·库法尔对门罗的专访。在门罗研究方面，从中国知网上搜索后发现，最早的门罗研究论文发表于 2001 年和 2002年，两篇文章都发表在《兰州大学学报》，也都是对门罗作品女性人物形象的分析。中国知网上可以搜索到的 2000 年至今的门罗研究论文仅有十六篇，且多数论文都是 2006 年以后的。这说明门罗研究在中国确实长期以来处于边缘的边缘，少有人问津。而在作品介绍方面，除了上文提到的《世界文学》上刊发的几个短篇译作外，《外国文艺》杂志分别于 1985 年第 3 期和 2009 年第 4 期刊登了门罗的两篇作品《乌得勒支合约》和《空间》。而门罗的小说集迄今为止只有一部被译成了中文，即由北京十月文艺出版社出版的《逃离》。

　　但是，我们不熟悉的爱丽丝·门罗实际上早就是加拿大文坛上与玛格丽特·阿特伍德齐名的"泰斗级"作家，也是英语文学中一位集智慧、尊贵、优雅于一身的女性作家。她在加拿大以及欧美等英语国家的知名度，用辛西娅·奥兹克的话说，"超过许多她的同时代人"。在美国、英国、法国、德国、荷兰、澳大利亚等国，门罗研究已经有不少成果。除了那些零散见于报纸杂志的评论文章外，关于门罗小说的评论专著就有几十本。总的看来，分为三个阶段。第一阶段是 20世纪 80 年代，是门罗研究的起始阶段，主要是针对门罗的个别短篇小说研究的阶段。1982 年，在门罗家乡的滑铁卢大学召开了第一个关于门罗短篇小说创作的学术研讨会，会后由朱迪斯·米勒（Judith

Miller)主编出版了论文集《爱丽丝·门罗的艺术:说出不能说的》（*The Art of Alice Munro: Saying the Unsayable*, 1984）。这本书连同此前路易斯·梅肯迪克（Louise MenKendrick）主编的论文集《可能的小说:爱丽丝·门罗的叙事行为》（*Probable Fictions: Alice Munro's Narrative Acts*, 1983），为后来的门罗批评研究定下了基调:大多从她作品中的女性主题和她所运用的独特叙事策略切入。80 年代后期，洛恩·约克（Lorrain York）撰写的《生活的另一面》（*The Other Side of Dailiness*）和埃尔迪科·卡里顿（Ildiko de Papp Carrington）的《控制无法控制的一切:爱丽丝·门罗的小说》（*Controlling the Uncontrollable: The Fiction of Alice Munro*, 1989）都是聚焦于门罗的叙事手法，特别值得一提的是 E.D 布罗德基特（E.D Blodgett）的《爱丽丝·门罗》（*Alice Munro*, 1988），对门罗的生活与写作进行了全面的回顾和分析，成为门罗研究资料中一个重要的阶段性成果。90 年代可以看作是门罗研究的第二个阶段，评论界开始整体关注门罗短篇小说的结构和视角，探究她对于短篇小说结构的创新以及她关于如何写女人的新视角，研究成果呈丰富繁荣态势。这一阶段的主要成果包括碧卫理·拉思珀里奇（Beverly J. Rasporich）的《性舞:爱丽丝·门罗小说中的性与艺术》（*Dances of the Sexes: Art and Gender in the Fiction of Alice Munro*, 1990）、马克达理·雷德克（Magdalene Redecop）《母亲与其他小丑:爱丽丝·门罗的小说》（*Mothers and Other Clowns: The Stories of Alice Munro*, 1992）、凯瑟琳·罗斯（Catherine Ross）的《爱丽丝·门罗:双重生活》（*Alice Munro: A Double Life*, 1992）、詹姆斯·卡斯卡伦（James Carscallen）的《另一个国度:爱丽丝·门罗写作中的类型》（*The Other Country: Patterns in the Writing of Alice Munro*, 1993）、安杰·赫伯（Ajay Heble）的《理性的颠覆:爱丽丝·门罗的话语缺失》（*The Tumble of Reason: Alice Munro's Discourse absence*, 1994）等，其中，卡洛·豪威尔斯（Coral Ann Howells）的《爱丽丝·门罗》（*Alice Munro*, 1998）成为这个阶段门罗研究的一个全面的总结性专著。门罗研究的第三个阶段是从 2000 年至今，这一阶段的研究特点是将门罗的生活与她的写作结合起来探讨她对于短篇小说创作以及女性主义创作的贡献。主要研究专著包括艾尔莎·考克斯（Ailsa Cox）《爱丽丝·门罗》（Alice Munro，2004）、罗伯特·萨克（Robert Thacker）的《爱丽丝·门罗：书写她的生活》（Alice Munro: Writing Her Life，2005）和布拉德·霍普（Brad Hooper）《爱丽丝·门罗的小说欣赏》（The Fiction of Alice Munro: An Appreciation，2008）等等。相信在门罗获得诺贝尔文学奖之后会有新一轮的门罗研究热潮。正像阿特伍德在得知门罗获奖后对媒体所说的那样，"她是一位为众多读者所熟知的作家。她怎么出名都不为过"。或许，我们也有理由说，既然她那么出名，我们应该做更多的研究，并且怎么研究她也不为过。

在门罗获得诺贝尔文学奖以后有一个地方随着门罗一起走红，那就是安大略——一个与门罗的生活和创作密切相关的地方。了解它，对于我们更好地了解门罗的写作和作品至关重要。1931 年 7 月 10 日，爱丽丝·门罗出生在加拿大安大略省西南部的小镇温厄姆（Wingham），她的父亲靠养狐狸和家禽为生，她的母亲是一名教师。门罗在温厄姆长大直到十九岁那年去西安大略大学求学。虽然后来因婚姻关系她也曾到温哥华和维多利亚住过一段时间，但是，在她的印象中，西海岸的生活与她的家乡完全不同，"我总有种想法，我一定要回家去死……"（Carrington 209）可以想见，她对安大略有多么迷恋。第一段婚姻结束以后她果然又回到了安大略，先在位于伦敦市①的西安大略大学做驻校作家，与吉拉德·弗雷米（Gerald Fremlin）结婚后搬到克林顿（Clinton）小镇，后来一直居住在那里。"安大略之于我意义非凡"，她说，"无论其他国家历史积淀多么深厚，风景多么优美，风土人情多么有趣，我只被安大略独特的景观所吸引，我说那里的语言"。所以，安大略的多个小镇在门罗的小说中轮番登场，安大略西南部乡村小镇人的生活成为她永远挖掘不尽的写作素材，有评论者认为，她的小说勾勒了一幅安大略社会人文地图，她的作品中弥漫了一股"安大略哥特风"，因为读她的作品我们可以看到两张图：

---

① 安大略省的伦敦市（London）。

一张是阳光明媚的路面街景，另一张则是阴暗龌龊的"各种关系的下水道"，给人的感觉是平静与惊骇的冲撞。豪威尔斯在《爱丽丝·门罗》一书的开篇便玩笑似地问道："我们真的需要在欣赏门罗的小说之前先查看一下加拿大地图吗？"（Howells 1）或许我们真的有必要在阅读门罗之前先到加拿大地图上找一找安大略省及其西南部各个小镇，如温厄姆、克林顿、以及位于休伦湖上的高德瑞克（Goderich）镇等等。但是，仅仅了解小镇的地理位置是远远不够的，用门罗的话说，"这个地方是如此的神秘莫测，无论多么详尽的文件记载，都记不了小镇人复杂多变的生活以及当地的历史"。她称那是"一个极具哥特风格的地方，你永远都别想弄明白那里发生的事"（Howells 13）。对于"安大略作家"的称谓，门罗有自己的看法，她说："很多人说我是一个区域性的作家，我确实经常用我生长的地方作为素材来写作。但是我并没有想到在写作中去表现那些仅有某地才能发生的事件。这些事发生在某地只是偶然。"（Howells 3）当有人将她执着于短篇小说以及执着于写安大略的故事比作美国南方作家威廉·福克纳和弗兰妮·奥康纳时，她在接受《大西洋报》时也坦然地承认，她的写作受到了诸如卡森·麦卡勒斯，弗兰妮·奥康德和尤多拉·韦尔蒂等美国南方作家的影响，当然影响她写作的还有俄国作家契科夫。这些作家影响了她对于生活中微小事件的偏爱，影响了她讲故事的方式，影响了她的生活态度，使得她常常可以潜入水下去窥探人们生活中的暗流，展现了隐藏在生活潮流之下的危机和绝望。

门罗不写政治事件，只写女人生活，不只是写温情的女人生活，而且写女人温情之下的秘密与邪恶，写那些现实生活中无法言说的、难以掌控的人生的顿悟时刻，从而形成了她作品中的"女性哥特风"。与众多的女性作家一样，门罗作品中的主人公都是女性，故事总是围绕着女性的家庭生活、她们在家庭中所扮演的角色以及她们在各种关系中的身份困惑展开；与很多女性作者不一样的是，门罗作品中的女性是"双面人"，她们看似乖巧、顺从、循规蹈矩，实际上她们常常有些邪恶，甚至冷酷到有谋杀动机的程度。在门罗看来，生活是一场戏，每个人都在人生的舞台上扮演着不同角色，每个人都有双重生活：一种生活暴露在公众的视野中，而另一种生活则隐秘在每个人的内心，完全不为他人所知，甚至是他们自己以及他们身边名义上最为亲近的人也无从了解。对于这种秘密的探究是门罗所感兴趣的。所以，门罗对于她不写政治事件的解释是写作主题没有大小之分，那些发生在世界上的大事、邪恶之事直接影响到日常生活中每个人的态度，在我们餐桌上的邪恶之人与世界大事中的邪恶之人一样可憎。"我算不上一个真正的知识分子。"她说，"我只是一个还算可以的家庭主妇，我没有那么伟大。我真正感兴趣的事情就是生活，没有什么事比生活本身能够让更多的人烦恼。生活对我永远充满魔力"。[1]她将关注女性的日常生活、书写她们在日常生活中的喜怒哀乐和生老病死作为她写作的意义，提出写作不只是为让读者愉悦，更是为了让读者震惊，让读者不仅知道发生了什么，还要弄清楚到底是怎么发生的。与其他作家努力建构各种人以及各种事之间的关联以求形成整体的、连贯的态度相反，门罗更愿意将各种事件看成是独立的、没有关联的，这也是她选择写短篇小说而非长篇小说的原因之一。"我写的故事是生活中那些互相没有关联的紧张时刻。我想这是我看待生活的方式。"她说，"在我看来，生活中所有的事情都是分离的"。

　　门罗曾经将小说比作一座房子，把读小说比作走进一座房子里去看清房子里各个房间之间连接的通道。门罗的"房子"，更像是一座坐落在安大略的神秘的哥特式城堡，里面有很多小房间，也有很多微妙的玄关，住着各种神秘女人。通过描写女人的家庭生活体验，描写她们在家庭狭小空间内、两性关系中的各种无能为力，门罗将女人在家庭里的位置由熟悉变得陌生、由温馨变得恐怖，让读者在震惊过后获得顿悟。可以想象，读门罗，我们需要的不仅是智慧，还要勇气。作为一个艺术家，门罗承认自己与作品中的人物相似，过着一种双面人生。既是观众，又是演员，演别人，还演自己。不过，如果我们敢于扪心自问，在人生的舞台上你以为你是谁呢？

---

[1] "Alice Munro wins Nobel prize in literature", *the Age*, 2013.10.10http://www.theage.com.au/entertainment/books/alice-munro-wins-nobel-prize-in-literature-20131010-2vbsg.html.

参考资料

[1] Blodgett, E. D. *Alice Munro*. Boston: Twayne Publishers, 1988.

[2] Carrington, Ildiko de Papp.*Controlling the Uncontrollable: The Fiction of Alice Munro*. Deklbe: Northern Illinois University Press, 1989.

[3] Carscallen, James. *The Other Country: Patterns in the writing of Alice Munro*. Okville: ECW Press, 1993.

[4] Cox, Ailsa. *Alice Munro*. Devon: Northcote House Publishers, Ltd. United Kingdom, 2004.

[5] Hooper, Brad. *The Fiction of Alice Munro: an appreciation*. Westport: Praeger Publishers, 2008.

[6] Howells, Coral Ann. *Alice Munro*. Manchester: Manchester University Press, 1998.

[7] Redecop, Magdalene. *Mothers and Other Clowns: The Stories of Alice Munro*. New York: Routledge, 1992.